Texto de acordo com as normas do novo acordo ortográfico da língua portuguesa (Decreto Legislativo Nº54 de 1995).

Editora – Catia Mourão
Capa – Joice Dias
Diagramação – Catia Mourão
Revisão – Halice FRS

Catalogação na publicação
Elaborada por Bibliotecária Janaina Ramos – CRB-8/9166

L177d

Lago, Luciana

Desilusão / Luciana Lago. – Rio de Janeiro: Ler Editorial, 2024.

(Trilogia metamorfose, V. 1)

200 p.; 14 X 21 cm

ISBN 978-65-5055-094-3

1. Romance. 2. Literatura brasileira. I. Lago, Luciana. II. Título.

CDD 869.93

Índice para catálogo sistemático
I. Romance : Literatura brasileira

Foi feito o depósito legal.
Direitos de edição: Ler Editorial

Ler Editorial

Desilusão

Trilogia Metamorfose

Volume 1

LUCIANA LAGO

1ª Edição
Rio de Janeiro - Brasil

Sumário

Dedico este livro a minha filha Esther e a todas as Dudas que encontramos por aí, inclusive, dentro da gente, em alguns aspectos. Você não está sozinha, você não precisa e não merece passar por isso.

Nota da autora

Atenção, essa história possui conteúdos perturbadores como sexo, violência psicológica, física e emocional, como estupro, aborto, traição. Caso você vivencie algumas dessas situações, procure ajuda, com urgência.

Você não está sozinha ou sozinho!

Disk 180 para falar com a Delegacia Especializada ao Atendimento à Mulher.

Prólogo

Dia 5 de novembro de 2018...

A ansiedade está me matando. Não consigo raciocinar. Estou há dias sem me alimentar e dormir direito. Ele vem? Como vou me comportar? Será que vem falar comigo? Deve estar muito puto da vida, não vai nem olhar para minha cara. Que raiva! Por que as coisas precisam ser desse jeito? Por que eu simplesmente não esqueço o passado? Tudo isso aconteceu antes de me conhecer.

Continuo olhando para o elevador. 13h15! A audiência começa às 13h30 e ainda nem chegou. Ele dispensou aquele advogado amigo da Paty, mas será que vem mesmo? Estamos sem nos falar há um mês. Não tenho notícias desde aquele fatídico encontro na cafeteria. Se pudesse voltar no tempo, explicar o que aconteceu...

— Duda! Dudaaaaaa...

Sinto uma palma fria tocando meu ombro. Eu deveria ter vindo com uma roupa mais fechada. O ar condicionado está muito gelado aqui. Ao meu lado, vejo um copo grande de isopor transbordando vapor. Demoro quase um minuto para perceber que é café.

— Toma, amiga! Procurei por um chá, mas não tinha. Comprei uns biscoitinhos para acompanhar. Você não come nada desde ontem à tarde. Desse jeito vai desmaiar na audiência.

Sorrio para Patrícia sem entusiasmo, como se fosse um robô. Sou grata por tudo o que ela está fazendo por mim, mas não consigo dizer nada, nem demonstrar agradecimento. Olho ao redor e percebo o quanto tenho sorte. Estou cercada por meus melhores amigos! Patrícia, Tereza, Roberto e Estela. Largaram seus compromissos para estarem aqui comigo hoje. Às vezes, pergunto-me se realmente mereço.

Pego o café, a contragosto, e bebo um gole. Quase queimo minha língua, mas acho que nem sentiria se queimasse. Parece que só o meu corpo está ali, sem a minha alma. Estou fora do meu corpo, observando a mim mesma como se fosse outra pessoa, ou uma tela de cinema. Às vezes tudo fica em câmera lenta, em outras, perco o foco. Se alguém me dissesse que estaria aqui, desta forma, há três anos, eu iria rir muito.

São 13h16. Não é possível que só tenha passado um minuto. Meu relógio deve ter parado. Aliás, alguém, além de mim, usa relógio de pulso? Meus amigos sempre me chamam de "a rainha *vintage*". Aplicativos de mensagens? Apenas por conta dos meus amigos. Gosto de escrever cartas, não tinha rede social alguma até que fizeram para mim e me deram a senha. Uso máquina fotográfica, revelo as fotos e coloco em álbuns, não compro comida congelada, gosto de cozinhar, ouço rádio e tenho fitas cassetes, VHS e vinil. Peguei um pouco desta "tecnologia analógica", mas a minha geração não se liga muito nisso. Estão todos preocupados em ter o melhor *smartphone*, conhecem os melhores aplicativos para tudo, estão conectados vinte e quatro horas por dia com o resto do mundo.

Aliás, indiretamente, foi a tecnologia que me colocou aqui. Em uma das poucas vezes que me rendi a ela, acabei o conhecendo! Jahi! Este é o seu nome, significa Dignidade. Nascido na Nigéria. Sei disso porque pesquisei tudo o que foi possível sobre ele, sua cultura e seu país de origem.

Jahi apareceu na minha vida em um momento difícil. Na realidade, estes três últimos anos foram bem complicados. Sabe aquele período que, se sobreviver, tem a certeza de que sua vida vai ser maravilhosa? Então.

Estou tentando, desesperadamente, sobreviver.

São 13h17! Não acredito! Vai chegar a noite, mas não chega 13h30!

Termino o meu café, mas não consigo comer nem mesmo um biscoito. Tereza tira o copo da minha mão e joga na lixeira. Acho que percebe que nada vai me fazer levantar desta cadeira até a hora da audiência.

Sentadas à minha frente, existem duas mulheres que me olham fixamente. Será que estão aqui pelo mesmo motivo que eu? Recordo alguns dos rostos que vi em fotografias, mas não tenho certeza se as reconheço. Não estou conseguindo raciocinar direito. Uma delas é uma senhora, deve ter uns setenta anos, a outra deve ser filha dela. Talvez a mais velha seja uma das vítimas. Ou a mais nova? Ou as duas? Meu estômago começa a doer e me contorço no banco. Olho para o grupo à direita e reconheço a loira. Fernanda, vítima com certeza. Conversamos muitas vezes por *e-mail* quando eu soube de tudo, mas nunca enviei fotos e nem disse o meu nome, portanto, ela não sabe quem sou.

A dor no estômago aumenta, sinto uma ânsia e me levanto correndo para o banheiro. Estela e Roberto me acompanham. Ele, à porta, se certifica de que ninguém mais entrará. Ela vai comigo. Vomito todo o café. Sabia que não ia conseguir segurar nada no estômago.

Passo alguns segundos observando o meu rosto no espelho. Quem é esta mulher? Não a reconheço. De onde tiro forças para enfrentar tudo isso? Será que vou conseguir? Não sei. Mas não tenho outra escolha senão continuar. Escovo os dentes mais uma vez. Estela retoca o pó no meu rosto com cuidado numa tentativa malsucedida de disfarçar as olheiras. Estou cadavérica!

Volto a sentar no mesmo banco e Roberto me entrega um copo com água. São 13h25. Ao menos agora os minutos estão passando. Mas, onde está o Jahi? Ele já deveria estar aqui. A audiência já vai começar. Chego a procurar o meu celular para ligar para ele, mas me lembro do momento em que atirei o aparelho na parede para que não caísse na tentação de olhar as fotos e as mensagens que trocamos. Agora me parece um pouco exagerado pensar que cheguei a este ponto, mas... Ah! Não fosse isso, iria encher aquela caixa de mensagens!

Mas, mesmo que isso não tivesse acontecido, não conseguiria completar a chamada. Nas últimas semanas, Jahi não atendia as minhas ligações. Demorei a aceitar que ele havia me bloqueado em todas as suas redes sociais, inclusive nos aplicativos de mensagens. A única forma de contato era através dos *e-mails*, que eu escrevia diariamente, e dos recados que deixava na sua caixa postal. Nenhuma resposta.

Respiro fundo, buscando calma. Ouço o barulho do elevador e me ajeito na cadeira. Várias pessoas começam a sair. Não consigo mais respirar. Estou suando frio, com taquicardia, a boca seca... Como couberam tantas pessoas assim naquele elevador? Onde ele está? Finalmente, o último a sair: um cara que nunca vi antes. Droga! Será que ele não vem? Antes de perdermos o contato, ele prometeu que viria e que tudo ficaria bem. Só eu mesma para acreditar nisso! É óbvio que jamais viria. Maria Eduarda, você é muito idiota! A esta altura deve estar nas Ilhas Canárias, rindo da sua cara! Ou pior, nem pensando em mim.

Patrícia, que estava no celular, tensa, olha em minha direção e vem até mim.

— Duda, calma! Você está pálida! Quer mais água? Outro café? Talvez ir ao banheiro de novo? O juiz acabou de avisar que atrasaremos dez minutos. Posso descer e pegar uma salada ou um sanduíche para você.

— Eu vou e trago um sanduíche de gorgonzola que você vai amar. Vim aqui visitar Paty um dia e experimentei. Só pensei em você. Já volto. — Tereza pula da cadeira, sem me dar a chance de recusar.

Eu amo gorgonzola! Sou capaz de comer no café da manhã, no lanche, no almoço, no jantar e antes de dormir. Puro ou como acompanhamento. Minhas amigas sabem bem como tentar me animar. Mas hoje, só de pensar, meu estômago volta a doer. Sei que preciso comer algo, senão realmente irei desmaiar lá dentro, só não consigo imaginar o que não me faria vomitar outra vez.

A espera me deixa inquieta. Eu me levanto e, mesmo sem sede, pego mais água. Mais de perto, posso ouvir a senhora mais velha reclamando.

— Está fazendo o que aqui? Passei meses pedindo sua ajuda e você nunca me respondeu. Você me deixou anos sozinha, nem uma visita decente. Só tinha notícias suas graças a Laura. Aí, depois de tudo, depois que virei piada, a coitadinha da família... Agora você resolve estar presente? Preferia que fosse minha netinha aqui comigo. Você deveria ter ficado em casa!

— Ah, mãe! Não me culpe por você ser uma idiota iludida! Onde já se viu? Então, agora você que é a vítima dessa história? Realmente... A senhora precisa ser interditada.

Volto correndo e me encolho no banco como se pudesse desaparecer. Eu sou culpada. Sou responsável por tudo aquilo. Roberto e Estela parecem não saber o que dizer, mas me olham com carinho. Fecho os olhos e não consigo evitar as lágrimas que começam a rolar no meu rosto como uma correnteza.

O elevador faz um barulho ao chegar. Meu coração está novamente fora do compasso. Saem Patrícia e Tereza com meu sanduíche. A cara de Paty está péssima, reconheço na sua expressão um pedido de desculpas. Meu Deus, minha amiga se sente culpada pelo quê? Ela é sempre tão carinhosa comigo. Acho que me ver desta forma está sendo demais para ela. Tento conter as lágrimas, mas é pior.

Então, eu o vejo. Logo atrás da Tereza, lá está ele!

Nunca havia visto o Jahi de terno. Imponente! Lindo! Olho rapidamente e posso observar que está ainda mais bonito do que me lembrava. Negro, alto, corpo musculoso, mas não forte demais, queixo quadrado e com covinha. Tudo o que sinto por ele reascende e o meu corpo reage, cada molécula, de forma desesperada. Eu não estava preparada e nunca estaria. Não consigo disfarçar e volto a olhar para aquele homem que amo mais que tudo, mesmo sabendo que não deveria.

Ele me olha e para de imediato. Está tenso. Seu olhar endurece, fica frio e toma conta dos seus olhos cor de mel, que parecem atirar raios de gelo em minha direção. Estremeço de amor e medo. Como ele ainda tem este poder sobre mim? Sinto vontade de abraçá-lo. Quase me levanto para ir ao seu encontro, mas percebo a mão, com esmaltes vermelhos, a tocar no seu ombro. Acompanho aquela mão e vejo uma mulher incrível, linda, de cabelos dourados, pele bronzeada, corpo escultural, vestindo um terninho preto que parece ter sido costurado naquele corpo perfeito. Ela usa um salto Luís XV vermelho e meias transparentes. As meias estão ali só por estética, aquelas pernas não precisam de nenhum disfarce. Ela é irritantemente perfeita! E está sorrindo! Sorrindo!

A miss perfeição fala algo no ouvido dele e o puxa para a sala que fica de frente para o elevador. Jahi a acompanha, sem me olhar de novo. Logo voltam e se sentam no banco mais distante. Eles estão tão próximos, falando baixinho, tento entender o que estão dizendo, sem sucesso. Demonstram ter muita intimidade. Ela, falando muito e dando risada enquanto lhe mostra algo no celular. Dividem o mesmo fone de ouvido e parecem felizes. Recordo das muitas vezes em que estivemos assim. Ele e eu, compartilhando segredos.

Tereza me entrega o sanduíche, sem dizer uma palavra. Estela pega a garrafa de suco, abre e coloca, praticamente, na minha boca. Bebo um gole e só consigo sentir gosto de fel. Pego o lanche e como com toda raiva. Jahi nem me cumprimentou! Como passei dias sem me alimentar, sem dormir, sem cuidar de mim, por conta de um homem que nem sequer me cumprimenta? E ele ainda vem acompanhado de uma modelo para a audiência, sim, porque ela só pode ser modelo! Ele me prometeu que iria resolver tudo e que ficaríamos juntos! Sou muito idiota, burra, estúpida, babaca...

Ahhhh... Eu quero gritar! Ao invés disto, como o sanduíche inteiro em menos de trinta segundos.

Olhando daqui, sinto-me uma tola por não ter percebido os sinais. Em duas ocasiões ele me enganou! Por duas vezes eu me entreguei, amei e perdoei. Minha mãe sempre dizia: "Tudo o que acontece uma vez, pode não se repetir. Mas se houver a segunda, certamente acontecerá a terceira". Será que eu conseguiria perdoar ele de novo? Bebo o restante do suco num gole só, já me levantando para jogar a garrafa na lixeira, junto com a embalagem do sanduíche.

Não consigo parar de olhar, ou melhor, fuzilar aqueles dois com o olhar, mas acho que nem percebem. Eles riem. Estamos à espera de uma audiência séria e ele fica vendo vídeos no celular, dando risadas com a namoradinha, como se fosse algo sem importância! Que raiva!

Vou até o banheiro para lavar o rosto e me acalmar. Patrícia, Tereza e Estela chegam em seguida.

— Duda, respira! O Roberto está à porta, mas ele está quase batendo no Jahi. Só não bateu porque sabe que vai preso imediatamente. O mesmo te digo, se controle, estamos num tribunal. Na condição de sua advogada e amiga eu pergunto: Você vai manter seu depoimento? — pergunta Patrícia, abraçando-me.

— A vontade que tenho é de ir lá e matá-los. Mas vou manter o certo. Vou falar a verdade, nem que isto me dilacere mais uma vez! — falo, escovando os dentes como se fosse arrancá-los com a escova.

— Amiga, respira senão pira! Olha para mim, puxe o ar contando até quatro e solte contando até cinco. Se concentre nisto, na contagem. Olhe para mim, está ouvindo? Respire. — Tereza fala enquanto massageia minhas têmporas.

— Duda, me dê esta escova. Quer que pegue água? — diz Estela, já se encaminhando para a porta.

— De jeito maneira! Faço questão de pegar essa água eu mesma. — Paro a contagem da expiração ainda no número três e saio do banheiro como um raio.

A caminho do bebedouro, quase piso no pé da "*topmodel*". Jahi tenciona as costas largas, mas não me olha. Ela nem percebe a minha presença. Encho um copo e bebo encarando os dois. Eles estão sorrindo e sinto que cada risada atravessa o meu corpo como flechas. Estou invisível? Coloco mais água no copo e, ao me afastar do bebedouro, já não posso mais conter a raiva. Finjo um tropeço e derrubo a água toda em cima dela.

— Nossa! Me desculpe, sou muito desastrada! Eu te molhei? — falo, tentando não parecer irônica.

— Não se preocupe. Essas coisas acontecem. — Ela retira uma caixinha de lenços de papel da bolsa e se seca, enquanto me olha com ar de tranquilidade e abre o maior sorriso que já vi. — Não precisa me olhar desta forma, está tudo bem mesmo. Não me molhou muito. Além do que, está tão quente lá fora que eu estava desejando um banho — e gargalha. Parece sincera, o que me deixa péssima! Eu sou a pior pessoa do mundo! Ela não tem culpa de nada. — De Verdade! Fica tranquila. Qual o seu nome?

— Maria Eduarda.

Percebo que só agora ela compreende a situação. Ela se vira para Jahi, que desvia o olhar para o seu sapato Salvatore Ferragamo. Então ela me olha de cima a baixo e sorri, com menos sinceridade dessa vez, porém, igualmente bela.

— É um prazer, Maria Eduarda. Sou Alika Torey. — Levanta-se e me estende a mão.

Nós nos cumprimentamos de forma educada. Roberto se aproxima e segura a minha mão. Nesta hora, percebo que Jahi me olha fixamente.

— Como vai, Jahi? Quanto tempo! — diz Beto, ainda segurando a minha mão e me puxando lentamente. — Vamos nos sentar, *baby*? Você deve estar cansada.

Jahi ameaça vir na nossa direção, mas Alika o segura.

— Audiência do caso Jahi Luckman. As partes estão presentes? Por favor, me acompanhem — diz o oficial, sem perceber que impediu que uma briga começasse.

A caminho do tribunal, faço um retrospecto de tudo o que me aconteceu nos últimos três anos. Jamais conseguiria prever que isto fosse acontecer e terminar desta forma. Eu era uma criança ainda, pelo menos no que se refere ao emocional. Não fazia ideia do quanto é possível sofrer por amor e, principalmente, pela falta de amor.

Olhando para trás, consigo ver exatamente minha trajetória até aqui, neste tribunal.

Capítulo 1

Dia 6 de julho de 2015...

Acordo pingando de suor. Olho para o lado da cama e está vazia. Onde ele está? Será que já foi?

— Amor... — chamo com voz de dengosa, sonolenta. — Amooooorrr... — Sento-me na cama e me visto com uma camisa dele. — Neto! Cadê você, amor?

Vou caminhando do quarto para a cozinha.

Nem acredito que conseguimos comprar este apartamento. Tudo bem que é financiado, mas é nosso! Juntei o dinheiro de uma indenização, assim como a herança da minha tia e fui ao banco. Quase não tive coragem para entrar, com medo de receber um "não"! Mas lembrei da minha mãe que sempre dizia: O "não" você já tem, batalhe pelo "sim"!

Entrei com toda a minha documentação. Não levei nada do Neto porque ele trabalha como autônomo e não sabíamos que era possível comprovar renda. Depois soubemos que podia. Mas, como tenho um emprego que me paga bem, fiz apenas com a minha renda. E deu certo! O financiamento foi aprovado e conseguimos comprar o apartamento dos nossos sonhos. Neto ainda não pôde contribuir com nenhuma parcela, porque precisa ajudar a mãe que está doente. Aliás, preciso ir visitá-la e conhecê-la. Estamos juntos há três anos e ainda não nos conhecemos, na realidade, nunca sequer nos falamos por telefone, apenas cartões de Natal e aniversário.

Voltando ao apartamento, compramos um de três quartos já pensando em filhos. No começo não pensava em neles, mas Neto me provou que sempre quis, só estava com medo. Agora estamos tentando engravidar. Minha vida não podia estar melhor!

Neto preparou uma linda mesa de café da manhã. Comprou tudo o que eu mais gosto: café, torradas com geleia e queijo, frutas, suco, bolo.

— O que estamos comemorando hoje? Que eu lembre não é nenhuma data especial.

— Pombinha, estamos comemorando o amor! Eu tenho a mulher mais linda, mais perfeita, mais inteligente do mundo! Preciso te mimar todos os dias em agradecimento por você ter me olhado, ter se apaixonado por mim, por estar comigo, por poder acordar todos os dias ao seu lado! — Ele me abraça e me carrega com um beijo doce e apaixonado. — Duda, eu te amo! Sempre vou te amar!

— Nossa, amor, que lindo! — Eu o beijo. Ele me coloca na cadeira e me serve uma xícara de café preto, como gosto. — Que milagre é este? Você acordando cedo assim?

— Acordei de madrugada, super inspirado depois da nossa noite de amor, e fui para o ateliê. Você vai adorar o que estou pintando. É para você, que me inspira todos os dias. Resolvi pintar um quadro em sua homenagem. Quando o dia começou a clarear, voltei para casa, para preparar esta surpresa.

— Quero ver! Posso passar no seu ateliê depois do trabalho — sugiro, devorando uma torrada.

— Ainda não. Você só vai ver quando estiver pronto. É um símbolo do meu amor e devoção. Você é meu mundo, Duda! — Pega minha caixa de medicamentos. — Não esqueça os seus remédios, amor.

Estou fazendo tratamento para engravidar. Tentamos naturalmente por quase um ano, mas não conseguimos, então buscamos o acompanhamento de uma especialista. Espero conseguir logo. Não vejo a hora de ver o nosso bebê, o símbolo do nosso amor!

Depois do café da manhã, arrumo-me para ir ao trabalho. Neto vai dormir mais um pouco. Ele, geralmente, trabalha até mais tarde e descansa pela manhã.

Ao final da minha última aula, encontro com Beto, meu melhor amigo e ex-namorado. Combinamos de ir ao café na esquina da faculdade onde trabalho.

— *Baby*, que cara maravilhosa é esta? A noite foi boa ou o dia foi maravilhoso?

— As duas coisas. Tive uma noite incrível com Neto. Ele preparou um café da manhã especial para celebrarmos o amor.

E as minhas aulas foram maravilhosas! E você? Como vai Cleide?

— Ela está bem, só não quis vir porque invoca com você. Mas está em casa, preparando uma planilha para amanhã.

— Beto, precisamos fazer com que os nossos parceiros entendam que somos apenas amigos. Cleide não vem me encontrar por ciúmes e o Neto não te deixa entrar lá em casa. Estamos bem arranjados, não? — Apesar de irritante, sempre achamos graça dos ciúmes dos nossos parceiros. Não deve ser fácil entender que somos só amigos agora.

Dia 10 de julho de 2015...

Acordo com uma vontade enorme de continuar dormindo. Neto e eu tivemos outra noite maravilhosa e estou com preguiça de ir trabalhar. Ele não está ao meu lado na cama, mas sinto um cheiro de café, o que significa que acordou cedo, de novo, para preparar. Que homem maravilhoso! Como eu precisava dele na minha vida, depois de tanta coisa ruim!

Vou até a sala e o encontro no sofá com o celular nas mãos. Ao perceber minha presença, ele deixa o celular de lado e vem me abraçar.

— Minha pombinha! Já acordou? Você ainda pode dormir mais uns trinta minutos. Vai para cama que vou te fazer uma massagem.

— Obrigada, mas prefiro ficar aqui, com você. — Percebo uma mala no canto da sala. — Que mala é esta?

— Duda! Não era para você ver! Era para ser uma surpresa! — diz, visivelmente triste. — Planejei uma viagem curta, só nós dois, neste final de semana. Fiz reserva num *resort*, na Linha Verde. Nós vamos hoje e voltaremos na segunda pela manhã, direto para sua aula. Eu te pego no trabalho e vamos.

— Amor, que lindo! Obrigada, você é perfeito! — agradeço, jogando-me em seus braços. Caímos no sofá e transamos ali mesmo.

Enquanto me arrumo para o trabalho, lembro que no dia seguinte combinamos um jantar na casa de Beto, para comemorar o aniversário de Cleide.

— Amor, amanhã nós temos um jantar na casa de Beto e Cleide, é o aniversário dela, lembra? — Neto entra no quarto e me abraça por trás, olhando-me através do espelho.

Consigo sentir sua ereção pressionando minha bunda, o que me deixa completamente mole.

— Pombinha, precisamos mesmo ir? Já está tudo reservado. Tenho um final de semana especial planejado para nós dois. Se eles são seus amigos de verdade, vão entender e ficar feliz por nós — fala enquanto morde o lóbulo da minha orelha, colocando uma das mãos no meu seio e a outra no meio das minhas pernas.

Como resistir a isto? Concordo com a cabeça, imaginando a reação de Beto a mais este furo.

Dia 2 de agosto de 2015...

Acordo, de novo, sem Neto ao meu lado. Ele está acordando muito cedo ultimamente, sempre preparando alguma surpresa. Levanto da cama e sigo em direção à cozinha.

— Paixão, fecha os olhos! — Neto aparece no corredor, guiando-me até a cozinha. — Vem devagar, pombinha, sente-se aqui. Agora, segure isto. Abra os olhos e vamos ver o resultado. Já preparei a mesa para podermos comemorar!

A mesa está linda, decorada com flores. Olho para o envelope diante de mim e vejo que é do laboratório onde fiz o Beta HCG. Neto deve ter ido logo cedo pegar o resultado e preparar uma mesa maravilhosa de café da manhã, cheia de coisas gostosas e saudáveis. Ele está controlando minha alimentação, preparando meu corpo para receber nosso filho. Sim, ele disse que sabe que vai ser um menino! Só como o que é autorizado pela nutricionista e pela ginecologista. Tomo ácido fólico regularmente, faço atividade física — coisa que nunca suportei —, reeducação alimentar, yoga... Tudo pelo nosso filho.

Neto me encara, ansioso pelo resultado, mas confesso que estou morrendo de medo. Já estamos neste ritual desde o início do tratamento, por cinco meses tenho que lidar com a decepção dele ao ver o resultado negativo.

— Desta vez vai dar certo, pombinha. Você fez todos os exames e a médica disse que você não é infértil. Nós estamos transando nos horários certos, estamos controlando a alimentação, até yoga estamos praticando. Se não existe nada de errado no seu corpo, você está grávida! A mulher nasce para ser mãe! — Neto fala, tentando me tranquilizar.

Abro o envelope e olho para o resultado sem conseguir enxergar o que está escrito. Minha vista embaça, sinto minha cabeça rodar, fico tonta, sinto uma dor no pé da barriga. Tento me concentrar no papel.

— Menor que 1. O que significa? — Olho para Neto sem entender.

Ouço o barulho do arranjo de flores quebrando na parede, atrás de mim. Tudo fica embaçado.

Como aquilo foi parar na parede? Olho para o chão e vejo vidro, água e flores. O vaso passou muito perto da minha cabeça. Olho assustada para Neto e não o reconheço, ele está parecendo um bicho. O café da manhã inteiro sendo jogado no chão, enquanto diz coisas que não consigo entender. Ouço fragmentos de frases soltas... "a culpa é sua", "deveria arranjar outra", "nem para me dar um filho você serve", "inútil"...

As reações de Neto com os resultados e decepções anteriores também não foram boas, mas parecem piorar com o passar do tempo. No primeiro mês, ele se trancou no quarto e eu tive que dormir no quarto de hóspedes. Cinco meses depois e ele atira um vaso de flores na parede. Será que o vizinho ouviu? Que vergonha! Como vou sair de casa agora? Com que cara vou entrar no elevador com Sr. Cláudio, vizinho de porta?

Quando me dou conta, Neto já saiu do apartamento. Começo a catar as coisas quebradas, mas paro e começo a chorar. Quero tanto dar um filho para ele! É o sonho dele e eu não consigo realizar. Já sei, vou procurar outra médica, alguém precisa descobrir o que há de errado com o meu corpo. Algum exame deve estar errado! Não é possível que eu seja fértil e não consiga engravidar! O que estou fazendo de errado?

Mecanicamente eu me sento à mesa e me sirvo de café. Olho, de novo, o exame e ligo para Tereza, só ela vai conseguir me ajudar.

— Tereza, vem para cá. Não estou grávida e o Neto saiu de casa. Tá. Estou te aguardando. Ok. Fale com Paty e Estela, mas não com Roberto, você sabe que Neto não gosta dele. Não, este não é o melhor momento para falarmos disso. Vem logo, por favor!

Quando Tereza, Paty e Estela chegam, eu já havia limpado toda a cozinha. Não queria que elas vissem o que ele fez.

— Como você está amiga? Conseguiu comer algo? Ainda está usando a camisa dele. Venha tomar um banho enquanto Estela prepara algo para a gente comer — Tereza fala já me levando para o banheiro.

Depois do banho, sento-me no sofá com Paty e Tereza, Estela traz uma bandeja com comida e se senta na poltrona perto de mim. Como, ainda chorando.

— Nos conte o que aconteceu. Tudo porque não está grávida? Não sabia que você queria tanto. Desde criança você dizia que não queria ser mãe — Estela contesta.

Nós nos tornamos amigas aos cinco anos, quando a família dela se mudou para o prédio onde eu morava. Desde então nós não desgrudamos. Ela passava mais tempo na minha casa do que na casa dela. Estela é arquiteta e design de interiores.

— Neto quer muito. EU quero muito, sim! Ele merece um filho. "Nós" merecemos uma família de comercial de margarina: um casal de filhos, um cachorro, uma casa de revista, um carro ótimo na garagem, viagem anual para o Caribe, casa de praia e um sítio com cachoeira. É pedir muito? — falo soluçando.

— Duda, desde quando você gosta de cachorro? Você não é gateira? E Caribe? O que aconteceu com "vou conhecer a Europa toda antes dos trinta e cinco anos"? — Paty lembra nossas inúmeras noites fazendo planos durante a faculdade.

Apesar de eu ter me formado advogada e ter passado no exame da OAB, nunca advoguei. Preferi me dedicar ao ensino do direito. Minha amiga é uma das advogadas mais conceituadas no direito penal e civil.

— Pessoal, vamos deixá-la um pouco? Sem cobranças? Respira, me dá a sua mão. Beba essa água. Isso! — Tereza é terapeuta holística, e agora resolveu estudar psicologia.

Ela é formada em música, com especialização em musicoterapia. Nós nos conhecemos, por acaso, num café. Não havia nenhuma mesa vazia e ela se sentou ao meu lado. E lá se vão quase dez anos de amizade! Dez anos ouvindo: "respira senão pira".

Meu telefone toca, é Roberto, meu ex-namorado e melhor amigo. Neto não o suporta porque pensa que ele vive dando em cima de mim, mas isso nunca aconteceu. Beto e eu tivemos uma longa conversa quando terminamos, já estávamos mais amigos do que namorados. Agora ele está namorando uma colega de trabalho. Os dois trabalham em um escritório de contabilidade.

— *Baby*, sei que não sou bem-vindo aí na sua casa, então estou aqui no nosso café. Venha para cá! Vamos conversar e rir um pouco, ou chorar. Você decide. Depois podemos ir para minha casa e eu faço aquela lasanha que vocês tanto gostam. Por favor, quero estar com você agora. Já comprei os ingredientes da lasanha e até faço na sua frente, para você aprender a minha receita secreta. Mas venham, por favor! — Roberto praticamente suplica.

Quando olho para as meninas, elas já estão de pé, com minha bolsa em mãos. Saímos de casa em menos de cinco minutos, mas sei que vou me arrepender disso mais tarde, quando encontrar com o Neto.

Tive um dia maravilhoso com meus amigos. Eles são a minha rede de sustentação. Depois que meus pais morreram num acidente de carro há quatro anos, eles me deram forças para continuar. Se não fosse este suporte, teria entrado em depressão. Na realidade, eu entrei e eles me ajudaram a sair, mas também tive acompanhamento com Dra. Conceição, minha psiquiatra e Carlos, meu psicólogo. Só parei o tratamento pouco depois de começar a namorar o Neto.

Já é noite quando volto para casa. Fico alguns minutos do lado de fora, olhando para a porta, com medo do que vou enfrentar. Quando ele souber que encontrei Roberto e as meninas, que passei o dia na casa dele, que consegui me divertir, que bebi um vinho... Nossa! Quando ele souber que fiz tudo isso, vai brigar muito! Não deveria ter bebido, estou em tratamento para engravidar, nem deveria ter me encontrado com Beto hoje, ainda mais depois da nossa briga. Neto vai pensar que foi uma provocação.

Respiro fundo e me preparo para receber outro vaso em minha direção, até fecho os olhos e espero pelo impacto. Nada acontece! Continuo esperando ouvir os gritos ou qualquer reação de Neto, mas só escuto uma música de fundo — *Wrecking Ball*, de Milley Cirus. Nossa música! Com cuidado, abro os olhos e vejo flores por toda casa, velas acesas, um jantar maravilhoso na mesa e ele ajoelhado, segurando uma caixinha de joias em sua mão.

— Sou um idiota! Não deveria ter reagido daquela maneira. Fiquei muito chateado com o fato de você ainda não estar grávida. Mas só foi desta vez, prometo que vou me controlar. Você é a mulher da minha vida! Nós dependemos um do outro, só podemos contar um com o outro e nos amamos mais do que tudo! Sei que você vai fazer o tratamento para conseguir engravidar, sei que você faria tudo por mim!

Respira, Duda, respira.

— A gente não vive um sem o outro. Você nunca vai achar alguém que te ame como te amo, te trate como te trato, te coloque num altar, te faça se sentir bonita, desejável, inteligente. Sou capaz de tudo por nosso amor. Sei que você jamais deixará algo acontecer que termine nossa relação, que fará de tudo para me deixar feliz, que me ama mais do que a você mesma e que valoriza todo o sacrifício que realizo para ficar com você.

Sério? Estou ouvindo isso mesmo?

— Sua TPM, seu mau humor matinal, sua incapacidade de perceber que seus amigos te exploram, suas celulites e estrias que eu finjo não ver, seu desleixo com a casa, sua necessidade de trabalhar demais. Nada disso é fácil de lidar, mas faço este sacrifício pelo nosso amor! — fala com um sorriso torto no rosto. — Também não sou santo, mas eu apenas reajo a algumas situações. Hoje de manhã foi isso. Desculpe se não consegui controlar a raiva daquele resultado, mas você entende o meu lado, não é, paixão?

Ele me olha com tanto carinho.

— Eu não poderia reagir de outra forma vendo que, de novo, você não conseguiu fazer a sua parte. Mas posso esperar mais um mês, por você o sacrifício vale a pena. O nosso amor é nossa salvação. — Ele me encara, vejo amor nos seus olhos, devoção, paixão, medo da recusa. — Maria Eduarda, você quer se casar comigo? Na igreja, cartório, contrato nupcial, lua de mel... Tudo que vocês, mulheres, tanto gostam.

Eu não consigo acreditar! Estava esperando mais uma briga, uma DR horrorosa. E aquele homem lindo, que me ama, que perdoa todos os meus erros e defeitos, que faz tudo por mim, está de joelhos na minha frente, pedindo-me em casamento?

— Sim! Mil vezes, sim! É claro que sim! — grito a plenos pulmões, ajoelho-me diante dele e o beijo.

Ele me toma com tanta força que quase caímos. O beijo dele me invade a alma, enquanto sua língua invade a minha boca. É possessivo, dominador, másculo, de paixão! Nossa! Como amo este homem! Estou tomada pelo desejo, começo a me deitar no chão, mas ele interrompe, provocando-me:

— Duda, a comida vai esfriar e o suco esquentar. — Ele se levanta, ajudando-me. — Aliás, estou sentindo gosto de vinho na sua boca? Você sabe que não deveria beber porque estamos tentando engravidar. Talvez tenha sido isso que te fez ser incapaz de engravidar este mês — fala, sorrindo sedutoramente. — Vamos comer e depois, para a cama.

Ele me dá um selinho, quase sem encostar direito, apertando a minha bunda. Senta-se à mesa, já servindo o próprio prato. Abaixo e pego a caixinha que havia caído no chão e olho para o anel. Um lindo anel com uma pedra ametista, a minha preferida. Coloco no dedo e me sento para jantarmos. Ele já está comendo.

— Amor, que comida maravilhosa! De onde é? — pergunto, sem parar de comer.

— É de um restaurante afastado da cidade. Pequeno, discreto, com uma comida ótima. Quando estive lá, eu sabia que você iria adorar. Fiquei esperando a oportunidade para pedir o *delivery* — disse se servindo do vinho que eu não podia beber.

— Quando você esteve lá? Você não me falou que ia almoçar fora. Onde fica?

— Estive lá algumas vezes, em reuniões de trabalho. Fica em Imbassaí. É um bonito lugar, romântico.

— Você foi para Imbassaí, algumas vezes? Por que tão longe? E por que nunca me falou destas reuniões? Foi com quem? Algum trabalho em vista? Vai expor onde? — pergunto, animada. Fico feliz que os trabalhos estejam fluindo para ele também, faz um tempo que não expõe e nem vende nenhuma tela ou escultura. Passa o dia no estúdio, às vezes, a noite toda, buscando inspiração, mas não tem conseguido colocar para fora o que se passa dentro da sua alma. Fico preocupada porque ele está cada vez mais distante. O fato de todas as contas da casa serem pagas por mim tem sido um problema para ele. Tudo o que ganha, manda para a mãe.

— Nossa! Será que a gente pode ter um jantar tranquilo, sem cobranças? Só queria me deliciar com esta comida, ouvir uma música e aproveitar a companhia da minha futura esposa. Podemos ter essa conversa chata depois? — Ele levanta e me puxa, deixando meu prato ainda com comida. — Vamos para o quarto, agora! — Ele me puxa, dominador, sem nem olhar para trás. Nossa! Que homem!

Depois de fazermos amor, Neto já estava dormindo. Eu me levanto da cama com todo cuidado, preciso falar com meus amigos, contar as novidades, apesar de ser quase 3h da madrugada! Vou para a varanda e envio uma foto da minha aliança. Em menos de um minuto "todos" respondem. Combinamos de nos encontrar na hora do almoço.

Que dia maravilhoso! Jamais pensei que um dia que começou tão mal seria compensado desta forma! Eu vou me casar com o homem da minha vida!

Capítulo 2

Dia 3 de agosto de 2015...

— Que anel lindo!

— Ele te pediu de joelhos?

— Por que não um par de alianças?

— Já marcaram a data?

— Quem vai ser a madrinha?

— É obvio que o padrinho sou eu!

— Ele te pediu desculpas?

— Vai ter casamento na igreja?

— Já escolheu o vestido?

— E a igreja?

— É bom reservar logo o salão...

— Já tem a cerimonialista? Ouvi dizer que é difícil conseguir uma...

— Se você está usando este anel, o que Neto está usando?

— Vai ter feira de noivas na semana que vem, vamos?

Todos perguntam ao mesmo tempo, e eu ainda nem me sentei à mesa. Não consigo responder a nenhuma pergunta, mas estou com um sorriso de orelha a orelha.

No trabalho, os alunos logo perceberam o anel e foi uma festa! A "rádio corredor" se encarregou de espalhar a notícia pela faculdade e logo alunos, funcionários e professores estavam me felicitando. Foi difícil dar aulas e andar pela faculdade. Ainda bem que não darei aula essa tarde, assim os ânimos se acalmam.

— Posso respirar e pedir algo para comer? Estou morrendo de fome. — Tento pegar o cardápio.

— Não sei o porquê de você pegar o cardápio, se vai pedir aquele frango com legumes que é a única coisa que Neto te deixa comer aqui... — Beto fala, alfinetando.

Ele e Neto criaram uma relação pautada na birra. Um vive alfinetando o outro.

— Nada disso! Ele só está cuidando da minha saúde. Pare de pegar no pé do meu futuro marido... — Mostro a aliança. — Gente! Vou, finalmente, desencalhar!

— Mas, amiga, você nunca esteve encalhada. Sempre pôde escolher e inclusive não me lembro de você solteira por mais de uma semana... — Patrícia me lembra.

— É verdade! E foi assim desde a época da escola — Estela completa. — Você sempre curou a dor de um amor com outro amor.

— E existe outra forma de curar? Enfim, vou comer o frango mesmo. — Eles riem. — Respondendo: Não temos data, nem igreja, nem cerimonialista, nem padre, nem salão, nem *Buffet*, nem padrinhos, nem... Só temos o amor! E o pedido foi lindo! Quando cheguei em casa, ele estava de joelhos, com a casa cheia de flores, velas e a nossa música tocando! Ele disse um discurso lindo! Jantamos e fizemos amor. Foi tão difícil dormir depois... Passei a noite olhando para ele ali dormindo e pensando: "Este homem me ama! O que fiz para merecê-lo?".

— *Baby*! A pergunta certa é: "o que 'ele' fez para merecer seu amor?". Você é uma pessoa maravilhosa! Não se menospreze. Você é muito mais do que ele! — Roberto sentencia e todas concordam.

— Ah! Para! Vocês são meus amigos. É óbvio que vão puxar o meu saco — comento, sem graça.

— Duda... É sério que você não enxerga que você é maravilhosa? — pergunta Estela devorando o último pedaço de pão da cestinha.

— Vamos parar com isso? A questão não é esta... — Tento mudar de assunto.

— Você está feliz? É isso mesmo que você quer? É com ele que você quer casar? — Tereza pergunta, abrindo espaço na mesa para a garçonete colocar os pratos.

— Gente, eu sempre quis me casar na igreja, com um homem que me amasse. Um cara lindo, inteligente, gente boa, que meus amigos gostassem...

— Mas como não achou ninguém assim, aceitou casar com Neto! — Roberto me interrompe, rindo. — Aliás, você teve este cara! Mas eu nem consegui te pedir em casamento, Neto chegou te levando com ele...

Risos de todos na mesa.

— Vocês são as melhores pessoas do mundo! Posso contar com a ajuda de vocês para organizar este casamento? Tenho certeza de que Neto nunca vai conseguir decidir sobre as flores, o bolo, decoração, igreja, *Buffet*...

— Claro que sim! Toda parte de documentação, contratos de prestação de serviços, divisão de bens, análise das empresas que você escolher... Pode deixar comigo! — Paty fala, já mandando uma mensagem para sua sócia. — As outras coisas todos nós faremos!

O almoço segue nesse ritmo, fazendo planos para o casamento, conversando sobre a organização e, principalmente, sobre o resto da minha vida! No final do almoço, recebo uma mensagem de Neto, cancelando nosso cinema.

— Gente, estou com a tarde livre. Vamos fazer algo? — pergunto, querendo prolongar o almoço.

— Eu tenho três audiências. Nem posso. — Paty fala já se despedindo de todos com beijos no rosto.

— Eu tenho uma paciente em trinta minutos, mas às 16h estarei livre. Te ligo! — Tereza nos abraça e sai.

— Preciso visitar uma obra com um cliente. Mas talvez seja rápido. Também te ligo! — Estela termina de pagar a parte dela e já se despede.

— Eu consigo tirar folga hoje à tarde. Só preciso fazer uma ligação. — Roberto se levanta e vai para fora do café. Volta com a conta paga e me chama. — Duda, soube que está passando um filme ótimo no cinema aqui perto. Ou podemos ir até a loja da minha prima Ariel, que faz vestidos de noiva. O que você prefere? Fica na Linha Verde. Podemos ir lá e depois passear na Praia do Forte. O que você acha?

— Claro que vamos à loja! — Saímos de lá ainda mais radiante.

Passamos boa parte da tarde conversando com Ariel sobre como quero que seja o meu vestido. Ela fez anotações e alguns esboços. Vai me enviar uma proposta de vestido até a sexta-feira. Quando saímos da loja, já estávamos com fome, então desistimos de ir para a Praia do Forte. Resolvemos ficar em

Imbassaí mesmo, e encontramos um pequeno restaurante. Estamos felizes e rindo bastante quando de repente:

— Maria Eduarda! O que você faz aqui, e com "ele"? — Congelo ao ouvir aquela voz irritada.

Levanto-me imediatamente quase derrubando tudo o que está na mesa. É Neto! Como? Ele me disse que teria que comprar umas tintas para um quadro de encomenda...

— Oi, Neto. Parabéns pelo noivado! — Roberto se levanta e tenta cumprimentá-lo, estendendo a mão.

Meu noivo o olha com desprezo. Eu só quero sair dali, mas então noto que ele está acompanhado de uma mulher loira e muito bonita.

— Você ficou noivo? — ela pergunta para Neto, com uma cara que eu não consigo decifrar, algo entre surpresa, irritada e irônica. — Parabéns, Paulo!

Ninguém o chama pelo primeiro nome, nem eu. Como que ela sabe o nome dele?

— Depois conversamos... — Neto sussurra entre os dentes, sem nem virar para ela. — Você ainda não respondeu, Maria Eduarda.

Eu não consigo falar nada. Só olho a mão estendida de Beto, a cara da loira misteriosa e o olhar fuzilante de Neto.

— Prazer, sou Roberto, melhor amigo de Duda. Você é...? — Beto se vira para a loira.

— Prazer, Micaela, eu sou...

— A modelo do quadro de encomenda que eu te falei. Ela é namorada do meu cliente. — interrompe Neto. — Mas continuo aguardando a resposta. O que você faz num restaurante discreto, romântico e longe de Salvador, com ele? — Neto não tira o olho de mim.

— Nós viemos na loja da minha prima, que faz vestidos de noiva, depois viemos comer aqui por ser perto da loja. E o que você faz com a modelo do seu quadro num restaurante romântico, discreto e longe de Salvador? — Roberto se mete na minha frente, quase avançando em Neto.

— Não é da sua conta! Vamos embora Duda. — Neto me pega pela mão e me puxa para a saída.

— Espera aí! — Micaela e eu falamos ao mesmo tempo.

Neto fica sem saber o que fazer.

Meu Deus, que situação constrangedora... Eu sabia que meu noivo não gostava de Roberto. Por que vim neste restaurante com ele? Agora terei uma briga horrorosa quando chegar a casa, além de ter atrapalhado o jantar de negócios de Neto. Que confusão!

— Paulo, você não vai me largar aqui, sozinha, no meio do nada, e voltar para Salvador com a sua noivinha. Não vai mesmo! — Micaela desafia Neto de um jeito que me incomoda muito.

— E eu estou terminando de comer meu jantar! — Tento me impor.

— Vamos fazer o seguinte. Eu estou de carro aqui. Posso levar Micaela, enquanto você, Duda, volta para a casa com o seu noivo — Beto propõe, mas isto só me deixa mais confusa.

Neto também não sabe o que dizer. Micaela está quase matando meu noivo com o olhar, mas olha para Roberto, analisa cada detalhe e, ao ver o sorriso que ele lhe lança, acaba concordando. Meu melhor amigo é um homem muito bonito e atraente.

Que gangorra de emoções! Ontem foi um dia que começou muito mal e terminou de forma perfeita. Hoje foi um dia maravilhoso e está terminando de forma muito tensa e estranha.

Neto me puxa pelo braço, sem se despedir de ninguém, não me deixa nem pagar a conta, e praticamente me joga dentro do carro. Ele dirige igual a um maluco, em silêncio e sem olhar para o lado. Ao chegarmos, sai do carro, entra em casa e vai direto para o chuveiro. Coloca um pijama de manga e calça, apesar do calor, liga o ar condicionado do quarto no máximo e se dirige a mim apenas ao deitar.

— Não quero respostas, apenas me ouça e me obedeça. Que isto nunca mais se repita! Não te quero sozinha com aquele cara nunca mais! Sem jantares românticos, idas ao cinema, à cafeteria, a casa dele, nenhuma conversinha em aplicativos de mensagens, nas redes sociais, sem piadas internas, nada de contato! Nada! Entendido?

Sem esperar minha resposta, e ainda de costas para mim.

— E quanto a Micaela, não quero que vocês tenham qualquer espécie de contato. Aquela mulher não presta, ela é amante do contratante. Eu sou forçado a conviver com ela, mas se você encontrar com ela na rua, mude de calçada. Se ela te ligar por qualquer motivo, desligue o telefone na cara dela. Se ela entrar em contato fuja e não ouça o que ela diz. Ela é baixa, mentirosa e vagabunda! Estou apenas te protegendo. Agora tome seu banho e venha dormir.

Meu Deus! Não sei o que é pior, ele gritar, brigar, quebrar coisas, ou simplesmente ser frio e controlador desta forma. Sei que ele está preocupado comigo e que sempre foi um pouco dominador, mas eu não gosto do que estou vendo agora. Tomo um longo banho morno, choro um pouco e coloco meu moletom velho. Neto está passando por uma fase muito difícil e eu não estou ajudando, só estou piorando as coisas. Preciso ajudá-lo. Vou para a cama deitar...

— Troque de roupa! Mulher minha não dorme assim ao meu lado. Coloque uma camisola descente — fala com uma risadinha, mas num tom autoritário. Troco o moletom por uma camisola de renda preta. — Nunca mais me desobedeça ou me enfrente na frente dos outros. Eu disse para a gente ir embora e você questionou na frente daquele cara que vive dando em cima de você. Não me desautorize dessa forma. Se eu falar que é para vir, venha imediatamente, em casa conversamos. Entendido, pombinha? — Seu olhar fica mais escuro e ele me dá um dos seus sorrisos tortos que me deixam de perna bamba. — Agora, chegue aqui, que vou te ensinar uma lição. Você foi uma menina muito má!

Ele me coloca sentada na cama, de frente para ele. Sei bem o que deseja e eu darei. Abro o botão da sua calça, mas nem chego a tirá-la, ele coloca seu membro rijo para fora da cueca. Está duro, pulsando. Segura meu cabelo e me direciona para chupá-lo. Ainda tento fazer uma gracinha e beijar sua barriga, mas ele conduz minha cabeça firmemente. Nós ficamos assim por um bom tempo, ele controlando o ritmo, a intensidade e a profundidade. Tento tirar minha roupa e puxá-lo para cima de mim, mas ele controla tudo com tal maestria, que simplesmente o deixo conduzir. A forma como dou prazer a ele é de uma grandeza, que me sinto completa só em chupar. O prazer que sinto ao ser dominada é enorme.

— Olha para mim. Quero te ver me chupando, me engolindo. Isso... Vai, cachorra... — Nossa... Como ele sente prazer em falar e em dominar. E como eu gosto de ser dominada. — Assim, me chupa, mama meu pau. Vou gozar! Assim! Mama meu leite, gostosa, vai! Isso!

Ele goza e eu me delicio com aquele líquido quente na minha boca e garganta. No início eu sentia nojo e vontade de vomitar, mas acabei me acostumando. Hoje sinto tanto prazer em ver o quanto ele gosta de me ver engolindo tudo.

— Nossa, Duda, você chupa muito bem! Eu te ensinei direitinho! — Veste a calça. Como assim? Ele vai parar? Logo agora? — Espera aí, gulosa. Vou só pegar o vinho. Preciso de mais.

Vai até a sala e volta com a garrafa. Bebe direto do gargalo um gole enorme, quase virando a garrafa.

— Sabe, não foi fácil te pedir em casamento, mas eu sabia que depois daquela cena horrível que você me obrigou fazer pela manhã, eu precisava de algo mais impactante do que só te pedir desculpas. Passei o dia todo pensando e tomando coragem. Deu certo. Agora você está dócil e feliz, do jeito que gosto.

Levantando meu vestido e chegando a calcinha para o lado. Eu até tento tirar, mas ele não deixa.

— Shhhh... Quietinha. Nada de tirar a roupa, quero assim mesmo, como se fosse uma foda com um estranho, na rua. — E mete sem cuidado nenhum.

Na hora grito, mas, aos poucos, meu corpo se molda ao dele, a dor se transforma em prazer. Ele tem fetiche em fingir que a gente não se conhece, para ser mais selvagem, sem preliminares. E ele sempre goza muito quando é desta forma.

As estocadas ficam mais intensas, mais profundas. Ele puxa meu cabelo, fazendo-me arquear o corpo de prazer e dor. Nossa! Como esta mistura é eletrizante. A sensação de ser um brinquedinho nas mãos dele é maravilhosa. Ele sabe onde e como me tocar, arrebatar-me e me fazer gozar apenas vendo o prazer dele. E este homem vai ser somente meu para sempre! Será meu marido! Pensando nisso, com ele indo cada vez mais fundo nas estocadas, sugando e mordendo meu peito, puxando meu cabelo, eu gozo, enlouquecida, gritando em êxtase.

— É assim que você gosta, não é? Só eu te faço gozar dessa forma. Você nunca teve tanto prazer na sua vida. Apenas eu sou capaz de te fazer feliz. Só eu posso te comer! Você é *minha*! *Minha*! — Gozamos juntos. — Entenda que eu mando, você obedece e nós somos felizes assim!

Dormimos agarrados, ainda suados.

Capítulo 3

Dia 7 de outubro de 2015...

Os meses se passam e começamos os preparativos para o casamento. Infelizmente, Neto é uma negação para tomar decisões. Não consegue decidir os salgadinhos, o prato principal, os drinks, não tem ideia de como é um evento como esse. Ele acha que devemos contratar alguém que tome todas as decisões. Como não temos dinheiro para isto, sugeriu que eu pedisse licença do trabalho para organizar tudo. Na realidade, sugeriu que eu largasse o emprego, mas pensou melhor quando percebeu que não conseguiríamos pagar as contas apenas com a renda dos quadros dele.

Não foi nada fácil escolhermos uma data. Neto não conseguia achar nenhuma data boa o suficiente. Além do mais, falou algumas vezes em adiar o casamento para quando o nosso filho nascesse, assim conseguiríamos juntar mais dinheiro para a festa. Decidimos por fazer uma cerimônia simples, para poucos amigos e sem família. Com a família faremos um almoço assim que a mãe dele melhorar.

Meus amigos estão me ajudando muito com as escolhas do casamento. Optamos por uma cerimônia civil, com um sacerdote nos abençoando. Eu sempre quis me casar na igreja da minha escola, mas Neto foi lá e viu que eles não tinham data disponível até 2017.

Um amigo de Neto ofereceu o jardim da casa dele, em troca de uma consultoria na decoração da sua casa. Estela fará esta consultoria como um dos seus presentes de casamento.

Marcamos o casamento para o dia 29 de janeiro de2016, às 19h. Temos tanto a fazer, que quase nem vejo mais meu futuro marido. Ele também está trabalhando muito. A mãe dele piorou e está precisando de mais ajuda. Neto está enviando todo o dinheiro da venda dos quadros para ela, mesmo assim, decidimos viajar juntos no fim do ano. Temos passado muitos dias sem nos ver ultimamente. Ele está sempre no estúdio, eu na organização do casamento e ainda perto do final de semestre.

— Amiga, prove este bolo! Que maravilha, hein? Para mim este é o melhor bolo que já comi na vida! — confesso, comendo a fatia quase toda.

— Nossa! Muito bom mesmo! Tem o meu voto! — concorda Tereza.

— Se alguém escolher qualquer outro bolo, eu mato! — diz Roberto — Me chamem sempre para as degustações das comidas! Melhor coisa a ser feita no casamento!

— Infelizmente, não será este bolo. Neto prefere o de baba de moça - esclareço quase lambendo o prato.

— Mas você odeia baba de moça, sempre achou enjoativo. — Beto para de comer e troca olhares com Tereza

— Mas sei que é o que Neto escolheria. E é o que vou escolher. Quero agradar meu futuro marido. Ele está atravessando uma fase difícil e quero agradá-lo, algum problema? — retruco já me irritando com a marcação do meu amigo.

— Amiga, tem certeza? O casamento é dos dois. Que tal um bolo que agrade a ambos? — Tereza tenta apaziguar.

— Além do que, seu noivinho não apareceu em nenhuma das reuniões, degustações, visitas aos *buffets*... Fico até me perguntando se ele sabe a data e se vai comparecer, *Baby*. — Levanta assim que solta sua ironia.

— Eu amo Neto. Estou muito feliz com ele, animada para me casar, ansiosa, organizando tudo e esperançosa por ter uma vida feliz ao seu lado, com nossos filhos! Por favor, não me faça questionar a minha escolha de você como padrinho. A questão da gente não engravidar tem deixado as coisas tensas, além dos preparativos do casamento e a piora da mãe dele. Ele só precisa de um pouco de compreensão. É pedir muito?

— *Baby*, desculpe. Você sabe que tenho problemas com seu noivo e isto não tem nada a ver com o nosso passado juntos. Acho que ele não te merece, não te trata como você deveria ser tratada. Era para ele estar aqui, com você. — Tenta ser o mais doce possível. — E quanto aos filhos, ele já fez o teste de fertilidade? Conseguiu falar sobre isso com ele? A médica disse que você é fértil.

— Não. Ele não precisa fazer. A médica está maluca. É claro que o problema está comigo. Tem algo de errado com o meu corpo. Preciso me esforçar mais, cuidar mais da alimentação, dormir mais cedo, parar de sair tanto com vocês, diminuir o ritmo no trabalho, me estressar menos — admito, repetindo tudo aquilo que eu e Neto já conversamos tantas vezes.

— Amiga, por que ele não faz o teste, só por garantia? Tantos médicos já te disseram que você não tem problema algum. Está na hora de pesquisarem o lado dele. E se você cumprir tudo isto que disse que precisa, então você não vai mais trabalhar, nem ver seus amigos e familiares. Vai ficar trancada em casa, feito um passarinho numa gaiola — Tereza alerta, servindo-se de mais um pedaço de bolo de casamento. — Hummmm, este é muito bom também!

— Neto não vai fazer teste nenhum e ponto final. Já tive briga demais com ele por conta disso, não quero piorar a situação — falo, enquanto me sirvo, de novo, do bolo de nozes pecã com damasco sírio que todos adoraram. — Vou engordar uns 10 quilos, só com este bolo, porque ele ficará na minha cabeça para o resto da minha vida, sentirei este sabor por onde eu for... Que perfeição! — Dou uma pausa dramática, depois respondo decidida. — Mas escolho o de baba de moça.

Capítulo 4

Dia 23 de dezembro de 2015...

Finalmente é Natal, quer dizer, o recesso dele. Estou há quatro dias sem ver meu noivo. Após mais um resultado negativo, ele saiu de casa e ainda não voltou. Por garantia, arrumei nossas malas para a viagem e estou aqui pronta esperando por ele. Nosso voo está marcado para as 13h. Já são 9h e ele ainda não apareceu e nem me ligou. Estou preocupada! Mas não vou enchê-lo de perguntas e reclamações quando ele chegar. Da última vez que perguntei onde ele tinha passado a noite, ele me fez ficar no quarto de hóspedes por cinco dias!

Sei que ele só sumiu porque ficou triste com mais um exame de gravidez negativo... Talvez fosse melhor que ele fizesse o exame de fertilidade mesmo, porque eu já não sei o que pensar. Já segui a dieta, controlei temperatura, fiz exercícios físicos, tratamento de hormônio, simpatia, reza, tomei banho de folhas, fui escondida ao psicólogo (meu noivo invocou dizendo que meu psicólogo está apaixonado por mim).

Ouço um barulho no corredor e quase pulo de ansiedade. Ligo a TV e finjo que estou assistindo alguma série. Neto chega, fedendo a cigarro e bebida.

— Já está pronta? E minha mala? Leve as coisas lá para baixo e me espere. Vou tomar um banho. Ah, faça um sanduíche para mim que estou com fome. Espero que tenha arrumado direito minha mala, porque na nossa última viagem você só colocou roupa que eu não gosto. — Vai ao banheiro, espalhando as roupas pelo caminho.

Eu cato tudo do chão e jogo no cesto de roupa suja, preparo dois sanduíches, enrolo um e coloco na minha bolsa. Pego um pouco de café e deixo no balcão da cozinha, junto ao outro sanduíche e desço com as malas. Tento não fazer muito barulho, para não dar motivo para briga. Trinta minutos depois ele aparece de barba feita, banho tomado e com um humor melhor.

— Nunca mais me irrite daquele jeito. Fiquei péssimo longe de você. Não gosto de brigar! Promete que vai se comportar? Eu te amo. Me desculpe, estou quase pirando com a tensão. — Ele me beija, apaixonado. — O *Uber* já chegou. Vamos?

Nossa viagem está sendo maravilhosa! Estamos no *resort* que Neto escolheu. Ele agendou um monte de atividades que sabe que eu adoro. Estou fazendo yoga, cabelo, unhas, massagem com óleos relaxantes, drenagem linfática, massagem com pedras quentes... Todos os dias têm atividades para me relaxar, conectar-me comigo. Enquanto isso, Neto fica no quarto ou na piscina, às vezes, sai para dar uma longa caminhada. O clima é de lua de mel. Ele está muito solícito, perguntando se estou bem, divertindo-me. Como tenho sorte de ter este homem comigo, ao meu lado! E não estou falando só de sexo, já que quase não estamos fazendo. Estou falando de carinho, de dormir abraçados, de cuidado. Ele está sempre pensando no meu bem estar.

Estou muito exausta com os preparativos do casamento. Fico imaginando como seria se nos casássemos da forma como sonhava, na igreja, com nossa família e amigos. Eu teria uma crise nervosa! Esta viagem está sendo um grande presente para mim e ele programou cada momento de relaxamento. Meu noivo é um homem maravilhoso! Nem se importa de não ficarmos tanto tempo juntos.

— Esta viagem é para você, meu amor! Programei tudo para você poder descansar, relaxar, se amar. Estou aqui apenas para te acompanhar. Não quero minha futura esposa cheia de rugas e cabelos brancos por conta de um casamento.

Ah! Como amo este homem!

Meus amigos me mandam mensagens todos os dias, com fotos das festas e dos encontros deles, durante o recesso. Desde que comecei a namorar Neto que não passo mais as festas de fim de ano com os meus amigos. Mas também, não seria conveniente passar estes momentos com o ex e o atual juntos.

Natal é uma festa de família e Neto e eu estamos formando uma, temos de ficar juntos. Meus amigos também estão formando as famílias deles. Cada coisa tem sua época e agora eu sou uma mulher comprometida. Mas vejo as fotos de Roberto e Tereza com os namorados, Patrícia e Estela com os seus maridos, não consigo entender como eles ainda conseguem se juntar no Natal e *réveillon*, mesmo estando comprometidos. Neto está certo em sempre marcar uma viagem para esta época. Assim podemos nos curtir mais, em paz, sem aquela agitação e energia dispersa.

O *resort* que ele reservou é maravilhoso! Só tem famílias hospedadas, casais mais velhos. Todos estão procurando mais sossego hoje em dia. Era tudo o que eu precisava. Neto me conhece muito bem mesmo! Marquei uma sessão de *shiatsu* para a tarde, pois li que é ótimo!

— Duda, você vai para aquela aula de *spinning* que eu marquei para você na academia? — pega uma cerveja para ele no frigobar e uma água para mim.

— Amor, troquei por uma sessão de *shiatsu*. Eu estava louca para fazer, mas não tinha nenhum horário livre com a atendente. Como a procura estava em alta, o hotel chamou outra pessoa, então consegui uma vaga às 15h. Vou comer uma salada no almoço, porque li que temos que comer coisas leves — falo já pronta para irmos ao almoço. Neto me olhou de cima a baixo, analisando o meu vestido.

— Qual é o nome dessa massagista? O que você vai vestir para receber a massagem? — Bebe a cerveja num único gole e me olha curioso.

— Não perguntei o nome da terapeuta, mas para receber massagem, geralmente, ficamos sem roupa — falo sem entender o motivo daquela conversa.

Neto vai até o telefone e liga para a recepção.

— Bom dia! Gostaria de saber o nome da massagista que vocês chamaram extra. Ah! João? Não é uma mulher? É possível acompanhar a minha esposa durante a sessão? Não?! Como não?! É a minha esposa! Ela não vai ficar sozinha, nua, com um cara alisando ela, eu tenho que estar lá para cuidar do que é meu! Entendo... Sei... Bem, estamos cancelando o horário dela, então! Remarque o *spinning*. Isso. Tenho certeza. — Tento argumentar, mas Neto nem deixa, desligando o telefone. — Como é que você marca um horário para um cara passar a mão em você nua? Que porra é esta Maria Eduarda! Eu sou o quê? Um corno manso que fica pagando para os outros meterem a mão em você?

— Calma, é uma sessão de *shiatsu*. Além do mais, sou eu quem está pagando tudo aqui. Por que esta crise de ciúmes?

— Sabia que você iria acabar jogando isso na minha cara! Só porque você está pagando, tenho que aceitar um cara te alisando, te comendo?

— Neto! Pare com isto! Você está ficando maluco? É apenas uma sessão de *shiatsu*! E eu sou sua noiva. *Nunca* te trairia, nem deixaria alguém ficar me alisando...

— Exatamente! Você é minha noiva. *Minha*! Nenhum homem vai passar a mão em você nunca mais. *Nunca mais*! Entendeu? Agora vá colocar um vestido mais comportado porque estou com muita fome. Na volta você coloca a sua calça de ginástica. — Sai, deixando-me sozinha no quarto, perplexa.

O que foi que acabou de acontecer? Não entendi nada. Neto está ficando maluco. Troco de roupa e o encontro na recepção falando ao telefone. Assim que me vê, ele desliga e me dá um beijo.

— Muito melhor. Cancelei a sessão de *spinning*. Hoje iremos passar a tarde toda fazendo sexo selvagem, acho que é disso que estamos precisando.

Puxa-me para o restaurante do *resort*. Depois deste episódio, ele desliga o celular e só liga quando voltamos. Ficamos grudados o tempo todo, quase não saindo do quarto.

Capítulo 5

Dia 2 de janeiro de 2016...

Quando voltamos para casa, marco uma conversa com Tereza e conto tudo o que aconteceu na viagem.

— Neto não está bem, muito ciumento, descontrolado. Estou ficando assustada com ele. Não sei se é a tensão do casamento ou se é esta espera para que eu finalmente consiga engravidar e dar o filho que ele tanto quer... Ou então a mãe dele, que está piorando. Ele está tendo que pagar uma cuidadora vinte e quatro horas para ela. Às vezes, a cuidadora liga para ele durante a noite e ele sai que nem um maluco, só volta no outro dia, acabado, sem dormir.

— Por que você não vai junto, para ajudar com a mãe dele? Aliás, o que ela tem? — pergunta Tereza.

Há algo estranho no tom de voz dela, um excesso de cuidado ao perguntar.

— Eu não sei direito. Ele fica nervoso quando pergunto, acho que pensa que ela vai piorar se falar sobre a doença. Só sei que ela está muito mal há alguns anos. Não sai da cama, não consegue falar e não gosta de receber visita de estranhos.

— Mas, amiga, você não é uma estranha, é a nora dela. Já devem ter sido apresentadas algumas vezes, afinal, vai se casar com o Neto daqui a poucas semanas. Vocês moram juntos há muito tempo.

— Pois é... Mas ela já estava doente quando o conheci. Ela nunca me deixou visitá-la, pois é muito vaidosa e se recusa a me receber, estando em cima de uma cama. Respeito a vontade dela. E agora, com a piora do quadro, sinto que nunca vou conhecê-la.

— Como assim? Nunca a viu? Mesmo? Só por fotos? Vocês só conversaram por telefone?

— Nem por fotos e nem por telefone. Neto fica muito mal quando vê retratos antigos. Só vi um dele com a mãe em seu aniversário de dois anos, já desbotado, manchado e rasgado quase na metade. Ele ficou muito mal quando o pai os abandonou. Descobriram que ele tinha outra família. Desde então, eles não gostam de tirar fotos e nem de falar sobre a família.

— Eles precisam falar sobre isto. Este trauma na vida deles é muito forte para simplesmente varrer para debaixo do tapete. Pode trazer consequências sérias para o seu relacionamento com ele. Talvez seja por isto que ele tenha tanto medo de que você o traia, porque o pai dele os traiu por tanto tempo e ainda optou por abandoná-los. Neto faz terapia? Ou a mãe dele?

— Nem pensar! Neto não suporta a ideia de ficar contando a vida dele para uma pessoa que nem sequer conhece. Acha que os terapeutas marcam um café, todo sábado, às 17h, para falar sobre a vida dos pacientes e dar risadas. Não acredita na ética da profissão, assim como também não acredita que tenha algum trauma para tratar. Terapeuta, psicólogo, psiquiatra, analista... Todos estes só tratam de malucos, de acordo com ele, ou são charlatões. Amiga, me desculpa. Essa é a opinião dele. Eu não concordo em nada.

— Relaxe! Eu sei disso. Infelizmente, tem muita gente que pensa assim. Mas o foco aqui é outro: o que fazer com o jeito como Neto está agindo. Não é isto? — Concordo com a cabeça. — Ele já era assim, nem que fosse só um pouco? Ou mudou, por completo, o padrão?

— Ele sempre foi um pouco possessivo, ciumento e dominador. Ao mesmo tempo, sempre foi muito amigo, me fazia rir, me elogiava, fazia eu me sentir especial. Mas agora, o fato de me achar especial é ruim, porque os outros também vão achar e me roubar dele. E eu nunca deixaria que alguém me levasse dele.

— Opa! Cuidado com o que fala. Você não é um objeto para ser roubada. Não é porque ele está te objetificando que vai passar a se sentir assim, ok? Você é um ser humano, com vontade própria e direito de escolha. Está com ele porque você quer, certo?

— Não foi o que quis dizer. Ah! Você entendeu — respondo um pouco assustada com o que eu mesma falei.

— Entendi, sim, por isto pontuei. Para que você também entenda. Voltando ao Neto... E se eu indicasse um terapeuta para ele? Você sabe que eu não posso tratar dele, porque o conheço e por ser sua amiga, mas posso indicar alguém bem legal.

— Ele não vai aceitar.

— E se ele não souber que está sendo analisado? Posso fazer um encontro indireto e ver se meu amigo consegue convencê-lo a se tratar, sem que ele perceba que estamos por trás de tudo. De repente, ele o procura para um quadro, aí conversam e meu amigo lança a proposta de um quadro por sessões. Ou você paga sem ele saber. Não é muito ortodoxo, mas pode funcionar. A questão é ele desconstruir a ideia de que terapia ou análise é coisa de louco. Se a proposta vir de uma mulher ele nunca vai aceitar, mas de repente, se for um homem falando...

— Será? Não sei. Neto é muito antiquado para aceitar fazer terapia. Talvez se a proposta vir de um homem bem machão, com barba, estas coisas... Apesar de ser artista, ele não faz o tipo sensível.

— Ok. Entendi. Não vou nem falar o que penso sobre isso. Mas quero falar sobre a proibição de Roberto de frequentar a sua casa. É algo que você precisa resolver. Neto sabe que Beto é um dos seus padrinhos de casamento? Que seu melhor amigo está te ajudando em *tudo* no casamento? Participando de todas as decisões?

— Sabe. Eu tentei conversar sobre isso com ele, várias vezes, e sempre rolou uma boa DR. Ontem, Neto viu uma mensagem de Beto, elogiando a escolha das músicas, aí eu contei a verdade. Resultado: tive que aceitar que o cara que está sempre encomendando quadros para o Neto, junto com a amante, também sejam padrinhos.

— Oi? A amante do contratante vai ser a madrinha do seu casamento? Vocês se conhecem, por acaso?

— Nos encontramos em algumas ocasiões. Num restaurante, no ateliê, numa exposição... Até no *resort* agora. O contratante eu ainda não conheci, mas acho que se chama Elinaldo. Ela é uma mulherzinha bem vulgar, apesar de ser linda, se chama Micaela.

— Então agora Roberto está oficialmente na equipe de organização. Isto é ótimo! Podemos marcar uma reunião amanhã? Creio que à tarde seria perfeito, assim conseguimos mostrar tudo o que decidimos para Neto e ainda estreamos a sua cafeteira nova! - solta uma das suas risadas maravilhosas. — Vou levar um bolo vegano maravilhoso que aprendi a fazer.

— Bem, Neto aceitou Roberto enquanto padrinho e ajudante na organização, mas nunca vai aceitar que entre aqui em casa. Ele morre de ciúmes de Beto, acha que ele está louco para me pegar de volta.

— Amiga, o Neto precisa, urgentemente, de terapia. E você precisa voltar para Carlos também! Ele me disse que não te vê há muito tempo.

— Estou sem tempo para as sessões. E Neto também não gosta. Quem sabe o seu amigo consegue fazer o milagre de convencer meu noivo a me deixar voltar para a terapia.

— Quem tem que deixar você fazer, ou não, alguma coisa, é você mesma! Pense nisto. Mas, vamos mudar de assunto? Como não podemos estrear a cafeteira amanhã com todos, que tal um café especial agora?

Levanto e preparo um café, mas a última frase que Tereza me disse me faz pensar por um bom tempo.

Capítulo 6

Dia 29 de janeiro de 2016...

Meu Deus! Eu me caso hoje! Nem estou acreditando! Não consigo dormir sem um ansiolítico. Tanta coisa para fazer, que estou até sem ação. Se não fossem meus amigos, acho que eu nem conseguiria escolher o meu vestido. Eles estão comigo o tempo todo! A Estela até está dormindo aqui em casa.

Neto e eu decidimos seguir a tradição da família dele. Os noivos ficam cinco dias sem se ver. Nós nos falamos todos os dias, quando acordamos e no final do trabalho. Ele está dormindo no ateliê e eu aqui no apartamento. Por um lado, isto é ótimo. Meu futuro marido não está conseguindo lidar com tantas decisões para o casamento, estava ficando louco! E eu preciso estar mais com meus amigos, para resolvermos tudo. Coitado do Neto, não consegue nem lembrar a música para a entrada dele na igreja de tão nervoso. Com este afastamento físico, meus amigos praticamente se mudaram para cá.

— Atenção, princesa, o café está servido! Sua guarda real a aguarda a postos! — Estela me chamando, ainda do corredor.

Quando chego à cozinha, todos os meus amigos estão vestidos como a Guarda Real Britânica!

— Vocês são malucos! — Gargalho. Demoro um bom tempo até me acostumar a eles assim. — Sério! Vocês são os melhores amigos que alguém pode ter. Eu não sei o que eu fiz para merecer vocês.

— A gente só retribui o que recebe, *Baby* — diz me entregando uma torrada com geleia. — Você merece isso e muito mais! Você é especial! E eu mato qualquer um que te faça sofrer!

— Matamos! — dizem ao mesmo tempo!

— Não será necessário! Neto me ama e nunca me faria sofrer! Jamais! Além do que, eu nunca me casaria com um canalha! — Todos ficam em silêncio, sem graça.

O clima pesa um pouco, mas Patrícia muda tudo colocando uma música.

— Vamos dançar? Você e Neto andaram praticando a dança de vocês? — Patrícia se levanta e me tira para dançar.

— Tentamos várias vezes, mas Neto não consegue decorar os passos. Ele até pagou uma professora particular. Disse que estava praticando no ateliê, vamos ver o resultado...

— Qualquer coisa, *Baby*, eu danço no lugar dele. Já ensaiei tanto com você, quando ele não podia, que já sei todos os passos. Imagine a cena: E com vocês, a primeira dança do casal! Na noite de hoje, teremos o *stand in* Roberto dançando no lugar do noivo Neto. — Rimos até não aguentarmos mais.

Depois do café da manhã, vou para o quarto, ligar para Neto. Está um pouco mais cedo que o habitual, mas ele também não deve ter conseguido dormir. O telefone chama, até cair na caixa postal. Ligo novamente e uma voz sonolenta de mulher atende.

— Alô! Quem está falando? Gostaria de falar com Neto — gaguejo, com o coração aos pulos.

— Quem está falando?! Minha filha, não se liga para ninguém a esta hora da manhã! Ele está... — A ligação cai, ou desligam o telefone. Fico sem chão. O que está acontecendo? Respiro umas quinze vezes e volto a ligar.

— Oi, meu amor! Que surpresa boa você me ligar mais cedo! — atende Neto, mas existe algo de estranho no tom de voz dele ou estou imaginando coisas?

— Neto, onde você está? Quem está aí?

— Como assim? Estou no ateliê e é óbvio que estou sozinho. Neste horário ninguém vem contratar um artista. O que está acontecendo, meu amor? Teve um pesadelo? Também não está conseguindo dormir? Respira um pouco. Liga para seus amigos... Eu gostaria muito de estar aí com você, mas a tradição da minha família...

— Neto, eu liguei e uma mulher atendeu — interrompo.

— Como assim? Mulher? Que mulher? Amor, você bebeu? Tomou algum remédio? O que está acontecendo?

— Sou eu quem te pergunto. Acabei de te ligar e atendeu uma mulher.

— Deve ter caído no número errado, amor. Estou ficando preocupado com você. Não tem ninguém aí com você? Deixa-me falar com quem estiver aí te acompanhando, por favor. — Passo o telefone para Tereza. Eles conversam e a explicação que encontram foi de que houve algum erro na companhia telefônica a ligação caiu em outro número. Respiro, aliviada. Imagine! Neto jamais faria isto comigo!

— Que loucura! Eu deveria processar a empresa telefônica! Quase morri do coração! Isso não se faz! E se eu fosse cardíaca? E se não ligasse de volta e terminasse tudo com ele? Já pensou? Se tivesse um ataque de loucura, fosse até o ateliê e matasse o Neto? Gente, isto poderia virar um crime passional! Neto está certo, preciso me controlar. — Pondero, tentando relaxar.

— *Baby*, relaxe! Depois você pensa nisso, mas pense mesmo. Agora vamos resolver coisas emergenciais! Você pagou o plano de saúde, o IPTU e o condomínio? — Tenta me trazer para a realidade.

— Sim, antecipei todas as contas. Os comprovantes estão nesta gaveta. — Pego e entrego tudo para ele.

— Você pagou tudo antecipado mesmo! Boa garota! Você não pagou o aluguel do ateliê?

— Neto achou melhor comprarmos, para não ficar pagando aluguel. Usei o dinheiro do inventário dos meus pais. Nossa! Aquele inventário demorou anos, se não fosse Paty...

— Mas, e o IPTU? Não estou vendo o comprovante aqui.

— Já paguei! Mas como o ateliê está no nome de Neto, o comprovante ainda está com a Cleide.

— Você deu aquele ateliê maravilhoso para ele? — Roberto indaga, chocado.

— Sim. Por que não daria? Não é ele quem o usa? Por que eu iria querer aquele espaço? Só se fosse para montar um bistrô. E eu não pretendo.

— Nossa, seria perfeito! A gente montaria um espaço alternativo, onde a Tereza atenderia os pacientes dela, Paty teria um escritório de advocacia, a Estela teria o escritório de design dela. Lá, você cuidaria do bistrô e eu seria responsável pela contabilidade de todos os espaços, te ajudando na administração. Seria perfeito! Aquele ponto é maravilhoso, é espaçoso e tem uma energia fantástica! — Beto começa a sonhar de novo. Ele sempre quis que trabalhássemos todos juntos.

— Acorda! Seria ótimo, mas não é! Aquele é o espaço do Neto e nós temos nossas vidas traçadas... — digo, mas, no fundo, começo a imaginar o quanto seria bom. Nós cinco trabalhando no mesmo espaço, com o que a gente gosta.

— *Baby*, nem sempre o que traçamos é o melhor. Pense nisso. Às vezes, estamos iguais aos beduínos no deserto, vendo oásis onde não existe e mergulhando em um rio de areia. — Ele se levanta e vai para a cozinha, levando minha bandeja.

Fico pensando no que ele acabara de dizer. Meus amigos estão cada vez mais enigmáticos.

— Pronta para o seu dia de princesa? — Estela entra sorrindo e trazendo uma roupa linda. — É hora de se arrumar para irmos ao SPA!

Passo um dia maravilhoso no SPA. Apesar do nervosismo, consigo relaxar e me arrumar. Meus amigos se revezam acompanhando-me. Não fico sozinha em momento nenhum, eles sempre estão me ajudando, fazendo-me rir, comer... Na hora certa, já estou pronta, só aguardando a ligação para confirmar a chegada de Neto na casa onde acontecerá o casamento. Meus amigos e eu fizemos muitas fotos, juntos! Não vou esquecer este dia jamais!

O casamento foi maravilhoso. Tudo perfeito! Fico imaginando como teria sido na igreja, como eu sonhava. Acho que não aguentaria tanta felicidade. Meus colegas de trabalho se juntaram e nos deram um cruzeiro, como presente de casamento.

Esta é nossa lua de mel. Melhor impossível! Neto está muito romântico, muito cuidadoso comigo, muito gentil e presente. Não poderia ter escolhido melhor marido. Continuamos nesse clima por muito tempo. Mas, infelizmente, tudo o que é bom, dura pouco...

Capítulo 7

Dia 23 de maio de 2016...

Estou saindo do trabalho quando vejo a Micaela, minha madrinha de casamento, à minha espera no portão da faculdade.

— Oi, Duda, tudo bem? — Ela está estranha, com uns óculos enormes no rosto, olhando sempre para os lados. — Podemos conversar um pouco?

— Oi, Micaela, tudo bem? Eu tenho que correr para casa e ainda vou ao mercado. Que tal marcarmos um café na quarta à tarde? — respondo lembrando o que Neto me falou sobre ela.

— Desculpe, mas preciso que seja hoje. Agora. Venha, por favor. — Há um tom de desespero na voz dela.

— Mas é que eu... — Ela mostra o olho roxo, que está escondido atrás dos óculos.

— Preciso de ajuda, precisa ser agora, precisa que seja você. Por favor! — Insiste, quase chorando.

— Vamos para o café aqui ao lado. Esta hora não tem quase ninguém. Só preciso ligar para Neto e explicar que vou atrasar.

— Não! Por favor, não fale que estou aqui. Eu te imploro!

— Calma, vou dizer que terei uma reunião de emergência no trabalho. Vamos.

Ao nos sentarmos à mesa do café, peço um expresso duplo, prevendo que terei um fim de tarde difícil.

— Em primeiro lugar, quero sinceramente te pedir desculpas por tudo, Duda. Entrei numa jogada arriscada, pensei que estava no controle da situação, fui estúpida e escrota. Estou tentando mudar e isto é o resultado desta tentativa. Desculpa, tentei te avisar e isso aconteceu.

— Vamos com calma. Eu não estou te entendendo. Beba um pouco e respire. Comece do começo. Do que você está falando?

— Desta agressão que sofri. Isso aconteceu porque tentei te avisar, tentei sair desta merda em que me meti e agora estou atolada até o pescoço. Mas você ainda tem uma chance de sair ilesa. De conseguir se salvar e salvar o que é seu.

— Você pode ser mais direta?

— Paulo e eu temos um caso há mais de três anos. Começou como uma brincadeira, mas eu me envolvi de verdade, me apaixonei e acabei contribuindo com ele nos golpes. Quando percebi que ele não pretendia me assumir, como disse que faria, comecei a pressioná-lo. Ameacei contar tudo para você algumas vezes, mas ele sempre disse que você nunca acreditaria em mim. Então passei a registrar tudo em vídeos, fotos e gravações. Mas ele acabou descobrindo e me espancou, fez ameaças, me perseguiu.

Meu Deus! O que essa mulher está me dizendo?

— Eu tive de sair do ateliê, onde a gente morava. Sim, morávamos juntos no ateliê que você deu para ele. Ele rasgou as fotos, apagou os filmes e as gravações que encontrou, mas eu tinha cópias. Tome. Pode fazer o que você quiser com elas, tenho mais cópias. Já o denunciei na polícia e me mudei para um lugar seguro. Tenho muito medo do que pode acontecer comigo. Pense bem no que vai fazer porque ele é muito violento. Não durma em casa hoje, vá à delegacia, procure um advogado, um padre, um exorcista... Procure alguém! Mas arranje um jeito de se proteger dele! — Começa a chorar.

Olho para as fotos, sem acreditar no que estou ouvindo. Meu mundo desabou. Nada daquilo pode ser verdade.

— Você está mentindo. Isso só pode ser montagem. Neto jamais faria...

Vejo o Boletim de Ocorrência com o exame de corpo de delito, a cópia das conversas por mensagens, fotos de viagens, deles fazendo sexo. Só pode ser algum tipo de brincadeira!

Eu não me enganaria desta forma.

— Ligue para a sua amiga advogada, peça para mandar examinar as fotos, vídeos e áudios. E você pode usar tudo isto no processo de separação, mas fuja deste homem imediatamente. Não sou flor que se cheire, entrei nessa sabendo que ele tinha uma namorada. Fui madrinha do seu casamento, mas isso aqui eu não perdoo. Esse é meu novo número. Salve como se fosse de outra pessoa. Pode me procurar para tirar dúvidas, para desabafar, o que for... só não passe este número para ele! Saia desta relação tóxica antes que ele faça com você algo pior do que fez comigo. Ele só quer o seu dinheiro e não está aceitando o fato de você não dar um filho... está incontrolável... Saia disso! — alerta, levanta-se e vai embora, largando aquela bomba no meu colo.

Sem saber o que fazer, pego o telefone.

— Roberto, ligue para as meninas. Posso ir para sua casa agora? Preciso de todos vocês aí imediatamente. — Levanto e deixo o café intocado.

Quando chego à casa de Roberto, percebo que a namorada dele não está lá. As meninas chegam logo em seguida e conto tudo para eles, desabafando num fôlego só, sem pausas, mostrando as fotos. Paty, imediatamente, liga para um amigo perito e pede para avaliar o material.

— Amiga, como você está? Já conseguiu chorar? — pergunta Tereza, entregando-me uma xícara de chá.

— Como ele reagiu quando você contou que sabe de tudo? — questiona Estela, fazendo-me massagem.

— Eu ainda não contei. Ainda não fui lá e desliguei o celular. Não quero olhar mais para a cara dele. Pelo menos não até estar mais fortalecida. — digo, tentando parar de soluçar.

— *Baby*, eu te entendo. Talvez fizesse a mesma coisa, se estivesse no olho do furacão como você está. Mas agora precisa ser prática, não pode voltar para lá hoje. Vamos pensar numa desculpa e você dorme aqui. Vamos tentar pensar de forma racional. — Pondera Beto, pegando um bloquinho de anotações.

— Posso dizer que estou internada e que você vai ficar cuidando de mim — Tereza sugere. — Vou mandar uma mensagem para ele.

— Ele não vai acreditar. Eu ligaria para ele. — Tento manter a calma.

— Vou dizer que a bateria do seu celular acabou e o meu carregador não funciona no seu aparelho, por isto estou avisando. É uma tentativa. Vou mandar a mensagem agora e depois vou desligar o celular, para que ele não faça perguntas.

— Amanhã mesmo vou para casa. Troco a fechadura, empacoto as coisas dele e mando para o ateliê. Não quero nada que lembre a presença deste cafajeste na minha vida — anuncio, bebendo o resto do chá.

— Acho bom, mas temos uns problemas quanto a isso. — Paty assume uma postura mais profissional. Ela e Beto conversavam baixinho enquanto faziam várias anotações. — Primeiro, ele é violento. Não vai aceitar que você, simplesmente, mande as coisas dele para o ateliê. Você precisa fazer uma denúncia e pedir medida protetiva.

— Ele nunca me bateu! Nunca foi violento! — contesto, ainda tentando defendê-lo.

Por que quero defendê-lo?

— Ele pode não ter partido para a agressão física, ainda, mas te ameaçou, jogou um vaso em você, quebrou as coisas da sua casa, foi abusivo verbal e psicologicamente. Você pode denunciá-lo e ainda citar que ele já está respondendo pelo mesmo crime, já que Micaela o denunciou e te deixou uma cópia do BO.

— Nós podemos ser testemunhas, além do seu vizinho. Cláudio me procurou uma vez, depois que Neto destruiu o apartamento. Ele ficou assustado e gravou o barulho, disse que pode depor a seu favor, caso você queira — comenta Roberto.

— Como assim? Por que você nunca me disse isso? — pergunto cheia de vergonha.

— Você nunca nos contou das agressões e ataques dele. Sempre estivemos aqui prontos para te acolher quando você enxergasse que ele não presta. — Estela me abraça ao dizer isto.

Choro de vergonha e de raiva. Deveria ter confiado nos meus amigos.

— Mas agora isso pode servir de muita ajuda. *Baby*, quer denunciar Neto? Este é o primeiro ponto, de uma série de questões. — Mostra o bloquinho de anotações.

— Não vai ser necessário. Ele jamais faria alguma coisa contra mim... — sussurro buscando o apoio de Tereza.

Ela se senta ao meu lado e segura minha mão.

— Duda, eles nunca vão fazer nada, até que fazem. Não espere para ver, o resultado pode ser muito pior. Todo abuso psicológico até agora, as coisas quebradas, o descontrole emocional, a agressão física e psicológica na Micaela. E ela era só a amante, sem dinheiro. Imagine como será quando a mulher dele, que paga todas as contas, abandoná-lo e ousar a viver bem sem ele. Não se arrisque, não pague para ver. Vamos até a delegacia?

— Vocês acham que ele seria capaz? — murmuro, olhando para cada um. Todos confirmam — Posso pensar até amanhã de manhã? Minha cabeça vai explodir.

— Tenta segurar um pouco, porque existem coisas ainda mais sérias. O apartamento... — Roberto instiga.

— O que tem? É meu! Eu que pago, ele nunca pagou nem um centavo, nem no financiamento, nem nos móveis, nem sequer a comida, as contas... Nada! — esbravejo, levantando-me de supetão. — Aquele apartamento é meu! Só meu! Ele não seria capaz.

— Infelizmente, você fez questão de colocar o apartamento no nome dos dois, lembra? Quando você se casou, você queria dar isto de presente para ele. Eu tentei te fazer mudar de ideia, mas você insistiu — Paty argumenta.

— Ele disse que seria para provar que eu não estava chateada por ele não pagar nada. — Desabo na cadeira, começando a entender quão nocivo Neto é psicologicamente.

— Vamos ter que pensar numa alternativa para isso. Ele não vai deixar o apartamento. Mesmo que seja só para continuar te perturbando — Roberto acrescenta, dando um murro na bancada da cozinha.

— Tem o ateliê também — Paty anuncia o terceiro item da lista.

— Este está no nome dele, não tenho muito a fazer, infelizmente... — Choro. — Aquele espaço é tão bom. Por que fui tão idiota?

— Calma, não podemos simplesmente deixar que ele fique com tudo. Você consegue uma licença do trabalho, por uma semana? — Beto pergunta, parecendo ter tido uma ideia.

— Sim, esta é a semana da jornada de audiências. Os alunos não têm aulas, vão acompanhar casos reais e depois entregar os relatórios. Por quê?

— Tereza, você já mandou a mensagem como se fosse a Duda? Então, é a minha vez de assumir uma jogada. — Roberto vai para o quarto com o celular. Ouvimos sua voz mais exaltada, porém não entendemos o que ele está falando. — Pronto, consegui uma desculpa para Duda não voltar para casa nos próximos quatro dias. Assim teremos tempo de elaborar algo.

— Como você conseguiu? Não estou entendendo — falamos todas ao mesmo tempo.

— O hospital onde Tereza "está internada" entrará em contato com ele, informando que Tereza piorou e que será transferida para um hospital em São Paulo. Você, Duda, vai acompanhando. Como você está sem celular, pediu que eles avisassem. Quando chegar lá, vai entrar em contato.

— Mas como você conseguiu isto? — pergunto, incrédula.

— O diretor do hospital me devia um favor. Eu resolvi uma pendência dele no imposto de renda.

— Gente, preciso ir. Amanhã cedo tenho vistoria numa obra, ainda preciso terminar algumas coisas — Estela interrompe já se levantando. — Podem me ligar a qualquer hora. E vamos pensar numa forma de Duda manter o apartamento e pegar de volta o ateliê! Contem comigo!

— Também preciso ir. Rone está me esperando em casa, já mandou milhares de mensagens. Por que vocês homens são tão dependentes de nós? — Paty ri, mas depois percebe que não é hora para esta brincadeira. — Desculpe... — Abraça-me e sai com Estela. — vou olhar direitinho o contrato, dos imóveis e do seu casamento. Vou achar alguma forma de te devolver tudo!

— Vou aproveitar e vou também. Tenho muitas coisas para organizar na minha cabeça sobre este homem. Vou pensar numa forma de conseguir te equilibrar de novo, querida. Roberto, a Duda pode ficar aqui com você? Estou morando no sofá da minha mãe até terminar de pintar meu apartamento. — Tereza comenta me dando um forte abraço. — Conte comigo, sempre, a qualquer hora e para qualquer coisa.

— *Mi casa es su casa* — brinca Roberto, tentando me deixar a vontade. — Você quer tomar um banho, jantar? Você não deve ter comido nada ainda. Vou pegar uma toalha e uma roupa para você. Enquanto toma banho, preparo algo para a gente comer. — Volta para a sala com uma toalha e um pijama feminino, o que me faz lembrar...

— Onde está Cleide? Já está dormindo? — Pego as coisas e sigo em direção ao banheiro.

— Longa história, mas, para resumir, ela não mora mais aqui. É assunto para outro dia, hoje estamos cuidando das suas feridas. Vai tomar um bom banho quente e volte aqui que te farei uma omelete.

Depois do banho, do jantar e de duas garrafas de vinho, sinto todo o peso dos últimos acontecimentos e apago no sofá, sem ao menos dizer boa noite. Quando acordo, estou na cama de Roberto e ouço barulho na sala. Ele está ao telefone e o assunto é sério.

— Eu sei, entendo seu lado, mas você entendeu o que está acontecendo? Ela foi enganada, precisa reaver as coisas, e você pode ajudar... — Silêncio. — Eu nunca te enganei, nunca te traí. Você sabe disso, sempre estive 100% com você, ela é só uma amiga muito querida. — Silêncio. — Pois é, talvez. Mas eu não lido com talvez. Neto e ela namoraram e casaram. Eu te conheci, nós nos apaixonamos e estávamos construindo um futuro, mas você não confiou em mim. Você decidiu desistir de tudo. Estou tentando seguir em frente, respeitando sua decisão, mas tenha certeza de que te quero aqui comigo, eu te amo.

Meu Deus, que desespero não ouvir o que ela responde.

— Ok, não vamos falar sobre isso agora. Mas precisamos conversar sobre nós! Então posso contar com você? — Silêncio. — Muito obrigado! Posso te chamar para jantar na sexta? — Silêncio. — Ok. Fico no aguardo! Mas não vou desistir de você, de nós! — desliga e respira fundo.

— Vocês terminaram por minha causa?

— Duda! Não te vi. Que susto! — Dá um sorriso fraco. — Digamos que ela ache que foi por sua causa, mas na realidade não foi.

— Não? Tem outra pessoa na história?

— Não! Eu amo Cleide, só existe ela. O problema é que ela não acredita que seja boa o suficiente. Então criou um fantasma para atormentar e justificar o próprio medo. Mas isso é coisa para outra hora, para muita sessão de terapia e muita DR... — Respira fundo, mostrando o quanto está cansado. Coloca um sorriso no rosto e me olha. — Está com fome? Temos café preto e torradas para o café da manhã. Paty está nos esperando às 10h para uma reunião no escritório dela.

— No escritório? Não seria melhor aqui? Não quero sair de casa.

— Lá! Ela e a sócia precisam dos documentos que estão lá. E elas têm outros clientes antes e depois da nossa reunião. Vamos comer?

Capítulo 8

Dia 24 de maio de 2016...

Chegamos quinze minutos antes do combinado. Paula, a secretária, nos anuncia. Paty montou uma estrutura maravilhosa de escritório. Vários estagiários, secretárias... Elas estão crescendo muito. Em breve terão que mudar de espaço.

— Duda! Roberto! Entrem! Paula, por favor, nos traga café e água. — Joana, a sócia de Paty, nos recebe. Entramos.

— Bom dia, queridos! Espero que tenham dormido bem. Vamos direto ao ponto, pois temos muito que conversar. — Paty nos abraça, largando a papelada na sua mesa. — Sentem-se!

A secretária entra com os cafés, águas e biscoitos e fecha a porta quando sai. Isto significa que o assunto é sério.

— Bem, analisamos a papelada, os contratos do casamento e dos imóveis, e temos vários problemas. Por lei, ele tem direito à metade do apartamento, de todos os seus bens e da poupança que você conseguiu juntar depois de oficializar a união. Se ele entrar na justiça, pode conseguir que o juiz os reconheça como casal antes mesmo de assinarem os papéis, já que vocês moravam juntos e a sociedade os via como um casal — esclarece Joana. — Ele não deve fazer isso, porque significa que você também tem 50% do ateliê. Então vamos focar no que chegou depois. Em termos de poupança não tem muito, porém, você comprou o carro. Está no seu nome, mas foi comprado depois do casamento, então legalmente ele tem direito a 50%.

— O carro pode ficar com ele. Só quero meu apartamento — desabafo, cansada.

— Não! Você vai ter *tudo*! *Nada* vai ficar com ele. Somente ouça, *Baby* — contesta Roberto, pegando a minha mão. Neste momento, Cleide entra e olha direto para nossos dedos entrelaçados.

— Bom dia! Espero não estar atrapalhando nada. — Cleide recua um pouco.

Roberto dá um pulo da cadeira e vai até ela, sem saber se a abraça ou a beija, mas apenas se olham, com um sorriso amarelo no rosto. Dá para ver que eles se amam.

— Entre, Cleide. Conseguiu ver o *e-mail* que enviei com as explicações do caso? Tem alguma dúvida? — pergunta Joana, entregando alguns papéis.

— Não tenho dúvidas. É para enganar aquele escroto, não é isso? Farei. Quando posso começar? — afirma sentando-se ao meu lado.

— Do que vocês estão falando? — pergunto sem entender.

— Vamos lá, Roberto passou a noite estudando uma forma de conseguirmos reaver o seu ateliê. Ele lembrou que o IPTU estava atrasado, quando você comprou o imóvel — Paty esclarece.

— Sim. Mas eu paguei tudo, depois que Cleide conseguiu regularizar. — completo, ainda cheia de dúvidas.

— Então, nós temos um plano. — continua Paty. — Neto não participou de nada, a única coisa que queria era o imóvel e que Roberto ficasse longe das negociações. Cleide e eu fizemos tudo, lembra?

— Lembro.

— Ele não sabe disso. Diremos que o IPTU não foi pago, que o atelier vai a leilão e que ele pode ser preso. Neto morre de medo da justiça, vai acreditar no que a gente disser. Até porque você não estará aqui para resolver as coisas. Eu posso sugerir ao Neto que passe tudo para o nome de outra pessoa, assim ele não precisa pagar nada enquanto você não volta de São Paulo. Passa o imóvel para o meu nome ou da Cleide, tendo um falso contrato de gaveta para certificar que tudo continua sendo dele. Com isto um dos nossos problemas está resolvido. Cleide tem uma reunião com ele hoje mesmo. Ainda não diremos a nossa solução, primeiro ele precisa ficar desesperado. Quando ele me procurar, eu lanço a proposta — diz Paty, explicando o plano.

— Nós vamos mentir para ele?! — pergunto sem acreditar.

— Ele mentiu por anos. Estamos só devolvendo a gentileza, *Baby* — Roberto argumenta, com raiva. Ele se levanta e vai até

Cleide. — Você se sente segura para fazer isto? E se ele tentar te agredir?

— Por que ele iria me agredir? Informarei um fato que não foi provocado por mim. Se ele ficar nervoso, ele vai querer agredir a Duda, que, supostamente, não pagou o imposto, não a mim. — Pondera, tentando tranquilizar Roberto. — Mas estarei com o celular ligado, vocês poderão acompanhar a reunião.

— Tá! Deixa ver se entendi: Cleide vai enganar o Neto, ainda hoje, com os impostos. Paty irá convencê-lo de que o melhor a fazer é transferir temporariamente o imóvel para o nome de outra pessoa, fazendo um contrato de gaveta, que é falso. Ele passará o ateliê para o nome de Paty ou de Cleide. Mas e o apartamento? E o meu divórcio?

— O divórcio está encaminhado. Meu marido já está cuidando disso. Vai dar entrada esta tarde. Em alguns dias ele deve receber a intimação, por isso temos que correr com os planos. Micaela pode nos ajudar e seu vizinho Cláudio, também. Eles serão nossas testemunhas nos processos, tanto do divórcio quanto no da Lei Maria da Penha. A Cleide vai ajudar em relação ao ateliê.

— Mas e o apartamento? — questiono.

— É aí que eu entro! — responde Roberto. — Estela e Tereza criaram uma jogada bem Hollywoodiana. Eu vou encontrar com Micaela hoje e tentar fazê-la topar. Se não conseguir, teremos que pensar em uma alternativa — suspira. — Tomara que role, porque não consigo pensar em mais nada.

— E o que ela precisa topar, exatamente? — digo, sentindo-me na série *Revenge*.

— Ela precisa entrar em contato com ele, dizer que está grávida e que quer receber uma pensão. Já que ele tem imóveis no nome dele, a pensão deve ser alta. Ela vai chantageá-lo, ameaçando te contar tudo e pedir dinheiro. Duas coisas que ele não quer que aconteçam. Depois disso, vou encontrar com ele, fingindo ter sido por acaso.

Não estou entendendo aonde ele quer chegar.

— Estarei com outro colega, advogado de família, que vai entregar um cartão para ele. Meu amigo é super honesto, não saberá de nada, mas as informações que vai nos dar serão favoráveis. — Roberto solta uma risadinha. — Se Neto tiver renda fixa e imóveis, a pensão é alta. Mas como artista autônomo, sem bens, ele paga bem pouco. O advogado, com certeza, dirá isso para ele. E essa será a escolha da nossa vítima. Ele deve passar o apartamento integralmente para seu nome.

— Nossa! Vocês pensaram em tudo. Estou me sentindo num filme de FBI, cheio de agentes disfarçados. Mas eu terei de entrar em contato com ele esses dias e voltar de São Paulo, em algum momento. Até lá, tudo terá sido resolvido? Não vou conseguir olhar para a cara dele nunca mais — confesso, começando a chorar. Neste momento, Cleide segura minha mão, sendo solidária. Acho que é a primeira vez que é carinhosa comigo de verdade.

— Bem, quanto a isso, falaremos depois. Precisamos que você concorde com tudo isto antes de começarmos. — Insiste Paty, tirando os óculos e me encarando.

Olho para eles, sem saber o que fazer, mas vendo o quanto querem me ajudar.

Todos estão, de novo, sendo a minha sustentação neste momento difícil. Até Cleide e Joana, com quem não tenho tanta aproximação. Tereza e Estela, mesmo não estando aqui fisicamente, estão pensando em alternativas. Roberto e Paty já pensaram em tantas coisas... Começo a soluçar e todos vem ao meu encontro me abraçando.

— Sei o quanto isto é difícil. Já vivi um relacionamento abusivo antes. A gente fica devastada, sem chão, se achando uma merda, se sentindo culpada por ter "permitido" que eles nos ferissem. Nós chegamos ao cúmulo de achar que temos o dedo podre para homens e, principalmente, a gente se afasta dos amigos, porque não tem coragem de contar tudo o que acontece no relacionamento. E isso piora ainda mais a situação, pois perdemos a nossa rede de apoio. Agora você está numa etapa difícil, mas de renascimento. Salte no escuro, porque estamos aqui para te pegar e te trazer de volta para a vida real — desabafa Cleide nos assustando com a revelação.

— Você sofreu relacionamento abusivo? — Roberto vai em sua direção com rugas na testa.

— Sim, mas isso não importa agora. Neste momento, é a vez de Duda identificar as próprias feridas e decidir se as trata, se as esquece, ou se mantém o motivo de elas existirem. — Vira-se para mim. — Porque você tem o direito de decidir continuar com ele e a gente não pode fazer nada, já que é a sua vida. É possível que não seja seu momento de enxergar tudo o que viveu. Sendo assim, nós continuaremos aqui para te apoiar, sem que você precise ter vergonha. Você também pode reconhecer o relacionamento que tem e simplesmente sair, sem se cuidar ou se vingar. E nós também estaremos aqui para te apoiar, pois não é fácil lidar com as próprias feridas.

Tudo o que ela diz me toca profundamente.

— Mas você pode querer sair e cuidar das feridas, fazer terapia, buscar os amigos, pedir ajuda, voltar para dentro de você e reconhecer os seus gatilhos. E nós também estaremos aqui para te apoiar, para segurar sua mão nesta travessia, ou simplesmente para te esperar do outro lado da travessia, de acordo com sua escolha. Porém, perceba: Estaremos aqui seja qual for a sua escolha! — Cleide pondera com uma lucidéz que só é possível ter quando se atravessa este vale sombrio. Roberto vai ao lado dela e coloca a mão em seu ombro.

— Tenho muito que pensar. Quero ir para casa agora. Quer dizer, nem posso ir para casa. Meu Deus! Preciso pensar! — Levanto, pegando minha bolsa. — Preciso das minhas roupas também.

— Estamos tentando resolver isto. Estela vai ligar para sua casa depois do almoço, para ter certeza de que Neto já saiu. Depois vai até sua casa e pega algumas roupas, sem que ele dê falta. Não será possível pegar muitas coisas, mas o resto nós podemos te emprestar — Paty acrescenta.

— Eu deixei algumas roupas lá em casa, quer dizer, na casa de Roberto, pode usar a vontade. Agora preciso voltar para o trabalho. Com a licença que ele pediu de emergência, as coisas estão mais intensas por lá. — Cleide me dá um beijo na bochecha. — Se cuide! E não tenha vergonha de chorar e de pedir ajuda. Pode me ligar quando quiser. Tchau para todos. — Para em frente a Beto, dando um sorriso tímido. — Te vejo na sexta... — sussurra.

— Também estamos indo — informa Roberto, com um sorriso enorme no rosto! Pega minha mão e saímos. Ele me deixa em casa e segue para o mercado para comprar algumas coisas que estão faltando. Aproveito para pensar com calma, mas acabo dormindo depois de chorar muito. Quando acordo, estou na cama dele de novo. Vou até a sala e o encontro ouvindo música e trabalhando no computador.

— Achei que você estivesse de licença. — Pego um copo d'água.

— Sim, mas isto não é trabalho. Estou brincando de sonhar. — Mostra-me um jogo de arquitetura que Estela tinha indicado para ele. Lá está uma espécie de maquete 3D de um shopping pequeno. — Este seria o nosso espaço!

— Nosso espaço?

— Sim. Aqui, no fundo, seria o meu escritório de contabilidade. Ao lado, o seu. Logo acima, nos dois espaços, o de Estela. Este aqui seria o da Paty. Teriam dois andares por conta do tamanho que o escritório dela precisa. Desse lado, seria o de Tereza, onde no primeiro andar ela teria uma área para as terapias corporais e no de cima, o consultório para atendimentos individuais. Todos com isolamento acústico, para que o som de um não invadisse o espaço do outro.

— Que sonho lindo! E esta casa aqui na frente?

Sento-me ao lado dele.

— O nosso bistrô. Eu poderia fazer minha lasanha e minha torta de tapioca, você prepararia seu pão delicioso e seus *cupcakes*, Tereza produziria aquelas delícias veganas dela. Estela cuidaria da decoração e a Paty de toda documentação. Este seria nosso espaço! Poderíamos continuar nossas vidas em caminhos diferentes, mas sempre unidos, tomando um café no final do dia. Juntos! — Ele me abraça. Tinha esquecido como este abraço é reconfortante. Ficamos assim por um bom tempo, sonhando... Até que toca *Always*, do Bon Jovi. — Vamos dançar, *Baby*?

Dançamos, choramos, rimos, suspiramos. Pensamos em tudo o que aconteceu, pensamos no que poderia ter sido.

— Você já pensou no que teria sido se eu não tivesse escolhido o Neto? Acha que a gente teria se casado? Tido filhos?

— Acho que sim. — Roberto me aperta mais e sussurra ao meu ouvido. — A gente fazia uma boa dupla, funcionava muito bem, tanto na vida quanto na cama. Nossa! Como a gente funcionava...

Quase beija minha orelha. Sinto um arrepio que há tempos não sentia, nem com Neto. Ele afasta um pouco o rosto, para me olhar nos olhos e posso reconhecer seu hálito de café recém-tomado.

— A pergunta é: a gente seria feliz enquanto casal? Nós nos amamos muito ainda, a química na cama ainda deve existir, mas nós entendemos que nosso amor é de amigos. Se nós tivéssemos sem ninguém em nossos corações, é obvio que nós acabaríamos na cama agora, e que seria maravilhoso. Mas seria carnal, porque nossos corpos funcionam muito bem nesta parte, como nunca achei ninguém. Mas continuaríamos sendo amigos. Talvez a gente estabelecesse que fosse uma "amizade com benefícios" e isto poderia funcionar muito bem, por muito tempo. Porém, nosso amor não é de casal, de planejar uma vida juntos: Filhos, gato, financiamento de casa...

Respiro fundo, enquanto ele coloca uma mecha de cabelo atrás da minha orelha.

— *Baby*, você é linda! É uma mulher incrível, inteligente, excelente de cama, independente, gostosa, cheirosa, espirituosa, maravilhosa de se conviver. A mulher ideal de qualquer pessoa. Mas a gente sabe que entre nós é só amizade e uma boa dose de tesão, sempre. Eu amo a Cleide, e você ainda ama o escroto do Neto.

Ele me dá um beijo leve na boca, só encostando os lábios.

— Mas é melhor a gente se afastar, senão a gente vai parar na cama, e este não é o melhor momento para isto. Você precisa curar suas feridas, e não arranjar uma distração. E eu preciso reconquistar o amor da minha vida, e não dar a ela motivos para estar certa... — Ele me abraça, rindo. O interfone toca. — *Just in time*! Vamos comer? Deve ser nosso almoço. Comida chinesa!

Ele sai e me deixa pensando e sentindo a falta do seu corpo me abraçando.

O almoço é ótimo. Lembro-me do tempo em que comer era prazeroso e calmo. Eu estava num ritmo de vida e de tensão tão alto que estava comendo apenas porque tinha fome, ou porque era a hora. Apesar de estar atravessando o pior momento da minha vida, de chorar sempre até apagar de exaustão, de tentar entender onde exatamente esta traição me atingiu, estou contando com o apoio dos meus amigos. Mais uma vez eles estão me segurando para que eu não afunde de vez.

— Obrigada, Beto... — sussurro, segurando sua mão, quando ele pega meu prato para levar para a pia.

— Pelo que, *Baby*? — diz, voltando da cozinha.

— Por sempre estar do meu lado. *Always...* — cantarolo a música do Bon Jovi.

— *Always! Forever and a Day!* — Dá-me um selinho e ri. — A louça é sua!

— Ok, eu lavo e você seca! — Sentencio, mas, no fundo, fico triste, lembrando que nunca compartilhei de momentos assim com Neto. Ele nunca foi de tarefas domésticas, para ele isso era "coisa de mulher". Beto percebe e me abraça.

— Calma. Isto também passará! Você vai se recuperar de todo mal que ele te fez. Renascerá igual a uma fênix! Mas não precisa esconder o choro, você tem muito o que lamentar e eu tenho muito ombro a oferecer! É todo seu. Vem, a louça fica para mais tarde. Agora, vem chorar no meu ombro. — Ele me leva até o sofá, abrindo os braços para mim.

Choro como se não houvesse amanhã. Depois de muito soluçar, adormeço. Acordo no meio da tarde, deitada na cama, coberta. Passo na cozinha e vejo a louça lavada, vou até a sala e ouço Beto ao telefone.

— Estela, você pegou as coisas no apartamento? Só o necessário, não foi? — Silêncio. — O quê? Aquele filho da puta! Ele vai pagar por tudo isso. É melhor Duda nem saber disto. Ela já está sofrendo demais com o que já descobriu. Ela já ligou para ele de manhã e vai ligar novamente à noite. Está conseguindo agir como se nem desconfiasse de nada. Mas sei que isso está acabando com ela por dentro. O canalha nem percebe. Enfim, que horas vocês conseguem chegar aqui? — Silêncio. — Ótimo! Farei a sobremesa então. — Pausa — Uiiiii... Então, só preparo a mesa e o gelo! Beijos e estamos juntos!

Ele desliga o telefone e se vira, pegando-me ouvindo.

— *Baby*! Dormiu bem? Está com fome? Tem uma salada de frutas na geladeira e sorvete no congelador — sussurra sorrindo, pois, sabe que adoro salada de frutas com sorvete.

— O que Neto fez desta vez? — pergunto. Beto respira, me dá um beijo na testa e me pede para esquecer. — Não! Preciso saber de tudo. Não sou tão frágil quanto pareço, dói muito, mas eu sobrevivo. Não quero mais viver num mundo de fantasias. Só preciso encarar a verdade do jeito que ela é. Sem filtros. Qual foi a merda desta vez?

— Tem certeza, *Baby*? Senta aqui. Quer um chá? — Eu me levanto, pego o café e me sento de novo. — Estela foi à sua casa, pegar suas coisas. E ela achou algumas coisas... Diferentes... — Para, escolhendo as palavras. — Neto colocou uma mulher dentro de casa. Suas fotos estão viradas para baixo, tem roupa dela no seu guarda-roupa, objetos pessoais no banheiro, camisola na cama.

Neto não para de surpreender, negativamente.

— Estela estava terminando de arrumar a mochila quando ouviu um barulho à porta, se escondeu. Uma mulher entrou sozinha, falando ao telefone. Estela escutou toda a conversa e ficou bem preocupada. A atual amante sabe da sua existência e que você está em São Paulo. Tem a chave da sua casa e do ateliê, que diz ser onde mora. Ela estava ao telefone com a mãe de Neto, confirmando o jantar na sua casa hoje à noite. Pronto, falei!

— Mas a mãe de Neto está à beira da morte, eu nunca a conheci. Como assim um jantar na *minha* casa? Como assim ela mora no ateliê? Meu Deus! Isto está parecendo enredo de filme de Hollywood. Onde eu fui me meter? — Choro compulsivamente.

— Estela saiu do apartamento quando a mulher foi tomar banho. Ela foi ao apartamento de Cláudio tentar conseguir mais informações, mas ele não estava em casa. Já ligou e ele não atendeu. Estamos tentando conseguir mais informações.

— Não! Chega! Não quero saber de mais nada! Só quero me divorciar dele, conseguir meu apartamento de volta e nunca mais olhar para trás! Vocês estão se transformando em uma agência de espionagem. Estela poderia ter sido acusada de invasão de domicílio. Cleide e Paty vão mentir para que eu consiga o ateliê de volta. Você e seu amigo também vão mentir. Tereza está fingindo que está internada em São Paulo...

Corro para o banheiro e me tranco lá, chorando.

— *Baby*, vou te deixar sozinha agora, quando quiser conversar, estarei aqui na sala. As meninas chegarão às 20h, ok? Se optar por ficar quieta até lá, vou respeitar seu momento, mas saiba que estarei aqui sempre. *Always*! — Beto me deixa sozinha no banheiro, chorando.

Depois de três horas lá, tomo banho, visto a melhor roupa da Cleide, maquio-me, coloco perfume e saio, determinada. Quero falar com Beto, antes das meninas chegarem. Ele está na cozinha, preparando umas entradinhas. Eu o abraço forte, por trás, e digo no seu ouvido.

— Obrigada por tudo! Desculpe por não ter ajudado em nada nos planos até agora. Entendo o que vocês querem fazer e estou pronta para colaborar com tudo. — Viro-o de frente para mim, mantendo o abraço. — Nunca vou perdoar Neto pelo que ele me fez, por todo o abuso psicológico, sexual e emocional, as traições. Ele colocou uma mulher na minha casa, na minha cama, mentiu sobre a mãe, sobre nosso relacionamento, me roubou todos estes anos...

Respiro fundo, olhando Beto nos olhos.

— Mas, principalmente, me roubou a oportunidade de ter sido feliz ao seu lado. Por mais que você diga o contrário, a gente teria sido um puta casal feliz, com amor e tesão para toda vida. — Dou um beijo nele, deixando-o sem ação. — Mas entendo que a oportunidade passou. Agora você ama a Cleide e ela é uma mulher incrível! Vocês merecem ser felizes juntos e eu mereço achar um cara tão incrível quanto você. Conte comigo no que for preciso para reconquistar Cleide! E eu sei que conto com você para me vingar daquele escroto! — Sorrio para ele e pego uma batatinha. — Cadê as meninas? Elas estão atrasadas.

A campainha toca logo que termino de falar. Vou abrir a porta deixando Beto sem ação na cozinha. As meninas entram falando, ao mesmo tempo, e o clima muda, mas Beto continua parado. Tereza percebe e vai até ele, deixando-me na sala com Estela e Paty.

— Estela, obrigada por pegar minhas coisas! — Agradeço, apanhando a mochila que ela trouxe. — Beto já me contou sobre a atual amante e eu já estou aqui pensando em alternativas para conseguir ter a minha casa de volta. Mas terei de jogar bem sujo. Vou fingir que estamos superbem. Beto, Tereza, venham aqui para eu contar meu plano — chamo, voltando do quarto onde fui deixar a mochila. — Então, tem alguma coisa muito estranha no fato de Neto nunca ter me apresentado à mãe dele, ou no fato desta amante achar que a mulher que ela fala é a mãe dele. Onde está a verdade? Vou contratar uma agência de detetives e tentar descobrir, mas sinto que aí está o elo fraco do Neto...

— Boa! — Exclama Tereza. — A mãe pode trazer várias questões sobre as motivações dele, mas também pode ser um calcanhar de Aquiles para ele.

— As motivações dele não me interessam. Eu não preciso entender nada. Para mim, ele é um canalha e eu o quero longe da minha vida! Mas agora preciso tê-lo por perto. Quando eu voltar, vou ser a esposa mais amorosa do mundo. Inclusive, vou dar o presente que ele tanto queria!

— Você ainda vai presentear este escroto? — Paty quase se engasga com o vinho.

— Sim, eu vou engravidar! Ele sempre quis que isto acontecesse, e agora vai acontecer — anuncio, virando o copo de vinho de vez, depois de fazer um brinde. Todos me olham sem entender. — Gente, é claro que não será de verdade. Neto deve ser estéril, mas o machismo dele o impede de pesquisar, então fingirei que estou grávida. Vou tomar pílula, para que não menstrue no meio desta loucura e levo um resultado falso. A gravidez será de risco, então a médica vai pedir que não tenhamos relações nas primeiras semanas. Isso me ajudará a não ter que transar com aquele crápula. Aposto que ficará um docinho comigo, tentará me manter numa redoma, feliz, pois o filho está em risco.

Coloco mais vinho na taça.

— Isto vai me ajudar na segunda parte: reaver minha casa. Estarei bem preocupada com nosso bebê e com o amor dele pelo filho. Vou jogar com o psicológico dele. Tereza, eu precisarei de toda sua ajuda nisto. Neto precisa ser convencido a colocar a casa no meu nome, como prova de que me ama. Farei a linha "mulher com problemas de hormônios". Tudo o que eu abomino, colocar a culpa nos hormônios, mas será por uma boa causa. Paty, você vai me ajudar na parte legal desta transferência para meu nome. Só não sei como fazer com o carro, mas, sinceramente... Quem se importa? Que ele leve metade do carro...

— Uau! — todos exclamam.

— Duda, você renasceu mais rápido do que eu imaginei — comemora Paty, enchendo os copos de novo. — Um brinde à nossa fênix! — Todos brindam, mas vejo que Tereza e Beto trocam olhares.

A noite é maravilhosa. Planejamos tudo em detalhes, rimos, bebemos, comemos, é fantástica. As meninas trouxeram tudo, nós só precisamos arrumar a mesa e a cozinha, antes e depois. Elas vão embora e eu e Beto arrumamos a casa.

— Você estava tão quieto no jantar. Foi a conversa que tivemos antes?

— Também. Vou ser sincero com você. Estou achando sua recuperação muito rápida. Acho que seu plano de vingança é mais uma forma de você se distrair do seu luto. *Baby*, você sofreu um golpe sério demais para você não desabar.

— E quem disse que não desabei? Quem disse que não estou despedaçada por dentro? Que não estou com vontade de afundar no chão e chorar até dezembro? Só que preciso recuperar a minha casa, antes de conseguir me livrar deste parasita. E isso requer que aja agora! Ele não vai esperar muito mais para que eu volte para casa — esclareço, levando os pratos para a pia. — Beto, você sabe o quanto sou emotiva, o quanto um relacionamento me mantém de pé. Então você sabe que estou sem chão. Mas agora eu realmente preciso que o meu lado racional tome conta.

Dou um sorriso fraco, respirando fundo.

— Vou continuar chorando até dormir, vou continuar com este buraco no peito, mas minha cabeça precisa estar bem alerta para que eu não me deixe enganar de novo. Minha autoestima está estraçalhada, meu castelo de areia acabou de ruir e estou me sentindo sem proteção. Sou uma idiota por ter acreditado nele, burra por não ter percebido os sinais. Estúpida por não ter ouvido meus melhores amigos, porque vocês tentaram me avisar. — Beto tenta falar, mas eu o interrompo, com as lágrimas escorrendo pelo meu rosto. — Não, deixa-me falar. Eu mereci tudo o que ele me fez, porque eu pedi por isto, eu dei a ele o poder de me controlar e me destruir.

Viro de costas, deixando as lágrimas correrem.

— Eu sou uma idiota, estúpida, com dedo podre para escolher homem, feia demais para atrair um cara bom, burra demais para atrair pessoas do bem. A culpa é minha e eu tenho que pagar pelos meus erros, pelas minhas escolhas. Eu escolhi não ser feliz nesta encarnação. Pelo menos não no amor. Então vou focar nas outras áreas da minha vida, me concentrar no meu trabalho, nos meus amigos, na minha vida para além do amor romântico. — Confesso isto, deixando o álcool tirar o meu filtro de boa educação.

Desabafo e desabo no chão da cozinha. Beto fica sem reação, mas aos poucos recobra o fôlego, ajoelha-se ao meu lado. Tira, com calma, a taça de vinho da minha mão e me dá a garrafa. Com calma, senta-se ao meu lado.

— Duda, suponho que tudo isso esteja atingindo camadas mais profundas do que eu possa pensar. Imagino o quanto deve doer, o quanto a gente deve se questionar ao ser traído desta forma. Mas lá no fundo você sabe que nada disso é verdade. Você é linda, inteligente. E mesmo que você fosse idiota, burra, estúpida, feia, nada seria motivo para alguém te sacanear de forma alguma. A culpa NUNCA é da vítima! — Bebe na garrafa também. — Neto te atingiu em cheio. — Devolve, abraçando-me. — Mas você é mais forte do que isso. Com ajuda você vai superar! Só não pule etapas. Viva seu luto. — Bebe mais e me dá a garrafa. — Tem outra. Vamos encher a cara hoje! Amanhã a gente lida com a ressaca! Só tem tequila agora. — Ele me serve um copo.

— Nossa! Forte! Quero mais. — Eu me levanto. — Eu não sei se o que você disse é real, mas me sinto uma merda agora e isto não mudará logo. Mas o que posso fazer imediatamente é continuar seguindo. Não vou desistir da vida, só desisti de tentar ser feliz no amor. Se acontecer será um *plus*, mas meu foco vai ser a minha carreira e meus amigos. — Levanto e coloco uma música. *O que é o que é*, do Gonzaguinha. Começo a dançar. — Vem!

Nós cantamos, bebemos e dançamos. Ficamos assim, por quase uma hora. Até que as músicas começam a diminuir o ritmo.

— Estou muito bêbada... — Eu o abraço, quase caindo. — Você cheira muito bem! Dança comigo? — Puxo-o para perto, mais para me manter em pé do que para abraçá-lo. — Ops. Foi mal! — Coloco meu rosto no seu pescoço e sinto seu perfume. É o mesmo desde que nós nos conhecemos. Aquele cheiro amadeirado com canela me conforta, acalma-me. — É tão bom te ter na minha vida. Ele tentou nos afastar. Se você não tivesse insistido para ser meu amigo, acho que hoje a gente nem estaria se falando. Você é muito especial para mim. Desculpa por ter te afastado.

Vou para mais perto, sentindo seu hálito quente no meu pescoço.

— *Baby*, você está jogando um jogo muito arriscado. É melhor parar — ele suplica sem se afastar de mim, descendo sua mão pelas minhas costas, até a minha cintura. — Eu não estou sóbrio para conseguir resistir muito e acho que a gente vai se arrepender depois...

Eu coloco meus dedos no seu cabelo, mordendo sua orelha.

— Quem disse que eu quero que você resista? Quem disse que eu vou me arrepender? — Começo a beijar seu pescoço, roçando meu corpo no dele. Começa a tocar *Feeling Good*, de Nina Simone. — Amo esta música. Torne-a ainda mais especial para mim... — sussurro quase na sua boca, olhando para seus olhos que parecem mais escuros do que nunca.

— Duda... Pare... — Sua mão desce para minha bunda, enquanto a outra mão puxa minha perna para seu quadril. — Eu não vou resistir muito... — diz roçando seu pau já duro contra mim. — Promete que nada do que acontecer hoje vai mudar nossa amizade? — pergunta enquanto lambo seus lábios.

— Prometo que nada do que acontecer nestes dias mudará a nossa amizade. Prometo que independente do que eu resolva, ou independente do que você resolva, sempre que sentirmos isto e estivermos solteiros, nós iremos ser "amigos com benefícios". — Tiro a blusa dele. — A gente se deve isso há muitos anos. Nunca tivemos uma recaída.

Passo minhas unhas nas costas dele, que geme alto. Sem pensar, ele tira meu vestido, deixando-me somente de calcinha.

— *Baby*, você é linda! — Beto me beija, carregando-me para o quarto. — Eu te quero desde que eu te conheci e nunca vou deixar de te querer!

Transamos a noite toda, transitando entre o sexo romântico e o sexo selvagem. Não me lembrava de como ele era tão bom de cama assim. E não me lembrava de sentir tanto prazer. Acho que passei os últimos anos, transando e me realizando em satisfazer Neto. Com Beto é diferente, nós nos damos prazer.

Acordo com uma ressaca imensa. Sinto cheiro de café fresquinho sendo feito. Não sei o que é pior, a ressaca alcoólica ou a moral. Será que Beto entendeu tudo o que eu disse? A noite foi maravilhosa, não posso negar e acho que gostaria de transar assim novamente. Mas ele ama Cleide. Como vou olhar para a cara dele? E se ele mudar comigo? Tomo um banho enquanto crio coragem para ir para a sala comer algo. Quando chego lá, ele está no computador, de novo olhando a planta do espaço cultural.

— Bom dia... — gaguejo, sem graça, pegando o café. Ele não responde e nem olha para mim. O que foi que eu fiz? Estraguei a nossa amizade por uma noite de sexo... Noite maravilhosa, confesso, mas a nossa relação vale mais. — Acho que a gente deveria conversar. Desculpe por ter te seduzido ontem. Você tentou resistir e eu insisti. Não quero que nossa irmandade acabe por conta disto. Você é muito importante e eu não consigo te imaginar fora da minha vida. — Silêncio. Ele nem olha para trás. Respiro fundo. — Por favor, não faz assim. Olha para mim, precisamos conversar, a gente pode se acertar. Não quero e não vou perder a sua amizade! — Silêncio ensurdecedor. — Beto! — Vou até ele, colocando a mão no seu ombro, já pronta para implorar.

— *Baby*! Acordou! Espero que tenha dormido bem. — Tira o fone de ouvido, que está no volume máximo. — Bom dia! — Ele me dá um beijo na bochecha e mostra a tela do computador. — Estava aqui pensando numa coisa. O que você acha desta cor das paredes? Melhor do que essa? — Beto me mostra as cores e eu finalmente consigo respirar aliviada.

— Nossa! Você me assustou! Estava aqui falando com você há horas e nada de você responder. Estava pensando que você estava chateado comigo.

— Por que estaria? Você fez alguma besteira? Quebrou o quê?

— Beto, é que depois de ontem, do que a gente fez, eu fiquei com medo de que algo mudasse entre a gente.

— *Baby*, eu sei que, da sua parte, foi só para tirar a zica do teu ex...

— Não foi só por isso. Eu queria tirar a zica, sim, mas não seria com qualquer um. Além do que... — Silêncio, abaixando o olho, com vergonha. Beto fica em pé e levanta o meu queixo, com cuidado, olhando diretamente em meus olhos.

— Além do que...?

Passa o polegar do queixo até a minha boca, sem tirar os olhos dos meus. Novamente percebo que o olhar dele fica mais escuro. Aproveito que o dedo dele está nos meus lábios e o coloco na minha boca, dando uma risadinha safada. Depois de chupar o polegar dele, pego o copo dele vazio de cima da mesa e vou para a cozinha rindo.

— Além do que, fazia tempo que eu não gozava tão bem assim. Você sabe muito bem o que faz. Quanto tempo eu perdi com aquele... — Respiro fundo, colocando as xícaras na pia. — Bem... Nada mudou entre a gente?

— *Baby*, nada mudou, nem vai mudar. — Beto se aproxima, rindo. — Você ainda está muito ligada naquele babaca, e eu amo Cleide. Mas agora somos dois adultos solteiros, sozinhos numa casa, cheios de tesão. O que faremos com estas informações? — Ele coloca um pedaço de queijo na minha boca. Dou uma risada, mas faço cara de inocente. — Tenho algumas sugestões, mas antes, coma alguma coisa e tome um remédio para esta ressaca. Vou fazer umas ligações e já volto.

Passamos o dia a nos provocar e nos saciar. As meninas ligam com frequência, algumas vezes nos interrompendo. Precisei também ligar para Neto, para manter a fachada de esposa feliz. Já comecei a apresentar alguns sintomas de gravidez para ele, como falar que estou muito cansada, dormindo sempre que posso, ou que estou enjoada. Sempre de forma indireta, alegando que é por conta da atenção que estou dando para Tereza, para que ela se recupere logo. Em breve terei que voltar para casa e encarar aquele abusador. Mas, enquanto isto não acontece, vou tentando deixar as coisas mais leves ao meu redor.

Cleide já teve a reunião com Neto, falando sobre os impostos. Ele ficou de consultar Paty hoje à tarde, para elas darem continuidade ao plano. Estamos muito ansiosos, por isso resolvi cozinhar para um batalhão! Fiz comida para quase um mês e deixei tudo congelado, em potes individuais, para que Beto não precise se preocupar. Independente do sexo, ele tem sido um grande amigo. Hoje à noite combinamos de ir a uma apresentação de uma das alunas de Tereza. Ela faz teatro alternativo e o espetáculo vai ser numa casa, perto de onde Tereza atende. Como Neto não é muito chegado em teatro, eu tenho certeza de que não corro riscos.

O espetáculo é maravilhoso. Texto, a interpretação, a luz, o cenário... Tudo está perfeito. Ao final, vamos a uma pizzaria e, de longe, acabamos vendo Neto, com um grupo de amigos e a atual amante, no bar ao lado. Os amigos, que estão com ele, frequentam a minha casa, e estão ali, tranquilos com o fato dele estar com outra, abertamente... Isso acaba com a minha noite e resolvo voltar para casa, antes mesmo de comer a pizza. Choro muito, até dormir.

Na manhã seguinte, Paty me informa que Neto topou fazer a transferência do registro do ateliê para o nome de Cleide. Ela conta que teve que falar muito mal de Beto, e ainda se insinuar para meu futuro ex-marido, para convencê-lo de que ela o está ajudando porque ele é o máximo. Eles marcam de sair na sexta para "comemorar" o negócio fechado, mas eu "voltarei" de São Paulo bem neste dia. Os papéis já foram registrados em cartório e a propriedade está no nome da nova proprietária: Cleide. Ela já assinou a transferência para mim. Um problema a menos.

Hoje irei falsificar o exame de gravidez para apresentar ao Neto, assim como o pedido da médica para que eu não faça esforço físico devido à gravidez de risco.

Na hora do almoço, resolvo fazer um pouco de yoga e imploro para que Beto se junte a mim. Eu gosto muito de praticar yoga, mas a gente acaba realizando outro tipo de "exercício aeróbico". Quando chega a noite, Tereza vai até a casa de Beto para saber como estamos. Ela percebe alguma coisa, pois não para de nos olhar, com um leve sorriso no rosto.

Fico um pouco sem graça por não contar para minha amiga, mas, o que eu diria? "Amiga, ainda amo Neto, aquele cafajeste, ainda estou toda dilacerada por dentro, mas estou tendo os melhores dias da minha vida fazendo sexo com meu melhor amigo. Sei que ele é apaixonado pela ex-namorada, que está tentando me ajudar a recuperar um imóvel, dando em cima do meu ex". Acho que é difícil demais para alguém entender. Então, é melhor esconder. Talvez eu conte depois que esta loucura passar.

Ao anoitecer, percebo que esta será a minha última noite na casa de Beto, por isso resolvo fazer uma despedida... Coloco minha melhor lingerie, passo um hidratante suave e exótico, uma maquiagem de matar um. Enquanto meu amigo toma um banho para ir dormir, acendo velas na sala e coloco uma música sensual. Deixo um lenço a postos, ao lado da cadeira e o espero abrir a porta. Assim que ele apaga a luz do banheiro, eu o pego pela mão, sento-o na cadeira, amarro suas mãos nas costas e começo um *strip-tease*.

Com todo cuidado, eu me movo de forma sensual, sem tirar os olhos dele, tiro peça por peça da minha roupa, começando pela blusa, depois pela saia. Ao soltar meu cabelo, chego bem perto dele, deixando meu cabelo roçar na sua pele. Beto não consegue disfarçar seu tesão, sua respiração está ofegante, seu olho mais escuro, seu pau quase não cabe no short, de tanto que está pulsando. Esfrego meus seios nas suas costas, enquanto massageio seu ombro e lambo seu pescoço. Vou para sua frente e abro meu sutiã, mantendo meus seios ao alcance da sua boca, mas sem permitir que ele chupe de verdade, apenas consiga lamber.

Para retirar a calcinha, afasto-me um pouco, para que possa ter uma visão completa da minha bunda. Acho que nunca me senti tão linda, tão poderosa! Viro de frente e o deixo olhar meu corpo em cada detalhe. Eu me ajoelho na frente dele e retiro o short, libertando seu pau, que está maior do que nunca. Aproveito que estou ajoelhada e começo a provocá-lo, lambendo sua virilha, seu umbigo...

Beto está quase gritando, implorando que eu o liberte. Porém, antes, faço o que estou com vontade, sacio-me chupando seu pau até ele quase gozar na minha boca, alternado o ritmo, lambendo, sugando, batendo no meu rosto. Depois de levá-lo a loucura várias vezes, sento-me de frente para ele, sem deixar o seu pau entrar em mim, e fico fazendo alguns movimentos de dança do ventre, permitindo que ele finalmente chupe meu peito. Quando ele começa a implorar para que eu o solte, desfaço o nó do lenço.

Ele avança em mim como um bicho, mordendo-me, puxando meu cabelo, sedento da minha boca, do meu corpo. Chupa meu pescoço, colo, seios, barriga, virilha, até que finalmente chega onde eu mais quero. O engraçado é que não gosto de sexo oral, mas hoje... Beto me faz gozar quase que na mesma hora, mas não para, continua alternando ritmos, entre chupadas, enfiadas de língua, sucção... A sensação é indescritível. Pega o lenço e venda meus olhos. Todos os meus sentidos ficam ainda mais aguçados neste momento. Ele se afasta e eu sinto meu corpo reclamando a sua presença.

Ouço alguns barulhos da cozinha, tento me concentrar em adivinhar o que está acontecendo, mas as ondas de prazer ainda estão reverberando em mim e não consigo identificar. Percebo que ele volta, mas nem tenho tempo de entender nada, sinto uma coisa gelada bem no meio das minhas pernas. O choque provocado pelo frio me faz gemer muito alto, mas logo em seguida vem um calor delicioso, quando a língua dele volta a me lamber. Ele fica alternando entre quente e frio por algumas vezes, deixando-me ainda mais louca, implorando para senti-lo dentro de mim.

E ele finalmente me dá o alívio que preciso. Beto não vem devagar, entra de vez, aproveitando a lubrificação, que está no máximo. Aos poucos, meu corpo se molda para recebê-lo. Ficamos alternando entre feroz, como bichos no cio, e românticos, como os casais de conto de fadas. Gozamos inúmeras vezes aquela noite. Só paramos quando o dia já está claro e meu celular toca. Mesmo atendendo a ligação, continua me provocando, instigando-me.

Finalmente levantamos da cama e vamos tomar um banho. E desta vez apenas tomamos banho. Ele cuida de mim, com carinho, já começando o processo de despedida. Em poucas horas iremos voltar para nossas vidas "normais".

— Vou precisar passar na farmácia. A gente vacilou de novo e terei que comprar outra pílula do dia seguinte — digo, colocando uma roupa.

Ele me abraça por trás, nos mantendo de frente para o espelho.

— Você não me disse que está tomando pílula? Olha para lá... — Olhando para o espelho. — A gente formava um lindo casal! Pegou suas coisas? Acho melhor levar tudo para sua casa e arrumar, antes de Neto voltar do ateliê à noite. Ele deve chegar cedo hoje, porque acha que vai sair com Cleide — diz, sem tirar os olhos do espelho.

Percebendo que nosso tempo juntos, como amantes, está chegando ao fim, Beto me aperta ainda mais contra seu corpo. Desta vez não tem o sentido sexual, é mais como uma forma de manter este contato, este cheiro, este calor, de registrar cada detalhe na memória. Ficamos assim por um bom tempo, até que Paty liga para irmos ao escritório para assinar tudo. Naquele momento voltamos a ser somente Beto e Duda, amigos de longa data e nada mais.

Capítulo 9

Dia 28 de maio de 2016...

Voltar à minha realidade não vai ser fácil. Chego ao meu apartamento e me sinto completamente suja. Troco os lençóis, as toalhas, coloco tudo para lavar com desinfetante. Faço uma faxina imensa na casa, como se pudesse limpar os vestígios de todo o meu relacionamento abusivo. Neto chega quando estou tomando banho.

— Quem está aí? — pergunta, entrando no banheiro. Fica branco ao me ver, mas abre um sorriso falso. — Amor! Não sabia que você iria chegar hoje. Poderia ter preparado algo bem especial para a gente. — Ele me dá um beijo. — Eu tinha uma reunião agora à noite, mas vou ligar desmarcando.

Apressa-se para sair e ligar.

Não sei se para desmarcar com Cleide ou se para avisar a amante dele. Ele também toma o cuidado de colocar no lugar todas as minhas fotos e esconder as roupas da amante, que eu já vi no meu guarda-roupa. Fico mais tempo no banheiro o ouvindo correr pelo apartamento, tentando apagar todos os rastros. Só saio quando a casa está silenciosa de novo.

— Eu pedi uma comida para a gente comemorar a sua volta. Como está sua amiga? — Vem me abraçar. Tenho que ter muito controle para não empurrá-lo. — Senti tanto a sua falta. Que tal aproveitarmos antes da comida chegar? Temos um tempinho para você me mostrar o quanto sentiu minha falta. — Começa a me empurrar para ajoelhar.

— Amor, podemos deixar isso para depois? Eu estou realmente cansada. Esses dias foram bem intensos. Fiquei no hospital quase o tempo todo. — Lembro o que Tereza me disse sobre fazer com que ele sinta ciúmes e acrescento: — As coisas só aliviaram um pouco quando Romeu chegou.

— Romeu? — indaga, ainda tentando fazer com que eu faça sexo oral nele. — Vem, minha Julieta, só uma chupadinha.

— Sim, o primo de Tereza. Ele chegou lá na quarta e fizemos um revezamento entre o hospital e resolver nossas coisas pessoais.

— Como assim? — Ele começa a se interessar mais. — Que coisas?

— Ele é historiador, tinha que ir a alguns espaços para coletar documentos. Acabei indo com ele, para poder relaxar um pouco a tensão. No começo achei que seria bem chato, quase recusei quando me convidou da primeira vez. Mas foi bem divertido, na realidade. Ele me apresentou uma São Paulo que eu não conhecia. Acho que agora seria capaz de ser guia naquela cidade cada vez mais... Instigante! — Lembro de como Beto e eu ficamos estes dias, sinto meu rosto queimar e ficar vermelho. Eu me levanto, tentando disfarçar. — E como foram esses dias para você? — Abro a geladeira e percebo restos de comida caseira. — Você cozinhou?

— Não. Eu fui a um restaurante a quilo, no centro da cidade, e trouxe um pouco de comida. Não achei que você viria hoje — confessa um pouco assustado. Seria por ciúmes ou se por ter deixado vestígios da atual amante? — E por que você não ficou lá, nesta cidade tão instigante, com seu Romeu? — pergunta, encarando-me.

— Porque eu estava com saudades do meu maridinho. Além do que, Romeu precisava voltar para cá, para trazer os documentos — comento, pegando um morango e saindo da cozinha.

— Para cá? Ele mora aqui? — indaga, ligando o alerta dos ciúmes.

— Ele se mudou esta semana. Por isto não conseguiu ir logo para cuidar dela. Romeu foi transferido para a Universidade Federal daqui, já que também é professor. A comida já está chegando? Estou morrendo de fome.

Coloco a mesa, tentando esconder o sorriso.

Nós conversamos um pouco, ele tenta descobrir mais sobre Romeu e eu dou respostas vagas. Durante o jantar, finjo ficar um pouco tonta por duas vezes e vou ao banheiro, como se estivesse vomitando.

— Duda, você está bem? — pergunta do lado de fora do banheiro. Respondo com um som abafado que sim. — Acho melhor irmos para a emergência. Você não está bem. Quer ligar para sua médica? Será que foi a comida?

— Não tem nada. Sério. Acho que foi só a tensão destes dias. Eu só preciso descansar. Não tenho dormido bem e nem me alimentado direito. Deve ser isto — sugiro, saindo do banheiro. — Acho que vou me deitar um pouco. Você guarda as coisas para mim? — pergunto, já fechando a porta do quarto.

Simulo que estou dormindo quando ele chega. Ele ainda tenta me fazer transar, mas eu finjo que estou enjoando de novo e ele para, pega o celular e vai para sala. Consigo ouvir sua ligação. Ele está fazendo sexo por telefone com alguém.

Como eu gostei deste nojento?

Volto para cama e tento dormir, mas começo a ter pesadelos horríveis. Sonho que estou presa, amarrada em um porão, e Neto me tortura, faz-me assinar documentos, enquanto o vejo estuprar outras mulheres. Depois ele vem e me estupra, machucando-me, xingando-me. Acordo gritando, com Neto tentando me acalmar.

— Duda, você está bem? Calma, foi só um pesadelo! Calma. — Ele me puxa para seus braços. Eu tento sair e acabo o empurrando. — Duda! O que está acontecendo? Sou eu, Neto, seu marido. Duda! Você me machucou! — Mostra seu braço arranhado. — Com o que você sonhou?

— Não quero falar sobre isso. Preciso ficar sozinha. Vou dormir no quarto de hóspedes — esbravejo, pegando meu travesseiro e saindo.

Isso será mais difícil do que imaginava. Como vou conseguir fingir que amo esse canalha? Beijar e ser carinhosa com alguém como ele? Eu quero bater, gritar, matar! Ouço umas batidas à porta do quarto de hóspedes, mas finjo que não ouço. A porta está trancada, então estarei a salvo, pelo menos por esta noite.

Capítulo 10

Dia 30 de maio de 2016...

Acordo cedo e saio antes que Neto perceba. Quando volto, ele está na cozinha com uma xícara de café na mão, olhando meu computador, como se tentasse achar algo.

— Bom dia! O seu computador quebrou?

Coloco uma sacola de compras na mesa da sala. Vou até ele e o beijo. Ele me segura um pouco mais do que o necessário, olha em meus olhos, faz um carinho no meu rosto. Eu tremo por dentro, de nojo, mas ele encara isto como prova de que eu estou com tesão.

— Só vim dar uma olhada numas coisas aqui, verificando se tudo está como deveria estar. Sente e tome um café, se alimente. Você pode me contar o que está acontecendo? Você está diferente e eu não estou gostando disto.

— Não estou diferente. Minha melhor amiga estava internada, eu fui cuidar dela. Passei dias enfurnada em um hospital. Saí poucas vezes para aliviar a tensão, mas o que eu queria mesmo era que ela ficasse boa e pudéssemos voltar para casa. Agora que voltei, meu corpo começou a cobrar tudo isso. Eu achei que meu marido seria uma pessoa mais compreensiva e que cuidaria de mim. Porém, ele está me cobrando por algo que eu nem sei o que é. Você estava procurando alguma coisa no meu computador? Estava me espionando? Neto, você acha que eu minto para você? — grito, indo para o banheiro e batendo a porta atrás de mim.

Tranco-me e finjo estar chorando. Neto tenta entrar no banheiro logo depois, mas não consegue.

— Duda, desculpa. Estou inseguro. Quero te ajudar e não estou sabendo como. Você chegou e nem me deu bola direito. Geralmente a gente teria transado na sala mesmo, assim que você me visse, mas até agora você nem me deu um beijo decente, nem me fez gozar. Estou precisando sentir o quanto você me ama. O quanto sente minha falta.

Ele anda pelo corredor, soa perdido.

— Eu sou o único homem capaz de te amar e você nem tentou me agradar ainda. Eu confesso que achei estranho e fui dar uma olhada no seu computador, para ver se encontrava alguma resposta. Abre a porta, amor, vamos para o quarto comigo. — Eu fungo como resposta, fingindo estar chorando. — Amor, me deixa cuidar de você. Só eu posso te fazer feliz, te relaxar. Vem! Você fica tão relaxada depois de transarmos. Vem!

Permaneço em silêncio, pensando em desculpas para dar. Mando uma mensagem para Tereza, que me liga em seguida. Atendo o telefone, ainda do banheiro, sabendo que Neto está do outro lado, ouvindo. Ele acha que eu não o percebo.

— Alô, Tereza? Como você está? — Fico quieta, fingindo que estou ouvindo Tereza, que está sem entender o que está acontecendo. — Fui com Romeu ao mercado e deixamos as compras aí. Em seguida, fizemos meu exame. — Silêncio. — Neto ainda não sabe. Vou esperar o resultado sair. Daqui a pouco vou lá buscar. — Pausa. — Sim, Romeu me ajudou muito. Ele tem sido uma boa companhia — digo isto, falseando um sorriso, para a voz sair mais doce. — Para! Sou uma mulher casada! — Dou algumas risadas baixas. — Para! Por favor!

Consigo ouvir Neto no corredor.

— Tá! Romeu é um gato, tem um corpão, é rico, bom papo... Mas eu amo meu marido. — Silêncio. — Não vamos voltar neste assunto. É claro que Neto não está interessado no meu dinheiro. Não falaremos sobre isto novamente. Sei que vocês acham que ele só quer metade da casa, mas aposto que ele me daria tudo, se eu quisesse. — Pausa. — Tereza, Romeu é rico. Meu marido não. Seu primo me chamar para jantar num restaurante caro em São Paulo não significa nada. Eu estava aí cuidando de você, ele só quis agradecer a gentileza. E um jantar não se compara com a metade da casa. — Silêncio. Sabendo que ele vai ouvir, sussurro: — Neto me daria a parte dele, sim, com certeza!

A isca é lançada, espero que ele a pegue.

— Concordo, esta seria uma excelente prova de amor! Mas ele não pensou nisto. Quem sabe depois do resultado do exame... Enfim, vou desligar. Mais tarde passo aí. — Silêncio. — Melhor, assim você não fica fantasiando. Prefiro que Romeu não esteja aí mesmo. Você fica tentando me jogar para os braços dele. Eu sou casada, muito bem casada. Beijos e até mais tarde.

Finjo que desligo. Suspiro e falo como se estivesse falando para mim mesma...

— É... Passar a casa para meu nome seria uma forma de provar o amor dele para mim. Se ele imaginasse que eu passaria toda a casa para ele depois disso e colocaria a conta pessoal como conjunta... Mas, é melhor ele nem saber, para que ninguém diga que fez isso por interesse. Meus amigos já acham que Neto só está comigo por conta do dinheiro. Isto iria calar a boca deles e provar o que meu marido sempre disse: que meus amigos estão tentando me afastar dele. Melhor eu não pensar nisso, senão eu acabaria me afastando de todos eles. Se bem que ficar só com Neto não seria nada ruim. Eu amo meu homem!

Ligo o chuveiro, sabendo que isto o fará pensar, e muito!

Quando saio do banheiro, Neto está arrumado para sair.

— Duda, vamos almoçar fora? Descobri um restaurante ótimo. Fui com um colega que está querendo alugar uma parte do ateliê. Por falar nisso, pensei em locar uma parte dele. O espaço é enorme, podemos construir alguns galpões lá e arrendar. Assim eu consigo contribuir nas despesas. O que acha? Podemos começar alugando aquela casinha do fundo, com o dinheiro do aluguel começaremos a construir um galpão maior, com divisória de espaços. Mas conversamos sobre isso no restaurante. Você quer trocar de roupa? Nem precisa, você está linda assim.

Eu já estava pronta para ir para a casa de Tereza, mas terei que adiar um pouco minha ida até lá.

O restaurante é bem legal. Simples, comida caseira e muito gostosa. Ambiente agradável. Tento esquecer a raiva e o nojo que tenho dele, mantendo a conversa fluindo. Quem nos vê de longe acha que somos um casal feliz. Neto me conta sobre seus planos de ampliação do ateliê, de como pretende contribuir financeiramente com as despesas da casa. Se eu não soubesse quem ele era, estaria aqui ainda mais apaixonada por ele. Eu pedi que Estela me ligasse duas vezes durante o almoço, para que eu não atendesse. Mudei o nome dela na agenda para "Romeu". Deixo o celular na mesa, como sempre faço. Neto vê o telefone tocar, eu recuso a ligação.

— Seu telefone, não vai atender? — indaga observando minha reação.

— Não, é Estela. Ela está agoniada para irmos para a casa de Tereza. Eu ligo para ela daqui a pouco — disfarço, bebendo meu suco.

O telefone toca de novo. Novamente o nome de Romeu aparece na tela. Desta vez, desligo o telefone, coloco no bolso e me levanto.

— Preciso ir ao banheiro. Amor, pede um cafezinho para a gente — sugiro, saindo apressada, tirando o celular do bolso.

Quando volto, percebo que Neto está tentando conter a raiva, mas não consegue ficar calado.

— Ligou para quem? — inquire, bebendo o café, mas sem tirar os olhos de mim.

— Para Estela. Ela está me esperando para irmos para a casa de Tereza. Lembra que eu disse que iria lá hoje à tarde?

— Sim. Então foi Estela que te ligou nas duas vezes? — questiona, fingindo casualidade. — Posso ver? — Estende a mão para pegar o celular.

— Neto, o que é isto? Você não acredita em mim? Por que eu mentiria para você? — queixo-me, jogando o celular na minha bolsa.

— Boa pergunta! Por que você mentiria para mim? — retruca, encarando-me e mantendo a mão esticada.

Fico sustentando seu olhar até que abaixo o rosto e dou meu celular. Eu tinha apagado o histórico de chamadas, o histórico do aplicativo de mensagens, e alterado novamente o nome de Estela, então não havia registro de Romeu no meu aparelho. Neto olha tudo, e quando não acha nada, joga o celular na mesa.

— Você apagou tudo. Por quê? — Não respondo e não olho para ele. — Pague a conta, estou no carro te esperando. Você tem cinco minutos, senão vou embora e te deixo aqui.

Sai. Não posso deixar de rir alto, quando ele sai do restaurante. As pessoas que estavam acompanhando nossa discussão ficam sem entender. Pago a conta e vou para o carro.

Neto pega Estela e nos leva para a casa de Tereza e, ao contrário do que sempre acontecia, desta vez ele não vai embora. Resolve subir "para ver como minha amiga está". Nós entramos na casa dela e o familiar cheiro de cravo e especiarias inunda meu corpo, fazendo-me relaxar. Ele encontra nossa doentinha no sofá, enrolada num cobertor, tomando sopa. Não fica nem cinco minutos e arranja uma desculpa, indo embora. Combino que ligo para ele me pegar.

Assim que ele sai, Tereza volta ao normal. Conto o que aconteceu e todas ficam animadas com o progresso. Beto chega depois de tentar conversar com Cleide para eles voltarem.

— Desisto! Não sei mais o que fazer para explicar que eu não te amo, Duda. Cleide está com esta ideia fixa na cabeça. Ela acha que eu só serei feliz com você, por isto ela está tirando o time de campo. — Roberto afunda no sofá, pegando um dos bolinhos veganos que Tereza tinha preparado.

— E se eu fosse conversar com ela? Você acha que daria certo? Eu posso ir ao escritório na segunda, depois da aula. — Tento ajudar.

— Que nada. O problema não é a gente ter algo ou não, mas o amor que ela acha que sinto por você. Ela acredita que nós não estamos juntos, mas ela pensa que eu não consegui te esquecer. — Praticamente engole o bolinho. — Hum... Isto é muito bom!

— Berinjela e manjericão. E você acha que ela está errada? — pergunta Tereza e todos nós ficamos sem entender. — É óbvio que vocês se amam. É óbvio que ainda tem uma brasa acesa aí. Mas a questão é: Vocês querem que esta brasa se apague, ou vocês estão colocando mais lenha na fogueira? Porque se querem apagar a brasa, joguem logo água ou areia nela. Se a proposta é reascender o fogo, aproveitem este momento e coloquem lenha. Mas esta é uma decisão que vocês precisam tomar logo, porque tem gente se machucando com a espera desta resposta.

Tereza solta a bomba, voltando com mais bolinhos.

A sala silencia, elas esperam alguma resposta, mas nem eu e nem Beto conseguimos responder. Ficamos olhando para nossas mãos.

— Bem, enquanto ninguém decide se coloca água, areia ou lenha... Eu vou fazer café! Quem quer? — Paty anuncia, indo para a cozinha.

— Eu te ajudo — acrescenta Tereza.

— E eu vou ao banheiro. — Estela arranja uma visível desculpa para nos deixar sozinhos na sala.

Beto e eu ficamos em silêncio, percebendo que as meninas saíram para que a gente consiga conversar. Mas nenhum dos dois rompe a barreira do silêncio, principalmente porque nós sabemos que elas estão atentas a tudo que falarmos. Eu olho para ele e suspiro, com um sorriso de cumplicidade e ele corresponde. Porém, não falamos nada, até que o café fica pronto. Estela volta do banheiro com uma ideia...

— Duda, e se você não ligasse para Neto? E, em vez de voltar para casa direto, você fosse ao cinema, assim ele tentaria entrar em contato com você, não iria conseguir. Ele deve ligar para uma de nós, e vamos dizer que você já saiu da casa de Tereza...

— Acho que pode ser pesado demais, não acha? Ele é violento. Eu fico com medo de que ele parta para agressão, por conta dos ciúmes — Beto pondera realmente apreensivo.

— Entendo. Mas eu chegaria com uma boa e uma má notícia. Digo que não liguei porque consegui uma carona com Romeu, mas que passei mal no caminho e ele me levou para a emergência. Lá fiz exames e descobri que estava grávida, numa gravidez de risco. Que preciso de cuidados, nada de emoções fortes, nada de sexo por uns dias... O que acham? — pergunto, grata por ter mudado o clima da conversa.

Passamos a tarde entre planos contra Neto, risos de amizade e olhares furtivos, que falam mais do que tudo. Quando acaba, vou sozinha ao cinema. Esta é a primeira vez que eu faço isso e me pergunto o porquê de ter demorado. Que sensação maravilhosa é sair sem depender de ninguém, sem ter que me preocupar se é o filme que eu quero ou o que a outra pessoa quer. Sem ter que interagir durante o filme... Eu adoro ficar quieta, mergulhando no mundo daquela telona. Depois tomo um café e leio um livro. Nossa, que libertador! Ter prazer em pequenas coisas, principalmente, ter prazer apenas com a minha companhia.

Quando chego ao apartamento, Neto está possesso, quase avança em mim. Eu faço minha cara de doente e peço ajuda para entrar em casa. Ele me encara primeiro, tentando ver se é real, até que me carrega para o sofá e acaba disparando milhares de perguntas de vez.

— Onde você estava? Com quem? Fazendo o quê? Por que não me ligou e nem atendeu? Aliás, por que você desligou o celular? Responda! Que cara é esta? Você está me traindo? Responde! Fala alguma coisa!

— Calma! Uma pergunta por vez. Mas, por favor, me traz um pouco de água porque eu não estou me sentindo bem.

— Você bebeu de novo, Maria Eduarda? — repreende-me entredentes, sem se levantar.

— Não bebi nada alcoólico. Por favor, amor, traz a água logo e se sente aqui, que nós temos que conversar.

Neto pega a água e se senta na mesinha de centro, de frente para mim. Seu olhar é uma mistura de raiva, apreensão, curiosidade e ansiedade. Parece que a máscara dele está prestes a cair.

— Eu fui para a casa de Tereza, como você sabe...

— Pare de mentir, porque você não estava lá até agora. Eu liguei para ela... — ele me interrompe se levantando, como se fosse me agredir.

Faço um gesto de mão, pedindo que ele espere.

— Me deixa terminar a frase. — Ele para, encarando-me. — Senta. — Ele obedece. — Como disse, fui à casa de Tereza. Quando tentei te ligar, para me buscar, vi que estava sem bateria. O carregador de Tereza não serve no meu celular. Então o primo dela chegou para pegar as roupas dele, pois ele já se mudou. Ele havia convidado a Estela para ir ao novo apartamento, para ver a decoração, e eu fui também porque depois ele me deixaria aqui.

— Você foi para a casa do tal do Romeu?! — Neto pega o vaso da mesinha e joga na parede.

— Para com isto! Ouça até o final! Não vou mentir em nada. E nada aconteceu! Pelo menos, não neste sentido! — Neto se senta de novo, procurando respirar. — Quando Estela foi embora, Romeu foi pegar um casaco para me emprestar, porque eu estava sentindo muito frio.

— Frio? Que invenção é esta? Qual o joguinho? — Neto interrompe, perdendo a paciência.

— Calma! Sente e ouça! Então, Estela tinha ido embora, Romeu foi para o quarto pegar o casaco e eu só acordei no hospital.

— Hospital? Aquele "Don Juan" te dopou?

— Neto, calma! Quando voltou para a sala, me encontrou desmaiada no chão. Ele tentou me acordar, mas não conseguiu. Então ele me levou para a emergência. Foi lá onde eu estava até agora.

— Na emergência do hospital? Por que não me ligou? — Neto pergunta, começando a se acalmar, mas ainda duvidando.

— Eu estava desmaiada!

— Por que ele não me ligou? Ah! Claro! Porque queria ser o herói que te salvou e ficou com você.

— Como ele te ligaria, se ele nem te conhece e nem tem o seu número? Lembra que meu celular acabou a bateria? — Neto faz um som indecifrável. — Estou te dizendo que desmaiei e fui parar na emergência, e a sua única preocupação é com quem eu estava?

Viro o rosto, mostrando decepção. Acho que sou melhor atriz do que eu imaginei.

— Amor, desculpe. É que eu te amo tanto, que tenho medo de te perder. É óbvio que este Romeu está te cercando, tentando te roubar de mim.

Eu o encaro, quase falando toda a verdade. Ele continua me tratando como um objeto, como se eu fosse um brinquedinho e tivesse outro coleguinha do jardim de infância querendo brincar também... Tenho que respirar fundo e lembrar tudo o que está em jogo. Nossa! Está cada vez mais difícil segurar.

— Bem, você não perguntou, mas eu estou melhor. Romeu me deixou aqui e foi embora, porque sabia que este era um momento que nós dois deveríamos ter sozinhos.

— Um momento que nós dois... Do que você está falando? — Neto sente o alerta sendo acionado. — Maria Eduarda, o que você quer dizer com isto?

— Neto, na emergência eu fiz um *check-up* quase completo. Alguns resultados ainda não saíram com os laudos, mas eles chegaram a uma conclusão... — Faço um suspense. — Está calmo? Posso te dizer? — Neto não mexe um músculo, esperando uma bomba ser lançada. — Me promete que ouvirá tudo? — Ele concorda com a cabeça. — Eu vou começar do final para o início. Preciso ficar este final de semana de perna para cima. Segunda eu já posso ir para o trabalho, normalmente. Porém, devo evitar grandes emoções, exercícios físicos, de qualquer espécie e isto inclui sexo, por quinze dias.

— Que merda é esta? — vocifera se levantando, pisando nos cacos do vaso.

— Se acalme e ouça. Acho que você vai gostar. — Ele se senta. — Depois destes quinze dias eu farei novos exames, para ver se posso voltar aos exercícios físicos. Mas, fora evitar emoções fortes e exercícios físicos, levarei uma vida normal.

— O que é que você tem afinal? Que doença é esta?

— Nenhuma doença. Na realidade, é um grande presente, uma grande bênção! Amor... Estamos grávidos! — Neto fica em choque me olhando. Parece que ele não consegue entender ainda. — É uma gravidez de risco, por isto estes cuidados. Mas o médico acha que depois de quinze dias tudo vai se encaixar...

— Eu sabia que um dia você conseguiria fazer algo que preste. — Neto se levanta e sai dançando pela sala. — Amor, demorou, mas você conseguiu seguir o fluxo natural das coisas. — Ele me carrega e rodopia pela sala. — Sabia que tinha escolhido a melhor mulher para me dar este presente! Este menino será meu melhor presente. Ele vai ser todinho meu, encherei ele de beijos, de carinhos, eu vou mimá-lo muito!

— Calma! Não posso rodar muito. Me coloca no sofá, por favor... — alerto, na realidade, querendo evitar o contato físico com ele. Ele me coloca no sofá com todo cuidado, como se eu fosse quebrar. Levanta e pega um vinho. — Hoje vou encher a cara para comemorar. Pombinha, prepare uns bolinhos de bacalhau.

— Amor, esqueceu? Eu tenho de ficar com as pernas para cima. Inclusive, vai ser você quem vai preparar o jantar e me servir aqui no sofá. Eu estou morrendo de fome. Quero salmão com ervas, legumes ao forno com alecrim e suco de maracujá. — Neto me olha, tentando entender o que está acontecendo. — Preciso ter uma alimentação saudável, para nosso bebê crescer forte.

Pego o controle e ligo num programa de culinária, coisa que Neto odeia.

— Mas eu não sei fazer o salmão...

— A receita está naquele livro velho que era da minha mãe. É muito fácil e rápido. Vou tomar um banho e tirar esta roupa de hospital, ok? Quando acabar, quero a janta pronta.

Vou bem devagar até o banheiro e deixo um Neto sem ação, na sala. Quando chego ao banheiro, ligo logo o chuveiro e, finalmente, solto a gargalhada que estava presa. Acho que esta vai ser a melhor parte, jogar com a gravidez para ter ele fazendo tudo o que não fez até hoje.

Quando saio do banheiro, depois de um longo banho morno, vou para o sofá, tiro o programa que ele estava assistindo e mudo para um filme bem romance água com açúcar. Neto está tão concentrado na comida, que nem percebe. Quando ele traz a comida, eu como igual a uma esfomeada. Está realmente gostosa, ele até que tem talento. Acabo e entrego a ele a louça, demonstrando que ele também iria lavar tudo.

Vou ao banheiro, escovo os dentes e sigo para o quarto. Quando ele finalmente chega, depois de lavar toda a louça, eu já estou dormindo, ocupando a cama quase toda. Ele tem de se acomodar quase caindo da cama.

Acordo cedo, mando mensagens contando tudo para Beto e as meninas. Depois apago o histórico do celular e acordo Neto.

— Amor, acorda. Estou com fome. Faz panquecas para mim, por favor? Acho que nosso filho quer provar panquecas com mel — falo, sabendo o quanto Neto odeia acordar cedo, principalmente num domingo.

— Porra, Duda... Ainda nem são 7h! Levante e coma uma banana. Mais tarde a gente toma café.

— Estou com desejo. Nosso filho vai nascer com cara de panqueca. É isto que você quer? — provoco, sabendo que isto irá irritá-lo ainda mais.

— Não existe a possibilidade de alguém nascer com cara de panqueca só porque a mãe não comeu enquanto estava grávida...

— Tudo bem, então. Eu mesma faço. —Eu me queixo fingindo irritação e levantando.

Quando fico de pé, desequilibro-me e acabo derrubando o porta-retratos que estava na cabeceira. Neto pula e aparece na minha frente, colocando-me de volta na cama.

— Deixa que eu faça. Você não pode se esforçar, lembra? Espere aqui. — Ele sai, demora alguns segundos e volta. — Como faz panqueca?

— Tem naquele mesmo livro de receitas. É bem fácil também.

Neto sai e eu grito para ele, enquanto ligo a TV do quarto.

— Obrigada, amor!

Capítulo 11

Dia 6 de junho de 2016...

Segunda-feira, vou trabalhar pela manhã. Neto me leva até a faculdade, coisa que nunca aconteceu nesses três anos de relacionamento. Ele carrega a minha mochila até a porta da sala, dá-me um beijo e sai. Quando abro a mochila, vejo que ele colocou algumas frutas, água, suco e um sanduíche. Acho que vai ser fácil conseguir que ele transfira a casa logo. Hoje à noite começarei a segunda parte do plano.

Ele me liga na hora do almoço, para me pegar para almoçarmos, mas digo que não é necessário, pois vou almoçar na faculdade mesmo. Digo isto já no carro de Paty, indo me encontrar com as meninas e com Beto. A hora do almoço passa muito rápido, depois volto para a faculdade e dou aulas a tarde toda.

Na saída, Neto já está a minha espera. Ele carrega minha mochila, abre a porta do carro e ainda coloca o meu CD preferido para tocar. Chegamos em casa e tudo está limpo e cheiroso, a mesa posta e o jantar pronto. Creio que consigo me acostumar a estes mimos, só trocaria o acompanhante. Vou tomar banho e ele entra no banheiro.

— Neto, o que você está fazendo aqui? — gaguejo, com medo de que ele quisesse transar.

— A gente não pode sexo, mas consigo te dar um banho, não? Assim bato uma te olhando nua. Você é tão gostosa, Duda — sussurra, tirando a roupa e vindo me beijar.

Tenho que me controlar para não vomitar. Mais uma vez, sou obrigada a deixá-lo me tocar, sem ter a menor vontade. Isso já aconteceu várias vezes no casamento. Na época eu achava que tinha a obrigação de satisfazê-lo, mesmo que não quisesse.

Depois que goza, ele me coloca no canto do chuveiro, toma banho e sai, sem me olhar. No banho limpo qualquer vestígio do toque dele, chorando. Jantamos e vou para o quarto. De lá, finjo que atendo uma ligação de Romeu. Neto vai até o corredor para ouvir o que eu dizia.

— Oi, Romeu! Estava com saudades. Tudo bem com você? — Silêncio. — Tudo tranquilo por aqui. Sim, ele adorou a notícia! Estamos muito animados, ontem fizemos planos para a decoração do quarto. Ele tem certeza de que é menino. Mas eu sinto que é menina.

Dou uma risadinha, demonstrando cumplicidade.

— Sei que você também quer ter uma menina. Pois é, até nisto combinamos. — Risos. — Romeu, estou grávida do meu marido. — Finjo mais uma pausa. — Mas não posso me deixar levar por uma forte conexão. Eu amo o meu marido e ele me ama. — Dou um longo suspiro. — Pare de ouvir o que eles dizem. Neto não está comigo só por dinheiro. Se estivesse, me separaria dele agora mesmo.

Ouço Neto se mexendo, tentando não fazer barulho.

— Sim, mesmo grávida dele, iria embora e ele nunca mais ouviria falar nem de mim, nem desta criança. Mãe solo, com muito orgulho. — Silêncio. — Eu não vou pedir que ele coloque o ateliê no meu nome! Nem a parte dele da casa. Pare, por favor! Eu gosto muito de você, gosto da sua companhia, sinto essa forte conexão entre a gente, mas não posso. Eu sou casada e amo o meu marido.

Falo um pouco mais alto, como se estivesse nervosa.

— Se ele fosse interesseiro, é claro que eu me divorciaria. Aí eu poderia pensar em ter algo com você. Mas ele não é assim. — Mais um momento em silêncio. — Romeu, estou esperando um filho. Ele pode me dar isto de presente, claro. Mas não vou pedir isto, teria que ser algo que partisse dele e não de mim, não acha? — Dou uma risada irônica. — Você não acredita que ele será capaz de fazer isso? Já eu tenho certeza que sim. Se ele fizer isso, você me deixa em paz? — Silêncio. — Então temos um acordo. Se Neto transferir o ateliê todo, ou a parte dele da casa para o meu nome, você desiste de me conquistar.

Sinto Neto nervoso, ouvindo a conversa.

— Se ele não transferir, eu permito que você tente me conquistar. Mas te aviso que, mesmo que ele não transfira, o que eu acho difícil, você terá que batalhar muito para conseguir me fazer olhar para alguém além dele. Combinado? — Abaixo o tom de voz, fazendo charminho. — Eu sei, eu também senti, mas não posso. Pare, de verdade. — Risos de cumplicidade. — Ok. Parei! Preciso dormir agora. — Silêncio. — Estou sim, pronta para dormir. — Pausa. — Não vou dizer qual roupa estou usando. A gente já sabe onde isto vai parar.

Agora darei o golpe fatal. Se prepare Neto.

— Foi uma delícia, mas não posso fazer de novo. — Risada abafada. — Muito menos pela quarta vez. Foi um erro, delicioso, eu sei, mas já complicou demais as coisas, porque agora tenho com o que imaginar. Você já viu e ouviu demais. Não farei isto de novo, ainda mais com Neto na sala, ele pode chegar aqui e nos pegar em flagrante. — Me seguro para não rir alto. — Temos um acordo, vamos ficar com ele, ok? — Silêncio. — Por quê? — Deus, como eu quero ver a cara de Neto agora. — Tudo bem, um café para fecharmos os detalhes do acordo. Nada além disso, em local público, e rápido! Aviso quando tiver tempo. — Abaixo o tom, para uma voz provocante. — Outros, onde quiser. — Desligo.

Neto, para controlar sua raiva, começa a socar o sofá. Depois ele respira fundo, controlando-se, achando que eu não percebi que ele escutou a minha falsa ligação. Quando ele volta para o quarto, encontra-me olhando para o teto, com um sorriso bobo no rosto.

— Duda, está tudo bem? — pergunta ele, deitando-se ao meu lado, tentando agir naturalmente, mas vejo que ele está observando as minhas reações.

— Amor, nem te vi chegando, desculpe, devo ter cochilado — respondo, colocando um sorriso falso no rosto. — Vamos dormir? Amanhã terei um longo dia, com algumas reuniões importantes. Vai ser melhor você ficar com o carro e eu pego uma carona para voltar para casa, pois não sei até que horas ficarei por lá.

— Reunião? Você não tinha me falado nada. Não seria melhor cancelar? Você ainda deveria estar de resguardo. Se não for uma reunião tão importante, cancele.

— Não posso. Talvez esta seja a reunião mais importante de todas... — sugiro, de forma enigmática, olhando para frente. Neto fica tenso.

— Tudo bem, pombinha, confio na sua capacidade de definir o que é importante na sua vida, principalmente agora, que estamos esperando uma criança. Nossa família está crescendo, nosso amor também. E sei o quanto isto é importante para você. Você nunca colocaria nada disso em risco por uma reunião sem importância, que surgiu de última hora, assim do nada. — Pondera, encarando-me. Eu o olho e abaixo o olhar, ficando vermelha. — Você saberá fazer a escolha correta. A gente batalhou muito para chegar até aqui, não será uma reunião sem importância que vai estragar tudo entre a gente e este bebê. — Confirma, beijando minha barriga. — Por falar nisso, estou pensando em uma coisa... Você consegue marcar um horário com Paty para amanhã de manhã? Você pode ir comigo lá?

— Com Paty? Por quê? E por que eu preciso ir? Eu dou aula às 9h e tenho que chegar antes, para pegar o material na secretaria.

— Quero te fazer uma surpresa. Mande uma mensagem para ela perguntando se a gente pode ir lá às 7h. Assim dá para a gente ajeitar a surpresa e você ainda chega a tempo para a aula, com calma — ele fala, enquanto eu mando mensagem para Paty, animada com a possibilidade de resolver tudo amanhã mesmo.

Paty confirma que irá nos atender.

Neto acorda dizendo que está se sentindo mal e pede para adiarmos o encontro com Paty para amanhã. Acho aquilo muito estranho. Enquanto ele vai ao banheiro, vejo que ele trocou mensagem com alguém, que o aconselhou a não fazer isto antes de consultar outro advogado. Anoto o número desta pessoa e começo a pensar em outras estratégias. Eu vou até a varanda. Quando percebo que Neto está saindo do banho, finjo estar numa ligação. Sei que tudo o que é dito da varanda dá para ouvir do quarto, então, torço para que ele ouça.

— Então, Paty, Neto perguntou se pode ser amanhã. — Silêncio. — A assinatura do meu testamento também fica para amanhã. Quero fazer uma surpresa para ele. Vou transferir tudo para ele, pois confio que ele está comigo por amor e não por interesse. — Dou uma pausa maior. — Eu sei o que vocês pensam sobre isto. Sei que vocês acham que ele nunca vai passar a casa ou o ateliê para meu nome, mas eu tenho esperança. E isto vai ser a prova que eu precisava para passar tudo para o nome dele depois, inclusive o terreno que minha madrinha deixou, e que não entra na divisão de bens, caso algum dia nos separemos.

Consigo imaginar a cabeça de Neto agora.

— Sim, aquele terreno imenso na Barra, onde fica a mansão que ela morou e que hoje está funcionando aquela casa de eventos. Tudo ali será meu, quando o inventário for concluído. — Silêncio — Não, Neto ainda não sabe disso. Será uma surpresa. — Solta um breve suspiro, irritada. — Epa! Eu só não contei porque ainda não tenho a escritura em mãos. Você sabe o quanto inventário demora e este demorou mais do que o dos meus pais. Quando receber aquele terreno, serei uma pessoa rica! E quero dar tudo para Neto, como prova do meu amor.

Agora meu "maridinho" enlouquece.

— Eu sei que prometi que só vou transferir se ele me provar que me ama de verdade. Vou cumprir. — Silêncio. — A reunião para o fim do inventário será na semana que vem! Se Neto já tiver transferido a casa ou o ateliê para meu nome, eu já coloco o terreno no dele. — Suspiro alto — vale dez vezes o valor da minha casa, eu sei. Não estou louca colocando os bens no nome dele. Ele é o amor da minha vida e eu ficarei com ele até morrermos! Ele me ama! — Silêncio. — Paty, preciso desligar, acho que Neto já saiu do banho e vou ver se ele está melhor. Beijos, amiga. Nos encontramos amanhã cedo, ok?

Chego ao quarto e o encontro, ainda de toalha, processando o que acabou de ouvir. Dou um beijo no seu rosto e troco de roupa.

— Amor, você vai trabalhar hoje? Não pode ficar comigo? Aí a gente vai para o escritório de Paty agora. Já que me sinto melhor — diz Neto, abraçando-me forte.

— Eu queria, de verdade, ficar aqui com você, mas tenho que trabalhar. E você não estava bem, é melhor descansar um pouco. Eu volto assim que acabar de dar aula.

— E se a gente fosse para o escritório de Paty na hora do almoço? Você não trabalha hoje à tarde. O que acha? — ele sugere, tentando garantir a escritura do tal terreno, que não existe.

— Será que ela pode? Mas você está bem mesmo? Não seria melhor deixar para amanhã?

— Não! Vamos hoje. Por mim, ia agora, mas você tem que trabalhar. Veja se ela tem horário à tarde, ou na hora do almoço. É urgente.

— Nossa, fiquei preocupada agora. Urgente? Ok. Espera um pouco. Vou ligar para ela. — Faço a ligação. — Ela disse que pode agendar para as 15h30. Eu darei minha aula, almoço por lá mesmo e vou para minha consulta. Você quer ir comigo? — pergunto já sabendo a resposta.

Neto tem aversão a qualquer tipo de consulta.

— Vai fazer o ultrassom, hoje?

— Não, hoje irei a minha obstetra, mas sem ultrassom.

— Então eu te encontro direto no escritório de Paty às 15h15, pode ser? — propôs, deitando-se de novo, para voltar a dormir.

— Tudo bem.

Dou um beijo na testa dele e vou trabalhar, sabendo que ele não vai mais consultar advogado nenhum. Ganhei mais esta batalha!

No escritório, Neto explica que pretende passar a casa para o meu nome, e pergunta qual o procedimento. Paty explica todos os trâmites legais e os prazos. Eu finjo que estou muito surpresa e até derramo algumas lágrimas, mas estas são porque estou cada vez mais perto de me livrar deste cafajeste.

Paty faz o contrato de transferência, solicita que assinemos e pede que o estagiário vá dar entrada imediatamente no cartório, pois este tipo de transferência exige tempo e dinheiro. Eu entrego um cheque com o valor necessário e outro para os futuros custos. Neto está todo murcho, pois renunciou parte da fortuna que ele tinha arrancado de mim. Imagina quando souber que o atelier também está sendo transferido para meu nome. Todo o processo pode durar um mês, mas Paty vai tentar adiantar o máximo possível. Até lá, tenho que fingir que não sei de nada e nem estou ansiosa para terminar tudo.

Logo depois de assinarmos tudo, eu falo que também tinha uma surpresa para ele, mas que gostaria que ele aguardasse um tempo na sala de espera, enquanto eu falo com Paty. Ele vai todo animado, mas fingindo que está indo a contragosto. A sós com Paty, comemoramos e explico que inventei uma herança, o tal terreno na Barra, para que ela jogue comigo. Chamamos Neto e explicamos sobre o terreno, fazendo tudo parecer bem realista. Deixamos um contrato de pré-transferência assinado, já que o espaço ainda não é meu. E nunca será, pois, não é real.

Ao sairmos, vamos ao shopping que fica ao lado do escritório, para olharmos o enxoval do nosso bebê, por insistência de Neto. Consigo convencê-lo a esperar saber o sexo, para depois comprarmos os móveis. Ele protesta muito, dizendo ter certeza de que será um menino, mas acaba respeitando minha vontade. Compramos algumas roupinhas unissex e o sapatinho de saída da maternidade que, segundo a tradição da família dele, tem que ser vermelho. Farei doação de tudo assim que conseguir me livrar dele.

Enquanto estamos no shopping, o detetive particular me liga, então vou ao banheiro, para atender.

—Oi, diga... — falo, enquanto me esgueiro para o banheiro feminino.

— Boa tarde, Maria Eduarda. Segui aquela pista do telefone que a senhora me deu e, acredite, chegamos à mãe verdadeira do Sr. Neto. Consegui o endereço dela, onde trabalha e a última declaração do imposto de renda. Posso mandar tudo para o seu *e-mail* agora mesmo.

— Mande para o segundo *e-mail* que te mandei, ele sabe a senha do meu principal. O outro ele não desconfia da existência. — Silêncio. — Maravilha. Bom trabalho. Só me tire uma dúvida, esta mulher está mesmo doente? — Inacreditável. — Eu deveria ter imaginado. Mande as fotos também, por favor. Quero saber como é o rosto dela. — Estou bem curiosa para vê-la. — Ótimo! Muito obrigada. Preciso ir, estou com ele agora. Até mais e estou muito feliz com seus serviços. Agora vamos focar em descobrir a nova amante, com fotos e vídeos.

Desligo e volto ao encontro de Neto. Andamos mais um pouco pelo shopping, mas estou ansiosa para voltar para casa e ver o *e-mail*.

Depois que Neto finalmente dorme, levanto-me da cama e vou até o computador, para ver o material que o detetive me enviou. A mulher é a mãe dele, mora numa casa boa, trabalha como secretária de uma grande empresa e é super saudável, bonita até! Tenho a sensação de que já a vi antes. Até que consigo juntar as peças. Neto me apresentou a ela uma vez, no nosso casamento. Ela foi como cliente e parceira de negócios dele. Os dois conversaram muito durante todo o casamento. Ela tirou várias fotos com a gente, inclusive, uma somente dela, com Neto e Micaela. Meu Deus, tão na minha cara! A mãe esteve aqui em casa também, num dos jantares que ele ofereceu para seus amigos e clientes. Que raiva!

Eu me levanto, andando em círculos, como um leão enjaulado, tentando conter a raiva e não gritar. Depois que me acalmo um pouco, encaminho este material para Beto, apago o histórico e os downloads do computador, limpo qualquer vestígio de que usei o computador de madrugada e volto para o quarto. Sem conseguir dormir, resolvo infernizar meu marido um pouco, já que ele é a causa da minha insônia.

— Amor, acorda! Amor! Por favor! É urgente.

Neto acorda desesperado e dá um pulo da cama, dando socos no ar.

— Cadê ele? Onde está?

— Ele quem, amor? Eu te acordei porque estou com desejo. Quero comer sorvete de chocolate com cobertura de caramelo, mas a cobertura acabou. Compra mais, por favor...

— Não acredito que você me acordou por causa de uma maldita vontade de comer alguma coisa. Toma só o sorvete e amanhã eu compro a cobertura — resmunga, deitando-se ao meu lado, mas eu o cutuco de novo.

— Amor, eu estou com desejo! *Preciso* tomar sorvete de chocolate com cobertura de caramelo. Compra lá! É para seu filho! — ordeno já pegando uma blusa para ele vestir.

— É sério que você vai me fazer sair de casa, esta hora da madrugada, para comprar calda de caramelo? — Respondo que sim com a cabeça, pegando sua calça. — Está bem! Mas esta será a última vez — esclarece saindo.

Eu me deito na cama e durmo imediatamente. Quando ele volta, eu estou dormindo igual a um anjo, esparramada na cama. Ele tem de dormir no quarto de hóspedes.

Os dias passam. Eu continuo a trabalhar e a ter desejos cada vez mais estranhos e difíceis. Neto tem até que viajar para Santo Amaro, porque eu quero o feijão tropeiro de um restaurante de lá, que eu comi quando era criança. Eu me encontro, com frequência, com meus amigos, rimos muito de todas as coisas que estou aprontando com Neto e a vida parece estar maravilhosa. Porém, antes de toda tempestade tem a calmaria, e ela está acabando.

Capítulo 12

Dia 17 de junho de 2016...

Era noite de sexta-feira e eu estava tranquila em casa, de pijamas, maratonando uma série, quando Neto chega, visivelmente bêbado.

— Pombinha, cheguei! — Derruba as sacolas que carrega. Nelas, vejo algumas roupas de bebê, mas também muitas garrafas de bebidas e outros itens que não identifico.

Eu me levanto no susto, pego as sacolas para guardar, mas ele as tira da minha mão.

— Senta aí, minha pombinha, que vou te mostrar. — Abre os pacotes e joga as roupas em cima de mim. — Estas coisas são para nosso filho. Você vai guardar tudo depois. — Pega a garrafa de cachaça e bebe direto do gargalo. — Estas aqui são minhas. — Joga a outra sacola no meu peito. — Vista isto agora. Eu estou mandando! — Abro e vejo roupas de couro, compradas em um sex shop. Tremo só de pensar no que ele quer.

— Amor, você bebeu demais. Talvez seja melhor você tomar um banho e um café. Vou preparar um fresquinho para você... — digo, indo para a cozinha, mas ele me segura e me empurra para o sofá.

— Não estou pedindo, estou mandando. Vista isto agora! — Joga a garrafa vazia no chão. — Já estou sem gozar em você há muito tempo. Hoje você vai me satisfazer. Quero que você se troque na minha frente. — Pega um chicote na sacola. — Não me faça ter que te punir por ser uma garota má. — Começo a tirar meu pijama, tremendo de medo. — Quero um *strip-tease*, seja a vagabunda que você sabe ser. — Chicoteia o ar. — A próxima vai ser em você, se não me fizer ficar com tesão.

Tremendo de medo, começo a dançar. Neto se levanta, coloca uma música e desliga a TV. Faço o *strip-tease*, sem chegar perto dele. Quando começo a vestir a roupa que trouxe, ele avança para cima de mim, sem me dar chance de recuar. Quando vejo, já estou no sofá e ele mete sem cuidado nenhum, fazendo-me gritar de dor. Neto encara meu grito como sendo de prazer, e continua mais forte e fundo. Eu choro de dor e nojo, e ele vai cada vez mais rápido, mais fundo, batendo em minha cara e me chamando de vagabunda.

Depois que finalmente goza, ele apaga, ainda dentro de mim. Tentando não gritar e não acordá-lo, consigo girar e sair. O deixo no sofá e tomo um banho, limpando o sangue que escorre nas minhas pernas. Choro por mais de uma hora no banheiro. Quando saio, passo na sala e cato os cacos da garrafa que atirou no chão, aproveito e jogo fora a roupa e o chicote. Vejo que na sacola tem outros objetos de sadomasoquismo, além de óleos e velas. Eu jogo tudo fora, na rua atrás do prédio, para que nenhum vizinho possa ver. Quando volto para casa, tomo outro banho, ainda me sinto suja. Mando mensagem para Beto, que liga, na mesma hora, perguntando se quero ir para lá. Recuso, porque seria pior. Mas prometo ir, no dia seguinte, fazer exame de corpo de delito para acusar Neto de estupro.

Neto acorda ao meio-dia. Eu estou no quarto, tomando coragem para ir denunciá-lo. Ele entra, depois de um banho e de ter tomado um café preto, sem açúcar.

— Desculpa por ontem. Eu bebi demais e estava muito feliz pelas coisas que comprei. Aí passei pela porta do sex shop e resolvi trazer alguns produtos para a gente usar. Na saída, encontrei com alguns amigos e acabei bebendo ainda mais. Quando cheguei aqui, você ficou me provocando, me deixando louco, acabei não me controlando. Mas a culpa foi sua, por ter me provocado. Portanto, eu te perdoo. Tinha muito tempo que a gente não gozava daquele jeito, não é, pombinha? Vem aqui.

Abre os braços. Quando vê que não me mexo, vai até a cama. Eu me encolho no canto.

— Shhhh... Não precisa ter medo de mim. Ontem foi um dia péssimo, não consegui me controlar e você me provocou demais. É só não me provocar daquele jeito que nunca mais vai acontecer. Mas, diga a verdade, você gostou daquele sexo mais forte, você gritava de prazer. Aposto que aquele vizinho fofoqueiro está cheio de inveja hoje, por conta dos gritos de prazer que ele ouviu. — Faz massagem nos meus ombros. — Sei que no início você se assustou, mas depois você queria mais e mais. Foi difícil te saciar ontem, mas podemos continuar agora.

Desce as mãos para massagear meus peitos, enquanto esfrega o pau nas minhas costas.

— Isso, minha menina, assim, como um passarinho assustado. Minha pombinha. É assim que você quer? É essa a sua fantasia? Ser currada por um estranho? Estou aqui para te satisfazer. — Rasga minha blusa e coloca o pau na minha boca. — Assim, chupa e bebe meu leite, vamos... — Prende meus braços ao longo do corpo, entre suas pernas, e enfia o pau todo na minha boca. — Hum... Garganta profunda, adoro! Chupa, vai. — Quando percebe que não estou sugando, puxa meu cabelo. — Eu mandei você chupar!

Cedo, pois ele já está me machucando. Chupo até ele gozar na minha garganta.

Ele se levanta e ainda está de pau duro. Ri e me coloca de quatro, enfiando de novo sem nem tentar me lubrificar. A dor é ainda maior do que ontem.

— Eu tomei um remedinho, então hoje nós iremos nos divertir a tarde toda, sem correr o risco do meu pau ficar murcho. Tome! Goza, minha vagabunda!

Depois de uma tarde inteira de tortura, com meus amigos tentando falar comigo, ele apaga. Eu me arrasto para fora da cama e tomo um banho, tentando me limpar de toda a sujeira que ele fez. Percebo as marcas no meu corpo, além das feridas internas. Choro o máximo que posso, até ficar sem lágrimas. Fico no chão do banheiro até o dia raiar. Finalmente me levanto, tomo um remédio para dor, escovo os dentes e vou para o quarto.

Ao ver Neto dormindo, com um sorriso no rosto, sinto uma raiva tão grande, que vou até a cozinha e pego uma faca. Volto para o quarto, mas algo me impede de matar esse desgraçado. Acabo esfaqueando o travesseiro.

Com cuidado, coloco o que sobrou do travesseiro em um saco plástico, volto para a cozinha, guardo a faca e levo o lixo para fora. Aproveito para caminhar um pouco, sem levar celular, documentos, dinheiro. Usando uma roupa de ficar em casa e chinelo, sem nem pentear meus cabelos.

Ando por quase quatro horas, só paro quando sinto muita fome e dor. Olho ao meu redor e não reconheço o bairro onde estou. Começo a entrar em pânico porque não sei nem como voltar para casa. Aliás, nem sei se quero voltar para casa. Eu me sento no ponto de ônibus e começo a chorar. No início, as pessoas passam me olhando, até que continuam a seguir seu caminho como se eu fosse invisível. E, na realidade, sou invisível.

Sou mais uma mulher agredida, entre tantas outras que estão por aí. Todos percebem o que está acontecendo, mas ninguém faz nada. Nem a gente mesmo consegue fazer algo. Eu só quero tirar essa sensação do meu corpo e apagar as últimas quarenta e oito horas da minha memória. Daria tudo para voltar ao passado e me convencer a não ir naquele bar aquela noite, quando conheci Neto. Quero nunca ter trocado Beto por Neto, nunca ter sido estúpida por amar aquele cafajeste... Ai, que raiva!

Volto a chorar mais forte, quando uma mulher se senta ao meu lado e, sem dizer nada, me oferece lenço de papel. Ela fica ali por mais uns dez minutos em silêncio, apenas me dando mais lencinho. Quando finalmente me acalmo um pouco, olho para ela e agradeço.

— Você quer conversar sobre o que está acontecendo? Ou quer somente ficar quieta? — pergunta, mantendo um tom de voz calmo, oferecendo-me uma garrafa de água. — Beba um pouco, vai te fazer bem. — Eu bebo e ela, ao perceber que não respondo, com toda calma continua a falar: — Meu nome é Érica. Eu moro na rua aqui atrás e trabalho naquela ONG ali. — Aponta para uma casa branca, próxima ao ponto onde estou chorando. — Eu estou te vendo desde cedo. Passei aqui algumas vezes, tentando me aproximar de você, mas você estava muito nervosa. Você gostaria de entrar lá na ONG, tomar um café, ou um chá, para a gente conversar, sem ter muita gente olhando?

Sem responder nada, deixo-me ser conduzida por aquela mulher, mais jovem que eu, mas com um olhar tão maduro e calmo, que me faz lembrar a minha mãe. Quando entramos na ONG, percebo outras mulheres trabalhando. Existe um grupo numa aula de artesanato, outras na cozinha, preparando algo muito cheiroso. Meu estômago reclama novamente. Ela me leva para o escritório, me oferece um café e uns biscoitos, que devoro em segundos.

— Pronto! Agora você está melhor. Em breve Iracema vai trazer algo mais consistente para você comer. Quer almoçar? — Respondo que sim, com a cabeça. — Então ela vai trazer o almoço. Não temos muitas opções aqui, mas garanto um feijão delicioso, com um arroz soltinho e uma carne de panela. — Consigo sorrir em agradecimento. — Qual seu nome? Se não quiser dizer o seu verdadeiro, invente um nome para eu poder te chamar.

— Duda. Quer dizer, meu nome é Maria Eduarda, mas todos me chamam de Duda. Muito obrigada por me acalmar e me dar algo para comer. Eu saí sem minha carteira e estou andando há muito tempo. Nem sei onde estou. Não tenho como voltar para casa, nem como comprar algo para comer. Mas, se você puder me ajudar, garanto que te devolvo tudo.

— A pergunta certa é: você quer voltar para sua casa? É seguro?

Olho para ela, sem entender direito o que quer dizer. Está tão óbvio assim que fui agredida? Ela, percebendo minhas dúvidas, explica, mantendo a calma.

— Você chegou a ler a placa lá fora? Aqui é uma ONG de acolhimento de mulheres agredidas pelos parceiros ou parceiras. Todo mundo que está aqui, passou pela mesma situação que você. Inclusive eu.

Imediatamente me levanto. Não sei se estou preparada para encarar esta realidade.

— Calma, primeiro me ouça, depois você decide se sai correndo, ou não. Por garantia, aqui está um dinheiro para você pegar um táxi para um lugar seguro. Pode não ser sua casa, sugiro a casa de algum familiar, ou amigo. Às vezes, basta chegar, que eles já nos acolhem, sem nem a gente explicar o que aconteceu. — Coloca o dinheiro bem na minha frente e se senta ao meu lado, segurando a minha mão. — Vou te contar minha história, aí você decide se conta a sua ou não, pode ser?

— Eu não entendo como te ouvir vai me ajudar.

— Você vai entender, agora apenas ouça com o seu coração. Como eu disse, meu nome é Érica. Tenho vinte e dois anos e me casei aos dezessete, com um cara de quarenta. Nos conhecemos quando eu tinha quatorze anos e ele trinta e sete. No início o relacionamento era maravilhoso. Meus pais reclamaram muito, mas nós encaramos tudo. Eu engravidei duas vezes.

Tenho medo de entender onde essa história vai terminar.

— Na primeira, ele me convenceu a fazer um aborto. Eu quase morri, mas meus pais não souberam de nada, eu disse que tinha sido um acidente de carro. Os médicos disseram que seria quase impossível engravidar de novo e que eu jamais poderia fazer outro aborto. Aos dezessete anos, descobri que estava grávida novamente. Meus pais nos obrigaram a casar. Nesse período o meu príncipe encantado já estava se tornando o vilão. Eu parei de estudar, porque ele tinha muitos ciúmes dos meus colegas. Ele achava que os meninos todos estavam dando em cima de mim, que o filho poderia ser de outra pessoa, que eu queria o dinheiro dele.

Estou começando a ver algumas semelhanças.

— Enfim, o meu inferno começou, e, mesmo assim, me casei com ele. Enquanto estava grávida, as agressões eram verbais e, principalmente, psicológicas. Ele sempre dizia que seria o único homem que me amaria. Fazia me sentir feia, incapaz de ter amigos ou de atrair alguém, agia como se eu devesse agradecer a ele pelo sacrifício de estar comigo.

Eu me mexo na cadeira. Como parece que as histórias seguem um padrão.

— Quando estava com oito meses de gestação, ele sumiu por quatro dias. Entrei em desespero, achando que estava morto. Ele já havia sumido várias vezes, mas sempre voltava no dia seguinte, cheirando a bebida e a mulher. Mas desta vez demorou demais. Por vergonha, já não contava tudo para minha família. Foram tantas ocasiões dizendo que ele estava com outra, que eu iria me separar... No final, acabava perdoando. Eu fui direto para a polícia, para relatar o desaparecimento dele.

Ela suspira e me olha nos olhos.

— Imagine o meu desespero. Eu tinha dezessete anos, grávida de oito meses, sem trabalhar, sem estudar, sem amigos e com vergonha da família. Quando cheguei a minha casa, depois de dar parte do desaparecimento dele, o encontrei na nossa cama com uma mulher. — Ela se levanta e fica de costas para mim. — Eu avancei para bater nela, como se a culpa fosse dela. A coitada não estava entendendo nada. Ela achava que estava com o namorado dela, perguntando o que eu estava fazendo ali. Ele me empurrou várias vezes e me estapeou, dizendo que era para eu sair da casa dele. A mulher ficou em choque o vendo me agredir.

Sinto sua voz tremer um pouco e ela dá uma pausa.

— Depois que ela fugiu, senti uma dor enorme na minha barriga e a bolsa rompeu. Pedi ajuda e ele me largou lá, indo atrás da outra. Eu tentei sair de casa para pedir ajuda aos vizinhos, mas ninguém abriu a porta. Sabe aquela história de que em briga de marido e mulher não se mete a colher? Foi exatamente assim. Fui me arrastando até a porta da viela que morava, tentando chegar até a rua para pedir um táxi ou chamar a polícia. Só um carro parou. Várias pessoas passaram por mim, vários carros, mas ninguém me via de verdade. Esse que parou, me levou até o hospital.

Meu coração está dilacerado.

— Quando cheguei à emergência, já era tarde. Meu bebê já estava morto. Fiquei internada por mais cinco dias, pois foi uma cirurgia delicada. Eles fizeram uma cesariana para retirar o feto morto. Eu tenho a cicatriz de uma cesárea, mas não tenho e nunca terei um filho biológico.

Eu me ajeito na cadeira. Parece que acabei de ser atingida por uma bomba. Meu corpo todo treme e vejo que ela também precisa se recuperar. Bebo um pouco de água. Érica também bebe, enquanto controla as emoções.

— Ele não foi ao hospital me visitar, acho que nem sequer procurou saber onde eu estava. Quando recebi alta, sem ter para onde ir, acabei voltando para a casa dele. Quando entrei lá, já havia outra mulher em casa. Ele disse que eu poderia ficar, mas que teria que aceitar ser a segunda. Achando que não tinha para onde ir, acabei aceitando.

Meu Deus! Que história é essa?

— Ele chegava e queria que a casa estivesse limpa, cheirosa, comida no prato. Nós duas tínhamos que dar banho nele, comida na boca, fazer massagem, além de transarmos à três sempre. A criatura não nos deixava sair, trancava a porta e ameaçava matar nossas famílias, se a gente falasse isto para alguém. Um dia chegou tão bêbado que, depois de nos estuprar, ele nos machucou muito. Eu a levei ao hospital, porque o corte no braço estava muito profundo. O médico que nos atendeu percebeu o que estava acontecendo e conversou com a gente sobre como denunciar ele.

Pelo menos existem pessoas solidárias e atentas.

— Para resumir, ainda ficamos neste jogo abusivo por mais três meses, quando ela engravidou e perdeu o bebê, depois dele a chutar muito na barriga, dizendo que o bebê não era dele. Neste dia, após levar ela novamente para o hospital, entrei na delegacia da mulher e o denunciei. Voltei para a casa dos meus pais e tentei resgatar meus amigos e minha vida, de onde tinha parado. Mas prometi que iria tentar ajudar outras mulheres que tivessem passando pelo mesmo que eu passei. — Ela se senta ao meu lado, dando-me mais um copo com água. — Foi por isto que eu te vi e reconheci o que estava acontecendo. Acertei?

Respondo que sim com a cabeça, enquanto enxugo as lágrimas.

Neste momento, Irá, como a chamam, traz dois pratos de comida. Nós comemos quase em silêncio, mas, às vezes, ela puxa um tópico mais leve. Ela me conta o trabalho que elas desenvolvem na ONG, fala sobre as aulas, as terapias, os cursos... Fico com vontade de ajudar e me ofereço para dar aula de português e de direito, nos meus dias de folga.

— Vai ser ótimo contarmos com sua ajuda, mas, agora, é você quem está precisando ser ajudada. Quer que te acompanhe até a delegacia para denunciar? Ele vai piorar, ficar mais violento. Você está toda machucada, precisa parar ele agora, antes que seja tarde demais.

— Eu já estou resolvendo isto. Tenho que aguentar mais alguns dias, até que o processo da escritura da casa acabe. Mas já estou com a papelada do pedido de divórcio pronta, tenho advogado e testemunhas.

— Mas vai pedir medida protetiva? Porque ele te agrediu fisicamente. Você precisa se resguardar.

— Vou pedir, sim. Estava tudo sob controle, até ontem.

— Sempre está sob controle, até que eles partem para o ataque, Duda. Não abaixe a guarda, vá fazer exame de corpo de delito. Se quiser eu te acompanho. Se quiser ligar para alguém te acompanhar, aqui está o celular. Mas vá! Ele pode se descontrolar de novo e acabar te matando. — Um frio corre pela minha espinha. Eu ligo para Paty, que garante que vem me pegar imediatamente.

— Érica, não sei como te agradecer, por me acalmar e me dar comida, mas também por este projeto lindo que você tem! Quero, realmente, ser voluntária aqui e acho que posso trazer mais gente — digo, levantando-me, pois Paty já está chegando.

Dou um abraço apertado nela. Que força esta mulher tem! Tão nova, tão sofrida, mas sem perder a esperança e a fé nas pessoas. Ela me entrega um papel com o nome, *e-mail* e telefone dela.

— Vou te ligar assim que estiver segura em casa. Mais uma vez obrigada! — digo, entrando no carro.

Paty me leva direto ao Instituto Médico Legal, para fazer o exame de corpo de delito. Nossa, que sensação horrorosa fazer este exame. Por mais que os profissionais envolvidos sejam cuidadosos, estão metendo o dedo na ferida de novo. Choro compulsivamente. Depois vamos à emergência, para pegar um atestado médico.

Paty me fala que Neto já ligou para todos, até para Beto, desesperado. Ela pergunta o que ela deve dizer para ele.

— Me deixa na casa de Beto, por favor. E não diz nada para ele. Eu vou pensar no que dizer para ele amanhã. Para que dia está previsto a achegada da escritura definitiva? — pergunto, entrando no carro.

— Até quarta, mas vou tentar pegar amanhã de manhã. Minha secretária está namorando a moça do cartório e ela garantiu dar prioridade para nosso caso. Assim que receber a do ateliê também eu já entro com o pedido de mudança para seu nome. Mas este está seguro. A do apartamento é que temos mais medo. — Paty, me dá uma barra de chocolate. — Tome, acho que você está precisando.

Chego à casa de Beto e peço para usar o telefone e ligo para minha chefe, explicando que tive um pequeno acidente e que não poderei ir trabalhar amanhã. Mando o atestado médico por *e-mail*, mas levarei ao setor pessoal assim que acabar o atestado. Tenho cinco dias para ficar em casa. Sofia está preocupada comigo, mas acho que consegui tranquilizá-la. Beto me oferece uma toalha, roupas limpas e vai para a cozinha, preparar uma sopa para mim. O dia foi longo. Só quero saber de ficar quietinha.

Assim que saio do banheiro, Beto me oferece o prato de sopa, coloca no meu programa de culinária preferido e vai para a cozinha de novo. Quando volta, está com uma panela de brigadeiro. Passo a noite entre chorar, comer brigadeiro, cochilar no colo dele e assistir séries.

Capítulo 13

Dia 20 de junho de 2016...

Quando finalmente acordo, Beto já saiu para trabalhar, deixando um bilhete, com a chave reserva. Diz que posso ficar aqui o tempo que quiser. Ele volta às 17h.

Eu me deito na cama dele. Durmo mais um pouco, mas decido levantar e me arrumar para encarar Neto. Ligo para Paty, para saber se tem alguma resposta, ela diz que está indo para o cartório naquele instante e que me dará notícias assim que souber.

Quando chego em casa, vejo que tem flores em todo lugar. Neto encomendou uma cesta de café da manhã e está sentado no sofá, ansioso.

— Amor, por onde você andou, eu fiquei preocupado quando acordei e não te achei. Você saiu sem celular, sem carteira, sem documento, sem dinheiro. Eu rodei esta cidade toda te procurando, liguei para todo mundo e ninguém te viu. Rodei os hospitais aqui perto e nada. Você está bem? Sente. Você se machucou?! O que aconteceu? — Vê as marcas provocadas por ele mesmo, como se não soubesse como apareceram. — Você foi atropelada? Assaltada? Duda, fala alguma coisa... Quer uma água? Senta aqui. Fala!

— Onde está meu celular? — indago, pegando o celular da mão dele e abrindo, para ver se tenho alguma notícia de Paty. Nada ainda. Mando uma mensagem perguntando. — Eu quero um pouco de água, por favor! — Ele vai pegar. Neste intervalo, Paty responde. — Neto, não fui assaltada e nem atropelada por carro nenhum. Estas marcas aqui foram provocadas por você, que me agrediu, me estuprou, me machucou.

— Nunca! Jamais faria isto com você. Eu te amo! Nós tivemos uma noite maravilhosa de sexo mais selvagem, só isto. Estas marcas devem ter sido provocadas por você mesma, enquanto se debatia de prazer. Nossa, Duda, você estava muito descontrolada. Nunca te vi daquele jeito. E eu adorei, quero repetir agora mesmo. — Vem me beijar, segurando meus braços nas minhas costas.

— Paulo Neto, me ouça e me largue! — Ele se assusta com o tom cortante que uso. — Sente e ouça. Ontem não fizemos sexo selvagem. Você me estuprou. E foi tão violento, que não viu que eu sangrei, não viu que eu gritava pedindo que você parasse, não viu que me machucou. E foram tantas vezes, que eu sofri um aborto aqui, na sua frente, com você dentro de mim. Você matou nosso filho.

Neto se senta, em choque. Aproveito a oportunidade e saio de perto dele.

— Eu saí daqui e fui andando sem destino, até que uma mulher me achou e me levou até o hospital. Eu estava sangrando muito. Quando fizeram exames, disseram que o feto havia sido espancado até a morte, não se sabe se durante o sexo em si, ou se pelos tapas e murros que você me deu. A médica havia nos avisado que não seria possível fazermos sexo por um bom tempo, lembra? Mas você não se interessa, só quer saber de se saciar.

Neto tenta pegar na minha barriga, chorando.

— Não toque em mim!

Meu celular vibra e corro para ver. Paty avisa que a escritura já está com ela.

— Você tem duas horas para arrumar suas coisas e ir embora. Eu já dei entrada no pedido de divórcio, além de ter prestado queixa de agressão, na delegacia da mulher, você será enquadrado na Lei Maria da Penha. Tenho em mãos uma medida protetiva, então, fique feliz por estar te dando duas horas para catar suas coisas. Eu vou ao mercado e quando voltar, quero esta casa sem o menor vestígio da sua presença nojenta. — Pego meu celular e minha bolsa. — Ah! Leve apenas as suas roupas e objetos pessoais. Nada de valor deve sair desta casa, caso contrário, te acusarei de roubo também.

Neto fica em choque por alguns segundos, mas dá um salto e fica na frente da porta me impedindo de sair. Tranca a porta e coloca a chave no bolso.

— Você não sairá assim. Vai se sentar, conversar e me explicar que história é esta. Você é minha mulher, não pode me jogar fora assim. Além do que, esta casa também é minha!

— Não mais. Você passou para o meu nome, lembra? Os documentos ficaram prontos hoje. Esta casa é só minha! — Neto congela por um instante, dando-se conta de tudo o que aconteceu. Quase consigo ouvir o barulho das peças começando a se encaixar na cabeça dele. Ele se afasta da porta, mas mantém as duas chaves em seu poder. Mais por instinto, do que por razão, tento abrir a porta, que realmente está trancada. Neto vai até a cozinha, pega uma xícara de café e um pedaço de bolo, e se senta à mesa. Eu fico de pé, perto da saída, aguardando-o falar alguma coisa. Depois de comer, com toda calma, ele se levanta, coloca a xícara na pia e se senta no sofá.

— Bem, deixa ver se entendi direitinho o que aconteceu aqui. Se estiver faltando algo, ou se eu entendi algo errado, me fale. — Faz sinal para eu me sentar de frente para ele. Eu me sento, mas mantenho meus sentidos alertas. Ele está calmo demais para quem acabou de ser colocado para fora. — Nós estamos juntos há mais de três anos. Casamos este ano, não faz nem seis meses. Você, finalmente engravida, uma gravidez de risco.

Fico quieta, mas atenta ao meu redor, procurando algo para me defender, ou para atacar. Preciso pegar as chaves e sair daqui. Procuro, sem que ele perceba, onde deixei meu celular. Deve estar em algum lugar aqui pela sala. Provavelmente está na mesa ao lado da porta.

— Sua médica orientou que a gente não fizesse sexo por algum tempo, mas ontem você não aguentou e avançou em mim. A gente acabou fazendo o melhor sexo das nossas vidas. Porém, foi forte demais e você acabou não sendo capaz de segurar o meu filho. Aí você resolve que a culpa foi minha e que quer o divórcio... Joga na minha cara que devo sair daqui porque fui um bom marido e coloquei a casa somente no seu nome.

Meu Deus, ele é completamente maluco.

— Logo eu, que fiz tudo por você. Aguentei sua TPM, sua depressão, seus problemas psicológicos, suas estrias, suas celulites, sua flacidez, sua falta de iniciativa no sexo, que, aliás, é bem ruim. Tolerei sua incapacidade de satisfazer um homem, sua inaptidão para as artes e culinária, seu descaso com sua aparência, suas rugas... Enfim, superei tudo isto para ficar com você. Eu, que sempre tive quem quis. Até hoje as mulheres se jogam na minha cama, mesmo sabendo que sou casado. Sempre me perguntam se você fez macumba para me prender. Nem meus amigos acreditam que eu tenha escolhido tão mal. As mulheres que pego são do tipo modelo, você é tão...

Ele age como se estivesse escolhendo as palavras.

— É tão comum, sem sal, abaixo de qualquer padrão estético. Nem advogada você conseguiu ser, ficou escondida atrás da professora sem graça e sem talento. — Ele se levanta, o que quase me faz pular, pronta para atacá-lo. — Aliás, sua vida é tão ruim, sua carreira, que nunca existiu, seus amigos interesseiros que nunca te apoiam, sua família, que preferiu sumir da sua vida.

Ele continua alegando que meus pais morreram para me evitar. E eu cheguei a acreditar nisso.

— Você só teve sucesso no amor. Eu sou a melhor coisa que te aconteceu. Cheguei para dar sentido a sua vida, sem mim, você estaria fadada ao suicídio. Duda, você fazia terapia quando te conheci. Graças ao seu maridinho aqui, você se livrou disto e não é mais a maluca depressiva. Vim para iluminar a sua vida, para trazer sentido a sua existência. Sem mim, não teria porque você existir.

Respiro fundo, tentando me acalmar e não me deixar afetar por suas palavras. Ele fez isto tantas vezes antes e sempre deixei que controlasse as minhas emoções e pensamentos... Desta vez não darei a ele este poder.

— Sei o quanto isto deve mexer com você. Principalmente depois de ter feito algo que provocou a morte do meu filho. Sua incapacidade de sustentar esta criança em você, isto deve mexer muito com esta cabecinha já tão fragilizada. Não foi sua intenção. Você queria tentar ser uma mulher melhor na cama para me agradar. E, desta vez, conseguiu se superar. Existe aí dentro alguma chama, algo que pode deixar esta mulher tão sem graça atraente para mim. Você tem medo de que eu te abandone, já que sou muito melhor do que você. Mas não se preocupe meu amor, estou aqui, apesar de todo o sacrifício.

Pega um pouco de água e traz para mim.

— Eu te amo! Só espero que você se esforce um pouco mais. Vi que você pode ser menos sem graça na cama e sei que isto aconteceu graças aos meus esforços. — Ele faz um carinho no meu rosto e eu me encolho. Neto tira o copo da minha mão e leva para a cozinha.

Eu me levanto, tentando parecer casual, e vou andando em direção à porta, mas ele fica no caminho. Penso numa forma de chegar até meu celular sem que ele perceba. Ele me abraça e fala ao meu ouvido:

— É melhor você se sentar, você enfrentou muita coisa nas últimas horas.

Neto me leva até o sofá de novo.

— Quanto ao fato de você não ter sido capaz de segurar esta criança, bem, isto realmente me decepcionou demais. Confesso que ainda estou com raiva de você não ter sido mulher o suficiente para isso. Você se colocou em risco! Por que você avançou para cima de mim daquela forma ontem? Estava com muito tesão, é? Eu sei que sou bom na cama, mas você precisava ter se controlado. Viu o que você fez? Me provocou, de novo, e não foi capaz de sustentar meu filho dentro de você. Eu estou pensando se vou conseguir te perdoar por ter matado meu bebê desta forma tão absurda! Não sei se consigo ficar ao lado da assassina do meu herdeiro.

Eu me levanto, sem acreditar no que estou ouvindo. Estou com muita vontade de falar um monte de coisas, mas tenho que me controlar para conseguir escapar daqui. Preciso conseguir pegar as chaves, ou pegar meu celular sem que veja. Mas ele me segura forte demais para quem quer apenas abraçar.

— Sente, que ainda não acabei, pombinha. — Esta última palavra foi dita de forma bem amarga. — Preciso pensar muito sobre o que fazer com você. Você me magoou. Acabou com meus sonhos de, apesar de você ser quem é, ter uma família com você. Você tem noção de quantas mulheres gostariam de estar no seu lugar? Do que elas fariam só para ter um pouco do que te dou? Sabe sua coleguinha de trabalho? Aquela ruiva que você acha que é sua amiga e que já chamou para jantar aqui algumas vezes?

Eu o encaro, tentando entender o que quer dizer. Só pode estar falando da Lídia. Então, confirmo com a cabeça.

— Lembrou, não é? Sabe por que ela nunca mais quis vir aqui? Porque se insinuou para mim várias vezes. Veio quando você não estava e tentou me forçar a transar com ela. Nunca te contei, porque não queria te deixar mal, sabendo que até suas amigas estão dando em cima de mim, na sua própria casa. —

Lembro agora que ele deu um quadro, que ela escolheu no ateliê, pelo visto eles transaram tanto lá quanto aqui. Por isto ela ficou me evitando na faculdade. — Eu vou tomar um banho agora. Faça alguma coisa para eu jantar. Volto logo!

Ele vai caminhando até o banheiro, mas para, como se tivesse adivinhando.

— Ah! Você passou por muita coisa hoje. Vou levar seu celular, assim ninguém te perturba.

Pega o celular na minha bolsa e o dele, que estava na mesa. Leva também o roteador da internet. Eu fico na sala, sem ter como me comunicar com ninguém, sem saber o que fazer, presa na minha própria casa.

Jantamos, apesar de eu não conseguir comer quase nada. Ele vai direto para o sofá.

— Obviamente a louça é sua. De agora em diante, até eu conseguir te desculpar, não limpo e nem arrumo nada nesta casa. E quando você acabar, venha para a sala fazer uma massagem nos meus pés. Por hoje não quero que transe comigo, porque está se recuperando, mas amanhã você não me escapa. E, para deixar bem claro, você não trabalha esta semana. Amanhã você vai escrever um *e-mail* para a sua chefe, comunicando. Eu estarei do seu lado, para garantir que não fará nenhuma besteira. Ah! Eu mandei uma mensagem para seus amiguinhos dizendo que nós resolvemos ter uma segunda lua de mel e que fomos para Noronha por uma semana, assim não vão ficar enchendo o saco. Mandei pelo seu celular, então eles estão achando que foi você.

Ao se calar aumenta o volume da TV.

Estou sem alternativas. Preciso me vir livre daqui o mais rápido possível! Arrumo a cozinha, pensando se consigo pular pelo basculante. Ele é o único que dá no corredor. Todas as outras janelas da casa têm tela e estamos no décimo sétimo andar. Quando Neto dormir, vou tentar pular pelo basculante.

Neto demora mais que o normal para dormir. Ele está tendo prazer em me ver tão desesperada e submissa. Quando finalmente vai para o quarto exige que eu faça massagem até apagar. Eu saio com cuidado e começo a pensar nas alternativas. Na cozinha, vejo que não consigo sair pelo basculante. A varanda da sala não dá acesso ao apartamento ao lado, e sim ao meu quarto. Procuro pelos celulares, chaves e roteador, mas não vejo nem sinal deles. Onde Neto pode ter escondido? O cofre! Porém, o infeliz trocou a senha. Tento algumas datas de aniversário, e nada. Fico tentando até o dia amanhecer. Estou exausta! Vou até o sofá e acabo dormindo.

Neto me acorda, para que eu faça o café da manhã. Infelizmente, dormi tanto que não vi se Cláudio, o vizinho, saiu. Talvez ele seja a minha única esperança. Vou ficar atenta quando ele sair amanhã e tentar chamar sua atenção, sem acordar Neto.

Depois do café, Neto pega o roteador e me faz escrever o *e-mail*. Na hora tive uma ideia!

— Eu tenho que mandar cópia para a diretora do setor pessoal, pois eles precisam arranjar alguém para me substituir. Posso pegar o *e-mail* dela? Está anotado num pedaço de papel, no bolso da calça que usei ontem. Eu deveria ter cadastrado aqui, mas depois de tudo o que aconteceu, acabei não fazendo. A mensagem deve ser mandada para as duas. O nome dela é Érica. — Neto pega o papel, verifica e depois me entrega. Começo a escrever o *e-mail*, tentando deixar as duas em alerta, sem que Neto perceba.

Prezadas Sofia e Érica,

Espero que estejam bem. É lamentável, porém tive um imprevisto de ordem familiar e não poderei sair de casa para trabalhar esta semana. Entendo o transtorno que posso estar provocando aí, mas a situação está fora do meu controle e precisarei me ausentar do mundo lá fora, para tentar resolver isto internamente.

Sei que vocês precisarão arranjar alguém para me substituir, então sugiro que conversem entre si e achem o melhor endereçamento para esta questão. Entendo as implicações que podem surgir para minha vida acadêmica, mas confio que tomarão a melhor escolha para decidir o meu futuro. Deixo esta decisão nas mãos das duas e de quem mais for necessário ser envolvido.

Qualquer coisa, vocês têm meu número e endereço, além do e-mail. Minha monitora pode indicar qual a programação prevista para esta semana, assim como minha amiga e advogada, Patrícia, vai assumir o workshop o mais rápido possível. O telefone de contato dela está registrado no telefone do setor pessoal, assim como no RH. Confirmem qual o melhor dia e horário para ela assumir. Sinto muito pelo transtorno causado. Não foi a intenção e estou tentando resolver tudo, para que não haja consequências mais sérias.

Desde já agradeço a atenção, certa do pronto atendimento.

Maria Eduarda

Neto relê o *e-mail* algumas vezes, até que me autoriza enviar. Logo em seguida desliga o computador, retira o roteador e vai até o quarto para colocar no cofre. Fico na sala, rezando para que elas recebam o *e-mail* e entendam o que quis dizer. Por sorte liguei para Paty do telefone de Érica ontem! Espero que se lembre disto. E, caso não entendam, que Sofia pegue meu endereço no setor pessoal e mande a polícia aqui.

Neto me manda preparar o almoço, enquanto vai para o quarto fazer uma ligação. Aproveito e escrevo um bilhete pedindo ajuda e coloco por baixo da porta. Espero que vejam no corredor do prédio. Passo o dia todo esperando que alguém apareça em casa, mas nada acontece. Ao entardecer, já estou desesperada. Meu carcereiro, percebendo, resolve me provocar ainda mais.

— Duda, meu amor, vem aqui... — Vou até a sala e encontro Neto pelado, com um sorriso na cara. — Você deveria mostrar o quanto você está grata por eu ainda estar com você, mesmo depois de tudo o que você me fez. Vem aqui e me faça gozar.

Eu fico parada, sem saber o que fazer.

— Venha aqui, estou mandando! — Continuo imóvel, mas ele vem até mim e torce meu braço, puxando-me. — É uma ordem. Você é meu bichinho de estimação, obedeça! — Ele me joga no chão e puxa meus cabelos. — Estou mandando você me fazer gozar, agora! Mostre que presta para alguma coisa! Não me faça ter que te machucar de novo.

Torce meu braço, provocando uma dor que nunca senti antes. Como continuo parada, ele me dá um tapa e me levanta, puxando-me pelos cabelos.

— Você vai me obedecer, nem que para isto eu tenha que te punir. Mas uma hora você vai ser um brinquedinho dócil de novo. — Puxa meu cabelo até arrancar alguns fios. — Viu o que você me fez fazer? Eu não queria, gosto do seu cabelo e você está me forçando a arrancá-lo... Eu também gosto do seu rostinho... — Me dá mais um tapa. — Mas você está me forçando a deixá-lo marcado. Por enquanto as marcas são temporárias, mas se continuar a não me obedecer terei que ser mais incisivo.

A dor do tapa não supera a do braço, que já está inchado e muito vermelho.

— Está vendo? Você gosta de sentir dor... Te dá prazer, é? Gosta de sadomasoquismo? Bom saber. Porque adoro algo mais forte! Ajoelha e me chupa! — Fico quieta, me contorcendo. Ele puxa o braço ainda mais forte e eu grito de dor. — Mandei me chupar!

— Para, por favor, está doendo muito. Preciso ir ao hospital, acho que quebrei o braço. — Ele puxa meu cabelo, para que eu levante. — Não estou mentindo, está doendo muito. Vamos para o hospital, por favor!

Ele puxa o meu braço e eu urro de dor. Nesta hora ouço alguém bater à porta. É Cláudio, o vizinho.

— Duda, você está bem? Abra a porta. — Continua batendo. — Você quer ajuda? Posso chamar a polícia agora mesmo. Abra a porta ou vou chamar a polícia.

Neto coloca uma calça e uma blusa. Me segura e fala ao meu ouvido, apertando meu braço:

— Se você falar, eu te mato e depois ele. Diga que você escorregou na cozinha e que estamos indo para a emergência. Confirme que você não precisa de ajuda. — Aperta ainda mais o meu braço. — Ouviu?

Concordo com a cabeça. Neto abre a porta, já me levando com ele.

— O que está acontecendo aqui? Duda, você está bem? — indaga Cláudio, tentando me soltar e ver meu braço. — Seu braço está inchado! — Ele olha para meu marido. — O que você fez com ela? Eu vou chamar a polícia agora mesmo — fala, indo para casa, mas Neto o segura.

— Se meta com sua própria vida. Não fiz nada. Ela caiu na cozinha e estou indo levá-la à emergência. Você está nos atrasando. Com licença — diz, quase o matando com o olhar.

— Duda, foi isto mesmo? Eu posso chamar a polícia agora mesmo e tudo vai ficar bem. Não precisa ter medo, nós cuidamos de você.

— Foi isto mesmo — confirmo num fiapo de voz, contorcendo-me de dor e de medo. Nem consigo olhar nos olhos dele. — Eu caí sozinha na cozinha e estamos indo para a emergência.

— Olhe para mim. — Eu não consigo sustentar o olhar, desvio imediatamente. Se ele desconfiar, Neto vai matá-lo. — É isto que você quer? Sair com ele para a emergência? Não quer que eu chame a polícia ou os seus amigos?

Eu confirmo com a cabeça, rezando para que ele fale com meus amigos.

Neto me puxa e me leva para a emergência. No caminho, reforça que não devo contar para ninguém o que aconteceu de verdade. Que devo dizer que caí na cozinha. Ao chegarmos ao hospital, Neto me acompanha para todo lugar. Eu nem consigo ir ao banheiro sem que fique esperando à porta. Na hora dos raios-X, ele teve de aguardar do lado de fora. O médico e o técnico me esperam na sala. Assim que entro, eles fazem o procedimento, mas antes de me liberarem, o médico me chama para outra sala, onde tem uma assistente social me aguardando.

— Maria Eduarda, eu gostaria de conversar com você. Este braço não pode ter quebrado deste jeito por causa de uma queda. Gostaria de falar sobre isto? Saiba que conseguimos fazer a denúncia aqui e ele nem vai imaginar. Foi seu marido, não foi? Ele está te agredindo? Está te ameaçando? Quer desabafar ou que a gente avise a alguém?

Começo a chorar muito. Mas não consigo falar nada. Ouço batidas à porta da sala e reconheço a voz de Neto. Eu me levanto de imediato, enxugo as lágrimas e caminho em direção à porta, para abrir. Não posso deixar que ele machuque mais ninguém, preciso que fique calmo. Apenas olho para ela e respiro fundo, demonstrando o quanto preciso de ajuda. Saio e vou até Neto, para acalmá-lo.

— Por que você demorou tanto lá dentro?

Aperta o meu braço. Engulo a dor que sinto.

— Foi difícil colocar meu braço na posição certa. Parece que quebrei mesmo, eles só estão vendo se os raios-X ficaram bons, é para aguardarmos aqui mesmo — digo, sentando-me e torcendo para que Neto acredite.

Não demora muito, o técnico me chama de volta, para repetir os raios-X. Neto quer entrar comigo, mas ele não deixa. Ao entrar, vejo a assistente social, com um copo de água e uns folhetos.

— Maria Eduarda, desculpe por insistir. Aqui podemos te ajudar, te orientar a superar o abuso que você está sofrendo. Você deve estar morrendo de medo de que ele faça alguma coisa contra você ou sua família. Geralmente eles ameaçam fazer algo contra quem amamos. Mas ficam só na ameaça. Se você aceitar ser chantageada, você nunca vai se livrar dele. Se não quiser que a gente chame a polícia agora, decore este número e ligue quando puder. Eles vão te orientar.

— Não consigo ligar, estou sem celular e sem acesso à internet. E também não tenho como fazer nada por agora, senão as coisas vão piorar. Ele só precisa se acalmar e em breve tudo volta ao normal. Posso sair? — pergunto, levantando-me. — Por favor, procure pelo telefone de Roberto Alvez, contador, e digam a ele o que aconteceu. Ele sabe o que fazer. Eu não lembro o número dele de cor.

Encontro com Neto novamente.

Ficamos aguardando. O médico nos chama e informa que o braço está quebrado em três lugares. Sugere que eu engesse e que volte em quinze dias. Caso o braço não melhore, terei que operar.

— Aqui está, Maria Eduarda, a receita dos remédios para dor e o anti-inflamatório. Também estou te dando quinze dias de atestado médico. Caso necessite de qualquer coisa, meu número está anotado aí. — Olha direto nos meus olhos. — Agora trate de ficar de repouso! Seu corpo tem de se recuperar de todos estes machucados. Tome cuidado para não cair mais — Encara Neto. — Repouso e cuidado. É disso que ela precisa agora.

Em casa, vou direto tomar um banho enquanto Neto liga para alguém. Consigo ouvir um pouco, parecia que está falando com a amante, sobre ter que ficar uns dias sem aparecer. Pelo que entendi, ela está morando no ateliê. Quando saio do banho, Neto está na sala.

— Pedi comida para mim, pode comer o que tiver na geladeira e a minha sobra. Você está se comportando muito mal. Fez um escândalo e chamou a atenção do fofoqueiro do Cláudio, agora ele está na minha cola. Além do quê, arranjou um jeito de quebrar o braço, só para não fazer as coisas de casa. Porém, não vou pegar leve com você, não. Dê seu jeito, quero comida pronta, louça lavada, roupa limpa e passada, casa *faxinada* e cheirosa. E exijo sexo, preciso gozar. Mas agora, vai procurar o que comer para tomar o remédio.

Consigo preparar um ovo frito para almoçar e lavo a louça. É uma das coisas mais difíceis de fazer usando apenas um dos braços. A campainha toca e eu imagino que seja a comida que ele pediu. Neto abre sem olhar pelo olho mágico.

— Boa tarde! Poderia falar com Maria Eduarda? — diz uma mulher. Eu já estava indo para a sala, quando ouço Neto dizer que não estou. Fico na cozinha, sem saber o que fazer. — Posso esperar por ela?

A mulher entra.

— Melhor não, Duda vai demorar, pois está no trabalho. Posso te ajudar? Sou o marido dela.

— O senhor é o marido? Boa tarde! Meu nome é Solange, sou delegada da Delegacia da Mulher. Temos aqui uma queixa de maus tratos. Alguém presenciou alguma agressão contra a senhora Maria Eduarda e estou aqui para verificar. — Ela apresenta o distintivo.

— Alguém agrediu a Duda? Quando foi isto? Foi no trabalho dela? Logo hoje que ela saiu sem o celular.

— Não, não foi hoje. Ela foi ao Instituto Médico Legal fazer exame de corpo de delito ontem. Além disto, hoje teve uma entrada dela na emergência e o hospital fez a ocorrência — Olha a casa, procurando ver se me acha, indo em direção ao quarto.

— Desculpe, a senhora não pode entrar sem a minha autorização. A senhora tem algum mandado? Eu conheço meus direitos — diz Neto, indo interceptar a delegada. Quando está indo em sua direção, vê que quatro policiais estão à porta. — O que estes policiais estão fazendo aqui? Gostaria que todos vocês se retirassem da minha casa, imediatamente.

— Perdão, senhor Paulo, mas esta casa é da Maria Eduarda e a estamos aguardando. Existem três queixas contra a sua pessoa. Uma do hospital, uma de uma ONG de apoio a mulheres agredidas e outra, de um grupo de amigos dela. Se sua esposa não aparecer, imediatamente, dizendo que o senhor é inocente, iremos levá-lo sob custódia, para averiguações.

— Vocês não podem me levar sem provas. Eu nunca agrediria minha mulher — Neto fica bem nervoso.

— Existem os laudos médicos, tanto do hospital, quanto do exame do Instituto Médico Legal, além de gravações feitas por vizinhos e do testemunho de mais de cinco pessoas. Temos o suficiente para uma prisão preventiva, mas estamos te dando o direito de defesa. Se a Maria Eduarda aparecer e falar que o senhor é inocente, o senhor responderá em liberdade. Caso ela não apareça em até dez minutos, te levaremos preso. — A delegada encara Neto.

De onde estou, percebo o prazer que ela está sentindo. Neto fica supernervoso.

— Se a Duda confirmar que sou inocente, estarei livre, é isto?

— Se ela confirmar, o senhor responderá em liberdade, mas ainda estará sob investigação. Ela tem dez minutos para aparecer. Aliás, agora são apenas oito minutos... Posso beber um pouco de água? — Ela se encaminha para cozinha. Eu corro para a área, tentando me esconder. — É por aqui? — Entra e olha tudo. Neto corre, desesperado, logo atrás. Dois policiais também entram. A cozinha fica cheia imediatamente. — Casa grande. Quantos quartos?

— Três quartos. É que estamos tentando aumentar a família. Alguém mais quer água, ou podemos voltar para a sala? Duda deve estar voltando logo, ela deve entrar pela porta do fundo — diz, tirando todos da cozinha. — É bom que ela apareça logo e confirme que sou inocente. Não sei o que acontecerá se ela não fizer isto — fala alto, para que eu escute. Assim que todos saem da cozinha, finjo que acabei de chegar da rua.

— Neto, cheguei.

— Amor, tudo bem? Que saudades — disse Neto, vindo me abraçar e sussurrando ao meu ouvido: — Diga que sou inocente ou vou matar você e seus amiguinhos. — Beija minha boca. — Esta senhora aqui quer falar com você.

— Boa tarde. Maria Eduarda? — Confirmo com a cabeça. — A senhora poderia me apresentar algum documento de identificação? — Eu me encaminho até a minha bolsa para pegar a carteira. — Estava na rua sem documentos? Que perigoso. Não faça mais isto, ok? A senhora se machucou? O que foi isto no seu braço?

Quando dou meus documentos para ela, percebo que dois policiais estão atrás de Neto, cada um de um lado, só aguardando a confirmação da delegada. Ela faz um sinal com a cabeça e eles imediatamente imobilizam Neto.

— Senhor Paulo Neto, o senhor está preso em flagrante por agressão física e psicológica contra a senhora Maria Eduarda.

— Espera aí, Duda, diga que é mentira, que não te agredi. Duda! Maria Eduarda! — Neto se debate, mas é algemado e imobilizado pelos policiais. — Eu sou inocente. Vocês não podem me prender. Ela não prestou queixa contra mim.

— Mas nós prestamos! — Quando olho para porta, vejo meus amigos, minha chefe, Érica e Cláudio. Todos eles vieram me salvar. Eles entram em casa e me abraçam. Neto é levado para a delegacia.

Depois de todos me contarem sobre o que aconteceu enquanto estava presa, de como eles se juntaram, para conseguir armar tudo, conto o que ocorreu enquanto estava presa em casa.

— Desculpe por ter envolvido todos vocês nisso, eu me sinto culpada por toda esta confusão.

— Você não precisa pedir desculpas. Você é a vítima! — contesta Érica. — Fico feliz por ter podido te ajudar!

— Eu gostaria de poder ajudar mais. Estava pensando aqui numa coisa... Que tal fazermos uma semana de palestras sobre relacionamentos abusivos na faculdade? Aí poderíamos abordar vários tipos de relação, marido e mulher, patrão e empregado, pais e filhos, amigos — propõe Sofia.

— Muito interessante! Gostaria de participar desta organização — encoraja Érica.

— Nós também!

— Pode ser uma ótima! Vamos falar disso amanhã? Agora acho melhor deixarmos Duda descansar um pouco. — Pondera Sofia, pegando a bolsa. — Érica, posso te dar uma carona e a gente conversa mais sobre a ideia, o que acha?

Ela concorda e também pega a bolsa. As duas me dão beijos e vão embora.

Meus amigos ainda ficam mais um pouco, mas Paty precisa finalizar um processo para amanhã, Estela tem que voltar para a obra e Tereza precisa atender o último paciente. Beto fica mais um pouco.

— *Baby*, que tal você tomar um bom banho enquanto preparo algo para você comer? Está com fome? Tomou os remédios? — diz já me levando para o banheiro. — Farei uma comida leve e rápida para seu jantar, mas e algo para você comer amanhã. Não poderei passar o dia aqui, por conta do meu trabalho. Mas se você quiser, pode ficar lá em casa ou na casa de alguma das meninas. Caso você prefira aqui, nós iremos fazer revezamento de quem dorme com você, até você tirar o gesso. Depois, vamos avaliar se você já está boa para ficar sozinha.

— Estou me sentindo uma criança, que não pode ficar sozinha... — ironizo, entrando no banheiro e fechando a porta. Brinquei, mas estou agradecida por eles estarem cuidando de mim.

— Você é nossa criança esses dias. Deixe a gente cuidar de você, ok? Hoje vou dormir aqui, amanhã será a Tereza, e assim por diante — fala do outro lado da porta, rindo.

Quando saio do banheiro, sinto o cheiro maravilhoso da macarronada que ele preparou. Como tudo, bem atrapalhada por estar apenas com um braço livre e o cansaço dos últimos dias chega. Mas também sinto um alívio por, finalmente, tudo ter terminado bem! Neto está preso, a casa é minha, o ateliê também, e eu estou pedindo o divórcio!

Capítulo 14

Dia 21 de junho de 2016...

Beto me acorda às 6h para tomar um anti-inflamatório e volto a dormir. Às 10h, o despertador toca, tomo um analgésico e durmo novamente. Só me levanto mesmo às 12h, porque estou com muita fome. Esquento a comida que Beto deixou pronta e lavo a louça da forma que é possível. Depois, olho o celular e vejo que recebi muitas mensagens, dos meus amigos e colegas de trabalho. Aos poucos respondo tudo e passo o dia inteiro deitada, assistindo filmes, atualizando meus *e-mails*. Choro bastante.

Tereza chega ao final da tarde. Enquanto faz a comida da semana, eu tomo um banho. Conversamos muito, choro, rio, faço planos. Ela me deixa calma, facilmente, quase como uma terapia. Por falar nisso, marquei com meu terapeuta! Ele virá aqui amanhã na hora do almoço, para me atender. Sei que não é usual, mas diante do que aconteceu comigo, ele topou não seguir o protocolo. Não estou podendo sair sem ajuda.

Fazemos duas sessões assim nesta semana. No final de semana, quase todos os meus amigos vêm para cá. Sinto como se voltasse à época da adolescência, quando minhas amigas vinham para a festa de pijama. Até os maridos de Estela e Paty, dormem aqui. Érica e Sofia passam o domingo aqui também.

Na segunda, já estou me sentindo melhor e começo a me virar sozinha mais facilmente. Já vou ao mercado, limpo algumas coisas em casa. Na sexta, volto ao hospital para mais exames. Não precisarei fazer cirurgia, mas ainda tenho 15 dias de imobilização com uma tala. Mas já posso mexer o ombro e o pulso, com cuidado.

Vou até o escritório de Paty, para pegar a escritura definitiva do apartamento e do ateliê. Passo no trabalho de Beto, mas desta vez para falar com Cleide. Agradeço muito pelo que ela fez e tento, mais uma vez, demonstrar que eu e Beto somos bons amigos, mas ela não quer conversar sobre o assunto. Ela me diz que pediu transferência para outra filial da empresa, em Fortaleza. Segunda ela vai se mudar.

Fico me sentindo péssima por ela, mas acho que faria a mesma coisa. Deve ser muito difícil trabalhar no mesmo setor do cara que a gente gosta e não pode ter, mesmo que seja irracional, pois Beto é louco por ela. Quando saio do escritório, passo numa floricultura e peço para lhe entregarem o buquê mais lindo em agradecimento. Para Beto, eu mando uma cesta de queijos e vinhos, com um bilhete que diz para ele aproveitar a cesta com Cleide, como uma última tentativa. Espero que dê certo!

Vou à delegacia, saber notícias de Neto. Ele conseguiu um *habeas corpus*, mas tem de ficar afastado de mim. Tenho certeza de que está no ateliê, mas não quero ter que lidar com isto por agora. Em breve ele saberá que o espaço todo também é meu e que terá que sair de lá.

Ao chegar a casa, noto que a porta está aberta. Tenho certeza de que tranquei quando saí. Bato à porta de Cláudio, mas ele deve ter saído para trabalhar. Ligo para Beto, aviso o que está acontecendo e deixo a ligação em aberto, enquanto entro. Imediatamente, pego uma faca na cozinha e olho a casa toda.

Está tudo revirado, os porta-retratos quebrados, os quadros no chão, alguns rasgados, o sofá todo furado. As paredes estão arranhadas, algumas janelas quebradas. Meu coração está quase saindo pela boca, mas consigo pedir que o Beto chame a polícia. Sinto o celular sendo arrancado da minha mão e o vejo sendo arremessado pela janela, assim como a faca.

— Você achou que iria ganhar esta, vagabunda? — indaga Neto, dando-me um soco no rosto e me jogando no chão. — Levanta para apanhar que nem gente. Você não é a esperta? Não conseguiu a casa, não conseguiu me prender? Agora você vai ser punida! Você é tão burra que nem trocou a fechadura da casa. Já peguei tudo o que me interessa daqui de dentro, todas as suas joias, tudo que tem algum valor. O que não me interessa, quebrei, rasguei, queimei.

Olho ao redor.

— Gostou da nova decoração? Muito melhor do que aquela que sua amiga Estela fez, não é? Ah, tenho novidades. Remodelei todo o seu guarda-roupa. Soube que roupa rasgada está na última moda em Paris, então te ajudei nisso também. Estou te achando muito gorda, então criei uma nova dieta para você, você vai viver de luz e de água, porque levei tudo o que tinha na despensa e na geladeira, aliás, levei a geladeira toda!

Ele zomba me dando um murro no estômago.

— Você vai pagar por tudo o que fez comigo. Eu só te dei amor e você me traiu desta forma. Você não sabe ser amada. — Aproxima-se, falando ao meu ouvido: — Mas sou capaz de te perdoar, se você implorar de joelhos. — Empurra-me para o chão e puxa meu cabelo. — Porém, hoje ainda não. Antes, você merece ser punida. — Ele chuta minhas costelas e só não caio porque ele está me puxando pelos cabelos. — Retire a queixa contra mim ou vou te perseguir e te matar, mas antes matarei cada um dos seus amigos, com requintes de crueldade, na sua frente. Retire a queixa, que eu volto a morar com você. Você sabe que nunca achará alguém que te ame como eu.

Neto me levanta, beijando meu pescoço.

— Ninguém te faz arrepiar como eu. Ninguém te faz mulher como eu. Você me pertence! Depende de mim para ser feliz. Retire a queixa que te darei outra chance de ser feliz comigo. Estou de olho em você e nos seus amigos. Pense nisso. — Ameaça e me larga. Eu caio no chão, sentindo muita dor. — Só estou indo para que você olhe bem para o que sobrou do apartamento e pense nisso acontecendo com seus amigos, bem na sua frente. Quando estiver pronta para implorar pelo meu perdão, me ligue. Agora eu vou, antes que seu amiguinho chegue com a polícia.

Sai e eu desabo no chão, chorando de dor física e psicológica.

Beto chega poucos minutos depois com a polícia. Eles me encontram no chão da sala, a porta aberta e a casa toda bagunçada. A polícia vasculha o apartamento, eu os acompanho para prestar depoimento e fazer o B.O. Depois vou à delegacia da mulher, para relatar o acontecido. Meu amigo pega as imagens das câmeras de segurança do prédio e leva para a delegacia, como prova. Os policiais vão atrás de Neto, de novo, para prendê-lo em flagrante. Faço um novo exame de corpo de delito e passo novamente no hospital. Já estou ficando conhecida nestes dois lugares. Beto me leva para a casa dele, mas antes chama um chaveiro para trocar a fechadura do meu apartamento.

— Não acredito. Este pesadelo não vai acabar nunca! — Desabo, entre soluços e lágrimas. Beto me trouxe um chá de camomila e um calmante, depois de eu ter tomado um banho.

— Calma, vai acabar, sim. Só precisamos ter mais cuidado e dar tempo ao tempo. Não podemos ficar tranquilos enquanto ele não estiver numa prisão. Mas agora vai acabar. Ele descumpriu a medida protetiva, te agrediu de novo, destruiu seu patrimônio, além de ter invadido a sua casa. Paty já está lá garantindo que ele nunca mais sairá da cadeia. Ele deve ser transferido para a prisão até segunda-feira, sem direito a outro *habeas corpus*. Vai dar tudo certo!

— Mas o que faço agora? Não tenho mais casa, não tenho moveis, não tenho roupa, não tenho paz... — queixo-me, tentando manter a razão, sem conseguir.

— Você pode ficar aqui, por enquanto. Amanhã nós compraremos algumas roupas para você e um novo celular. Neto deve ter levado as suas coisas para o ateliê. Vamos até lá, ele estará preso mesmo, não teremos problemas para pegar o que for seu.

— A amante dele está lá. Ela não vai deixar a gente pegar nada.

— O ateliê é seu, as coisas são suas. Ela só pode levar o que é dela, nada mais. E sairá de lá imediatamente. Vamos trocar a fechadura. Se você quiser, você pode ficar lá, mas vou gostar muito de ter companhia aqui. As meninas também ofereceram as casas delas.

— Elas moram com os maridos e Tereza ainda está na casa da mãe, por conta da obra. Não me sentirei bem. E também não quero ficar no ateliê, é a cara do Neto. Posso mesmo passar uns dias aqui de novo? — Beto sorri confirmando com a cabeça, percebo a cesta de queijos e vinhos em cima da mesa. — Beto! Seu encontro com Cleide! Eu estou atrapalhando. Vai lá, por favor, não a deixe esperando — o encorajo, quase o empurrando. — Ficarei bem, garanto. Só preciso dormir e o calmante já vai fazer efeito. Vai!

— Ela não aceitou sair comigo. Disse que tinha uma festa de despedida programada e que não queria que eu fosse. Para ela, a gente já se despediu o suficiente. — Pude perceber a tristeza em sua voz. — Eu tentei de toda forma, ontem fui ao apartamento dela, com o jantar e um vinho, mas ela nem abriu a porta. Hoje, eu a convidei para almoçar, mas ela havia marcado com as amigas do escritório e não me chamou. À tarde, levei uma bomba de chocolate e um café, mas ela recusou e pediu que eu a deixasse trabalhar em paz. Eu tentei levá-la para casa a semana toda, mas recusou. Acho que é o fim mesmo.

— Sinto muito, meu amigo. E desculpe. Eu fiquei no meio do caminho de vocês, mesmo sem querer.

— A culpa não foi sua, nem minha. Muito menos dela! Só não era para ser. Mas saber disso não me impede de sofrer. Eu consegui o endereço novo dela e encomendei alguns presentes, que devem chegar lá na segunda à noite. Estou mandando flores, chocolates, vinho, um jantar para a primeira noite dela lá. Espero que ela entenda. Vou mandar uma carta também, desejando tudo de bom na nova fase dela, mas garantindo que estou aqui para ela sempre, mesmo que não seja como marido. — Ele sorri tristemente, deixando uma lágrima cair. Nos abraçamos e eu começo a sentir o efeito do calmante.

— É melhor eu ir me deitar, estou ficando grogue já. — digo, ajeitando-me no sofá.

Beto me carrega e me leva para a cama. Não me lembro de entrar no quarto.

Capítulo 15

Dia 2 de julho de 2016...

Acordo às 12h novamente e vou para a sala, pois ouço vozes sussurradas. Ainda estou sonolenta, sem controle do corpo, então me bato nas paredes algumas vezes. Estela percebe e me ajuda a sentar no sofá.

— Bom dia, Bela Adormecida! Está melhor? — pergunta ela, levantando-se para pegar um café para mim.

— Meus remédios, eu não tomei nenhum... Você pode pegar? Estão na mesinha — sussurro, com a voz arranhando, de quem acabou de acordar.

— Nós te demos — comenta Tereza, trazendo uma torrada. — Foi difícil te fazer engolir, mas também foi engraçado. — Todos riem, me fazendo rir também. — Você tem trinta minutos para comer, tomar banho e se arrumar. Vamos às compras! Depois iremos passar no seu apartamento, para ver como anda a arrumação. Amanhã passaremos cedo no ateliê, para pegar suas coisas de lá.

— Tem gente morando lá... — informo.

Paty aparece da cozinha, trazendo mais café.

— Não se preocupe, iremos acompanhados de um oficial. Ela terá um prazo para sair do imóvel. Porém, precisamos inventariar tudo o que está lá, para que não leve nada seu. Agora come!

— Ela não tem culpa, é mais uma vítima dele — argumento de boca cheia.

— Ok, Madre Tereza de Calcutá. Racionalmente nós sabemos, porém, eu não seria tão legal assim com ela. Ela sabia que ele era casado. O escroto é ele, mas ela não é inocente. Sou super a favor da sororidade, mas não podemos esquecer que ela topou ser amante — sentencia Estela, comendo um pedaço da minha torrada.

— Vai ter gente que também vai achar que eu topei ser traída e que topei apanhar. Ele é um abusador, sabe como convencer as vítimas. — Pondero, recuperando minha coordenação e raciocínio.

— Que bom que você reconhece que não tem culpa, então! — esclarece Tereza. — Porque aposto que, a que está lá no ateliê, defenderá ele ou se sentirá culpada por ter ficado com um homem casado. Mas ela terá que atravessar esta, assim como você está atravessando. Espero que ela tenha uma boa rede de apoio. Vamos, termine logo de comer. Estou louca para ir às compras! Eu trouxe aquele meu vestido que você adora. Já está lá no banheiro, te esperando.

Eu me arrumo e vamos às compras. Nossa... Como é difícil comprar tudo assim, do zero! Neto não deixou nem uma peça no meu guarda-roupa. Ótima oportunidade para mudar de estilo, mas também péssimo para as finanças. Passamos no apartamento. É muito difícil vê-lo desta forma. Os móveis que não deram para aproveitar já foram retirados, assim como todo o lixo que estava no chão. As paredes já estão sendo rebocadas e os vidros quebrados foram trocados. Deu uma dor no coração. Tantos planos, tantos sonhos, tantas ilusões...

— Estela! Quero trocar algumas coisas. O novo apartamento não pode lembrar, em nada, o anterior! Quem sabe mais cores vibrantes, uma mistura de clássico com moderno. Podemos pensar em algo neste estilo?

Começo a me animar. Estela concorda com tudo e ficamos conversando sobre cores, móveis, decoração. Beto, Tereza e Paty voltam para as casas deles, enquanto fico com minha arquiteta preferida até bem tarde. Ela me deixa na casa de Beto, que já tinha colocado todas as minhas roupas novas para lavar. Jantamos e assistimos a um filme, acabamos dormindo na sala, entre o sofá e o chão, depois de eu muito chorar.

O despertador toca às 06h. Paty liga logo depois, para combinarmos a ida ao ateliê. Eu não sei se estou pronta para encarar isso, mas não tenho como fugir da realidade.

Quando chegamos lá, nós a encontramos ainda dormindo. Depois de muito tocar a campainha e ninguém atender, abro a porta com a minha cópia da chave. Tecnicamente, não estou invadindo, pois o ateliê é meu. Ela está deitada, com muitos lenços de papel espalhados, parece que dormiu depois de chorar muito, identifiquei-me de imediato.

— Bom dia! Com licença... — o oficial começou a falar, depois de pigarrear. Ela acorda e congela, em choque. — Sou oficial de justiça, estou acompanhando a dona deste imóvel. Viemos entregar este aviso. — Entrega o papel e ela assina o recebimento. — A senhora tem vinte e quatro horas para sair deste imóvel, podendo apenas levar seus objetos pessoais. Todas as coisas aqui estão sendo inventariadas, então não pode levar nada que não tenha sido comprado pela senhora e que tenha comprovação.

— Espere, há algo errado. Este ateliê pertence ao meu namorado, que não está, mas deve voltar em breve. Ele nunca fica mais do que três dias sem aparecer aqui. Nós estamos morando juntos há dois meses — fala, pegando uma foto dos dois. — Olha, aqui está uma foto dele. Paulo Neto é que é o dono deste imóvel.

— Desculpe, ele não é o dono deste imóvel. Você sabe quem sou eu. Você já esteve na minha casa, então sabe que ele é casado. Este ateliê está no meu nome. E ele está preso por agressão, invasão de domicílio e depredação de patrimônio — digo, mostrando uma cópia do registro do imóvel e do último B.O.. — Sinto muito que você também tenha sido vítima dele. A amante anterior e eu sofremos agressões físicas, além de psicológicas. Imagino que você também esteja sofrendo algum tipo de abuso.

Ela abaixa o olhar.

— Eu te aconselho a se afastar dele logo, a procurar ajuda profissional, além de contar com sua família e amigos. Mais do que isso não posso fazer. Estou te dando vinte e quatro horas para deixar meu imóvel. Leve tudo o que te pertence. Só não quero ter notícias suas e nem dele nunca mais — esclareço, virando as costas e saindo logo dali, tentando segurar o choro.

Paty me acompanha.

Dou uma última olhada e vejo muitas coisas minhas espalhadas, mas também vejo os quadros dele, móveis que comprou para fazer do ateliê um lugar para levar as amantes.

Quando saímos, resolvemos parar em uma padaria, para relaxar e comer alguma coisa. Choro mais um pouco, tomo meu remédio e tenho uma ideia.

— Já sei o que fazer com as coisas de Neto! Amanhã quero chegar aqui, assim que ela tiver saído, para separar as coisas. Preciso fazer isso sozinha. Garanto que vai ser muito bom para mim. Será a melhor forma de terminar esta história! Irei tirar Neto da minha vida para sempre! — anuncio, finalmente tendo apetite e sentindo que começo a respirar de novo.

Tomara que consiga finalizar logo esta etapa!

O dia passa lentamente. Estou muito ansiosa pelo dia de amanhã, quando colocarei a minha pá de cal nesta história.

Acordo supercedo, na mesma hora que o Beto, que vai trabalhar. Hoje será o primeiro dia dele sem Cleide no trabalho. Ele está bem triste.

— É, meu amigo... Dia difícil pela frente, não é? — Beto confirma com a cabeça, tomando apenas um café preto. — Você precisa se alimentar para encarar de cabeça erguida. O meu também será difícil. Mas hoje é o primeiro dia do resto das nossas vidas. — Ele sorri. — Você lembra desse filme? — Nós rimos e nos abraçamos. — Força! Iremos precisar. E, para comemorar, hoje jantaremos sua lasanha!

— Poxa, eu vou passar um dia difícil e ainda vou ter que cozinhar? — brinca, rindo.

— Eu também irei fazer meus *cupcakes*! Vamos ter um jantar, com direito a sobremesa, sem falar sobre problemas, apenas respirando aliviados, finalmente! O que acha? Topa? — Ele concorda com a cabeça.

Saímos para enfrentar os nossos fantasmas e acabar com os pesadelos.

Fico esperando à porta do ateliê até que ela saia. A coitada vai chorando, levando apenas malas e sacolas. Os oficiais entram logo em seguida, fazendo a vistoria. Enquanto isso, o chaveiro troca todas as fechaduras e cadeados, e eu começo a fazer a limpeza.

Passo o dia entre separar o que é meu, o que é de Neto e o que é lixo. Tudo dele deixo no jardim da frente e etiqueto os móveis e coisas pesadas. Eu me concentro em separar primeiro o que é dele, o meu, arrumo depois. Às 16h, os homens da mudança chegam e colocam o que é do meu ex-marido no caminhão. Vou com eles até o endereço onde deixarei o que não me pertence. Praticamente, só tem as suas obras, materiais de trabalho, alguns livros, a cama, alguns CDs e DVDs, roupas e esculturas. Mas sinto um prazer enorme em retirar tudo do ateliê.

Já são quase 17h quando chegamos a casa. Vou direto tocar a campainha, enquanto os homens retiram as coisas do caminhão. Uma senhora abre a porta e fica em choque ao me ver.

— Boa tarde! Acho que não precisamos de apresentação, pois a senhora sabe bem quem sou eu. Infelizmente nunca fomos apresentadas da forma correta, sogrinha — ironizo, colocando um grande sorriso falso no rosto. — Como deve saber, seu filho e eu estamos nos separando. Como ele não tem mais casa, trouxe tudo para que a senhora guarde, até que ele saia da cadeia.

— Cadeia? Meu filho está preso? O que você fez com ele desta vez? — ela vocifera, saindo da casa e fechando a porta atrás dela.

Fico curiosa para saber o porquê de ela ter fechado a porta.

— Eu? Eu não fiz nada, mas como a senhora pode ver... — Mostro meus machucados. — Ele fez. Seu filho me agrediu em duas ocasiões diferentes, descumpriu uma decisão judicial, me manteve em cárcere privado, invadiu meu apartamento e destruiu tudo que estava lá. Estou sendo muito legal trazendo o que pertence a ele, já que o mesmo não poderá pegar, pois está preso. A senhora vai deixar que as coisas entrem na sua casa ou terei que deixar aqui, na rua mesmo? Talvez tenham coisas valiosas aqui — completo, entregando um papel listando o que estou entregando para ela. — Favor assinar o recebimento deste material. Meus homens colocam na rua mesmo?

— Como é? Não estou entendendo. Você me diz que meu filho está preso por ter te agredido e você traz as coisas dele para cá... Como você soube meu endereço? Como você soube quem eu sou? — indaga, assinando o papel e devolvendo.

— É sério mesmo que a senhora quer saber? Seu filho está preso, estas são as coisas dele e serão colocadas no meio da rua, caso a senhora não autorize a entrada deste material na sua casa em até cinco minutos. — Mostro os homens tirando tudo do caminhão e colocando no passeio em frente a casa dela.

— Um minuto. Preciso resolver uma coisa antes — rosna, entrando em casa. Alguns sons de discussão são ouvidos e, um pouco depois, ela abre a porta. Ainda escuto o som de uma porta batendo forte lá dentro. Ela não está sozinha. — Pronto, podem entrar. Coloquem tudo no ateliê, lá nos fundos, no quintal, me acompanhem.

Vai pela lateral do imóvel. Eu aproveito que ela deixa a porta aberta e olho. Vejo uma casa normal. Tem uma foto na parede do que parece ser a família reunida. Não consigo ver muito bem do lado de fora, então entro um pouco para ver a foto. Nela estão a mãe e um homem, que eu suponho ser o pai de Neto. Ela está com um bebê no colo. Reconheço Neto ao lado, mas, para minha surpresa, existe outra criança exatamente igual a ele. Meu Deus, meu ex-marido tem dois irmãos e um é gêmeo. Por que ele nunca me disse isso? Por que tanto mistério quanto a família dele? Ouço-a voltando do quintal e corro para a porta, não quero que perceba que entrei na casa.

Acompanho todo o processo, ficando do lado de fora do terreno. Enquanto isso, mando mensagem para o detetive, pedindo que ele descubra mais sobre a família de Neto. Fiquei bem curiosa. Quando os homens carregam a última leva de material, aproximo-me dela.

— Bem, com isto eu finalizo a minha participação na vida desta família. Espero nunca mais ter que ver ou ouvir falar sobre vocês. Se a gente se encontrar na rua, por favor, atravesse para o outro lado. Tenham uma boa vida, e espero que consigam se tornar pessoas melhores.

Antes das 18h30 já estou voltando para casa. Beto passou no mercado, para comprar os ingredientes que faltavam. Chegamos à casa dele quase ao mesmo tempo. Eu tomo logo um banho, enquanto ele guarda tudo. Quando acabo, faço os *cupcakes* e os coloco no forno, liberando a cozinha, para que meu amigo faça a lasanha. Preparo um suco e coloco na mesa.

— Sei que combinamos não conversar sobre problemas durante o jantar, mas, tecnicamente, ainda não estamos jantando e eu queria saber como foi o seu dia sem a Cleide. Quer conversar sobre isto? — sugiro, pegando um salgadinho de tira-gosto.

— *Baby*, quero, sim! — Coloca a lasanha no forno, depois que eu tiro os *cupcakes*. Começamos a desenformar e decorar os bolinhos, enquanto conversamos.

— Como foi? Difícil?

— Foi impossível. A menina que entrou no lugar dela é uma grossa, recém-formada, mas que acha que sabe tudo. Você acredita que ela disse para mim que todos do escritório precisavam de um curso de atualização, pois estamos ultrapassados. E ela se ofereceu para dar este curso!

— O quê? E esta estagiária tem quantos anos de experiência? — zombo.

— Ela é recém-formada, só tinha estagiado na Empresa Junior da própria faculdade. Tem vinte e um anos. Sabe aquelas riquinhas, patricinhas, que passam férias em Dubai, mas que resolveram ter uma carreira para poderem administrar a fortuna da família? Affff... Que saudades de Cleide. Triplamente! Por ser o amor da minha vida, por ser uma excelente profissional, por ser uma colega de trabalho que deixa o ambiente mais leve. Aguentar aquela fedelha, na mesma sala que eu, vai ser insuportável! — confessa, colocando um monte de salgadinho na boca.

— E colocaram a Lolita na sua sala? Por que ela não fica na sala que era de Cleide?

Coloco os *cupcakes* prontos no prato, enquanto Beto tira a lasanha do forno.

— Porque colocaram um funcionário mais antigo lá. Como a Lolita é novata, acharam que ela produziria mais observando de perto como as coisas andam. E o nome da Lolita é Roberta, acredita? — Solto uma gargalhada. — Pois é, faremos uma dupla sertaneja, Beto e Beta. — Ele leva a lasanha para a mesa.

— Dê uma chance para a garota. Ela não tem culpa de Cleide ter saído. Não terceirize sua raiva — pondero, deixando que ele sirva meu prato. — Sabe, acho que vou sentir falta de tantos cuidados, quando tirar esta tala e voltar para minha casa.

— Aliás, você vai continuar naquela casa enorme? Não acha melhor colocar aquela casa para alugar e se mudar para um apartamento menor? Isso também vai te ajudar a não sentir a presença de Neto o tempo todo. Vocês se mudaram juntos para lá. Tem memória em cada canto daquele apartamento enorme. — Começamos a jantar.

— Acho que faria isso se Neto tivesse morrido e eu ainda o amasse. Mas ele está bem vivo. Preciso matar estas lembranças, fazendo novas memórias naquele apartamento, que eu escolhi e estou pagando.

— *Ok*, *Baby*, você sabe o que faz. E como foi o seu primeiro dia do resto de nossas vidas?

— Fiz uma grande limpeza no ateliê. Retirei todo o lixo, separei o que era de Neto. E levei para a casa da mãe dele!

— O quê? Como assim? Me conta isto! E ela? Como foi o encontro? — Conto em detalhes tudo o que fiz, e a descoberta que tive. — Uau! — Ele levanta o copo de suco, para brindarmos. — Um *viva* para o fim de histórias tristes e início de histórias novas!

Brindamos e bebemos o suco, como se fosse champanhe.

Depois do jantar e da sobremesa, Beto vai lavar a louça, enquanto tiro a mesa e guardando o que sobrou da lasanha e dos *cupcakes*.

— Que tal você levar para o trabalho amanhã? Assim você não gasta com comida na rua. — Sugiro, já pegando uns potes para guardar. — Vou deixar para mim, está bem? Aproveita e leva *cupcakes* para seus colegas e para a sua dupla sertaneja. Quem sabe, assim, ela adoça um pouco. — Dou risada e ele joga água em mim. — Epa! Eu juro que já tomei banho!

Ele joga mais água e eu corro para a sala. Como é bom poder rir um pouco, depois de tanta confusão!

Quando acabamos de arrumar tudo, ficamos assistindo um pouco de série, mas acabo dormindo na sala mesmo, depois de chorar mais um pouco.

Capítulo 16

Dia 5 de julho de 2016...

Acordo ao lado de Beto, no seu quarto, deitada em seu peito e com ele me abraçando. É bom acordar me sentindo protegida. Dou uma risadinha e me ajeito sem seu colo.

— Bom dia, *Baby*! Dormiu bem? — murmura, puxando-me para mais perto, beijando meus cabelos.

— Bom dia, Beto! Dormi muito bem e você? Como vim parar aqui? — respondo, fazendo carinho, brincando com os pelos do seu peito.

— Você apagou enquanto assistíamos à série. Eu te trouxe para cá, coloquei sua camisola e dormimos. Acho que não tem sentido dormirmos no sofá, enquanto existe esta cama enorme nos aguardando, mesmo que a gente não a ocupe toda — ironiza, mostrando que estávamos ocupando apenas um pedaço pequeno da cama. — Está na hora do seu remédio. Eu também tenho que me arrumar para trabalhar. — Ele levanta e já sinto falta da presença do seu corpo e da sensação de proteção. — Quais são os planos para o dia?

— Passarei no apartamento, para ver como anda a reforma. Os operários estão trabalhando nas horas vagas, pois foi de última hora, então as coisas estão andando mais lentamente. Também vou começar a escolher alguns móveis mais emergenciais. As coisas que estavam no ateliê só vão para lá quando terminarem de consertar o piso e as paredes danificadas. Quero saber se existe alguma previsão.

É tão natural falar meus planos para ele.

— Depois, passo na faculdade para levar o atestado. Quero almoçar com a Sofia, para agradecer mais uma vez por tudo o que ela fez e está fazendo por mim. Ela está sendo mais do que uma chefe, está sendo uma mãe para mim. À tarde, penso em ir ao cinema, ou a um café, para ler um pouco. E depois pensei em passar no seu trabalho para aproveitar sua carona, o que acha? — falo, indo para o banheiro.

— Vou adorar! Te espero lá, então. — responde, de dentro do box, enquanto toma banho e eu lavo meu rosto. — *Baby*, a gente está parecendo um casal. Estou tomando banho, você percebeu?

— Como se nunca tivéssemos feito isso antes. Eu já te vi nu, sabia? — ironizo, enquanto seco o rosto.

— Uma coisa é a gente transar e se ver nu, outra é dividirmos o banheiro de manhã, depois de dormir abraçado, sem transar. É muita intimidade — zomba.

— Ok. Estou saindo. Quer que prepare o seu café, maridinho? — Gargalho e saio do banheiro.

Beto chega à cozinha e o café está pronto, com a torrada no prato. A marmita dele também já está preparada, ao lado da carteira e da chave do carro.

— Nossa, acho que também sentirei falta quando você for embora. Você bem que podia morar aqui e fazer isso todo dia. Deixar tudo pronto de manhã, o almoço na marmita. E à noite, quando eu chegar, preparamos o jantar juntos e assistimos uma série. Melhor do que isto, só se a gente passar a transar sem ter DR! Casa comigo? — brinca, colocando a torrada na boca, rindo.

— Já disse que caso! Mas aí você vai ter que levar o pacote completo também. Eu sou muito chata! Tenho TPM, estrias, celulite e um passado tenebroso — confesso rindo, indo tomar um banho rápido.

— Sua TPM é realmente bem complicada. Mas a mulher que não tiver celulite e estria nem me interessa, significa que ela ficou na academia o tempo todo, nunca comeu nada por prazer e que nunca teve vida. Gosto de mulher real, com quem eu tenha o que conversar. E sobre o seu passado. Eu faço parte dele, lembra? — Rimos muito.

Saímos juntos, mas eu pego um táxi até o meu apartamento, enquanto ele vai para o trabalho. Ao chegar, encontro Cláudio. Aproveito para agradecer e me desculpo pelos transtornos. Depois que ele sai, subo e vejo o apartamento. As coisas estão mais adiantadas do que pensei que estariam. Já trocaram o piso. As paredes da sala e do quarto principal já foram até pintadas. A cozinha já está pronta, com os armários colocados de volta. Agora só estão faltando o de hóspedes, meu escritório, o banheiro social e o quarto de serviços.

Estela chega logo depois, trazendo algumas amostras de tecido para o sofá, cortinas e almofadas. Conversamos sobre o estilo da decoração e escolhemos alguns móveis. Quando acabamos, ela me oferece uma carona até a faculdade.

— Amiga, vou ser bem sincera com você. Você está sendo muito mais forte do que imaginei que você seria. Depois de tudo o que passou, por tanto tempo, de todas as coisas que descobriu e enfrentou. Está aqui, seguindo em frente e sorrindo, cheia de planos. Sinto tanto orgulho de você. Eu te admiro muito! — Estela confessa, segurando minha mão.

— Nossa, obrigada. Mas acho que não estou fazendo nada demais. Estou apenas seguindo o fluxo. Camarão que dorme, a onda leva. Não é assim? — Rimos um pouco. — Brincadeiras a parte, estou tentando transformar todo este tsunami numa coisa boa. Sei que ainda sofrerei com as feridas que ainda estão abertas. Nem sei se elas irão cicatrizar algum dia, mas vou batalhar para que não dê gangrena. Não quero amputar nada.

Sorrio tristemente.

— Ainda dói e doerá por muito tempo. Porém, sei que conto com a ajuda dos meus melhores amigos, além de ajuda profissional. Vou viver meu luto, mas não vou me entregar a ele. Vamos correr na frente, porque quem corre atrás come poeira! — Pondero, saindo do carro ao chegar à faculdade. — Agora é hora de enfrentar os olhares de quem sabe o que aconteceu. A rádio corredor deve ter rolado solta nestes dias.

Respiro fundo, coloco os meus óculos escuros, levanto a cabeça e sigo caminhando, decidida, para o setor médico. Estela me acompanha com o olhar até que eu entre no prédio.

Atravesso os corredores tão familiares, sabendo que os olhares estão em mim e nos machucados. Não existe uma pessoa que não vire para me ver. Algumas pessoas me cumprimentam apenas com a cabeça, outros com um sorriso de solidariedade, outros de curiosidade. Encontro alguns funcionários, que conversam comigo, perguntam sobre a minha saúde, solidarizando-se.

— Professora! — Ouço. Viro e olho para um grupo grande de alunos. Todos se aproximam e me abraçam, com cuidado para não me machucar. — Nós soubemos o que aconteceu. Estamos nos colocando à sua disposição. Sei que normalmente é você que se coloca à disposição para nos ouvir sobre qualquer assunto, mesmo que não seja acadêmico. Agora somos nós. Se a senhora quiser desabafar, ou falar besteira, ou tomar um café, ver um filme...

Eu respiro fundo, tentando me controlar.

— Precisando, a gente está aqui. A senhora tem os nossos números. A nossa turma toda está à disposição! Repito, a qualquer hora, sobre qualquer assunto, para fazer qualquer coisa. Se precisar de ajuda para limpar a casa, cozinhar, ter companhia para assistir um filme... Se quiser que a gente faça revezamento na sua casa, para a senhora não ficar sozinha, ir ao mercado, te acompanhar ao médico, acompanhar seu processo de perto... Estamos aqui.

Choro de emoção.

— Nossa! Como é bom ser querida! Muito obrigada mesmo. Não imaginei que fosse receber todo este apoio — admito, abraçando todos eles. Sofia se aproxima e coloca sua mão no meu ombro.

— Eles estavam o tempo todo querendo saber quando você iria aparecer aqui para falar isto. Queriam te visitar, mas depois achamos melhor deixar que você se recupere primeiro. Venha para minha sala, para você poder se sentar.

Alguns alunos me acompanham, mas depois de uns minutos, eles têm que voltar para suas aulas, deixando-me sozinha com Sofia.

Vamos almoçar em um restaurante perto da faculdade e eu acabo me encontrando com Lídia. Ela fica super sem graça.

— Oi, Eduarda. Espero que você esteja melhor — diz, tentando não olhar muito para os machucados.

— O maior machucado não dá para ver assim. Mas este também vai cicatrizar. Viu do que você se safou? — Sofia me olha sem entender. — Sei exatamente o que aconteceu entre vocês, ele fez questão de me contar. — Lídia tenta argumentar, mas não deixo. — Não tem o que explicar, porque já entendi a situação. Não tenho raiva de você, mas não quero contato. Seremos educadas o suficiente para trabalharmos juntas, mas nunca mais seremos amigas, ou conversaremos sobre qualquer assunto que não seja acadêmico. E se nos encontrarmos na rua, fora dos muros da instituição, não venha falar comigo. Ok? Nosso contato é apenas institucional.

Passo por ela e me sento a uma mesa, deixando as duas sem saber o que fazer. Lídia sai do restaurante sem comer e Sofia senta comigo.

— O que foi isto? Devo me preocupar com vocês?

— Deveria, se eu não estivesse canalizando a minha raiva para Neto. Lídia e ele transaram algumas vezes, inclusive na minha cama. Mas isto é passado! Ela vai ter o carma dela para pagar e espero que eu já tenha pagado o meu. — Sofia fica de queixo caído. — Mas vamos falar de coisas boas! Consegui retirar todas as coisas e materiais do Neto da minha vida! A presença dele no meu coração está sendo retirada aos poucos, mas será para sempre! E eu estou aqui para te agradecer por todo o apoio que me deu, desde sempre, mas principalmente nos últimos dias. Até com polícia você teve que lidar para me salvar. Eu torço que nunca mais seja necessário nada do gênero. Quero te agradecer, do fundo do meu coração, por tudo!

A hora do almoço passa rapidamente e Sofia precisa voltar para o trabalho, mas tivemos bons momentos juntas. Sinto falta de trabalhar, de ter minha rotina, do contato com os alunos. Enfim, espero que possa voltar o mais rápido possível. Depois do almoço, vou ao shopping, para assistir a um filme, mas acabo desistindo e paro para ler num café. Quando percebo, já está quase na hora de ir encontrar o Beto no trabalho.

— Maria Eduarda? É você? — Ouço uma voz masculina e levanto o rosto para ver quem é. Não reconheço de imediato e acho que minha expressão deixa isto bem claro. — Sou eu, João Alberto, o Cabelinho. Estudamos juntos desde a primeira série.

— Cabelinho! Você está muito diferente! Como é que você está? — Dou um abraço nele. — Senta aí!

— Estou bem diferente. Joguei metade de mim fora. — Solta uma risada tão familiar, que me faz voltar para a época do colégio. — Fiz cirurgia bariátrica há três anos e joguei fora setenta quilos.

— Você está ótimo! O que tem feito? Não tenho notícias suas desde a formatura do colégio. — Conversamos por quase uma hora. — Cabelinho, quer dizer, João Alberto, foi muito bom ter te encontrado! Eu realmente tenho que ir, porque vou pegar uma carona para casa, já que não estou podendo dirigir.

— Foi acidente de carro? — pergunta, olhando para meus machucados e para a tala no braço.

— Um pouco pior. Mas não gostaria de falar sobre isso ainda — esclareço, sem conseguir falar a verdade.

— Desculpa, deveria ter ficado quieto. Foi indelicado da minha parte — responde, sem graça. — Vamos marcar um café outro dia. Muito bom conversar com você. Tome aqui meu cartão. Que tal um café amanhã? Terei uma reunião no almoço e depois estarei livre de novo.

— Ótimo! Estou de atestado médico, então tenho bastante tempo livre e estou precisando ocupar a mente. Por mim, está marcado. Aqui está meu cartão. Agora preciso mesmo ir. — Dou um abraço e pego minhas coisas. — Às 15h?

Ele concorda e nos despedimos.

Chego ao trabalho de Beto e ele já estava me esperando. Peço uma pizza no caminho. Só dá tempo de tomar banho para a pizza chegar. Conversamos um pouco, enquanto jantamos.

— Filminho ou série? — Beto se aproxima do sofá, ligando a TV.

— Hoje? Qualquer coisa! Até topo ficção científica, que odeio... Estou feliz e tranquila! E posso passar a noite acordada. — Me deito no colo de Beto e espero ele escolher o que iremos assistir.

Beto escolhe uma comédia, nada a ver com romance. Creio que seja proposital o evitar deste tema, já que nós dois estamos num processo de cura e luto. Acabo dormindo no colo de Beto, desta vez sem chorar.

De novo, acordo na cama. Beto tem me trazido diariamente, pois estou sempre dormindo no sofá. Estou me sentindo criança, que dorme no sofá e os pais levam para cama. Ele tem sido um verdadeiro amigo. Levanto e vou preparar o café, enquanto ele vai se arrumar. Depois que ele sai, tento ajeitar a casa, limpar e organizar uma surpresa para meus amigos. Consigo preparar um bolo e um jantar, coloco também umas bebidas para gelar. Compro incenso, velas e flores. Termino de deixar tudo pronto a tempo de almoçar, tomar um banho e me arrumar para encontrar o João Alberto no café. Mando mensagem para as meninas, chamando para um *happy hour* e todas confirmam.

Passo uma tarde ótima com João Alberto. Conversamos muito, rimos, desabafamos sobre trabalho, fazemos planos de organizar uma festa com todos da turma. Começamos a procurar os ex-colegas pela internet, conseguimos achar alguns e enviamos mensagens.

João me deixa no meu apartamento, havia combinado com Estela de vermos como anda a obra. Provavelmente na semana que vem poderei voltar, mesmo sem todos os móveis. Terei o básico da sala, cozinha e quarto. Conseguimos reaproveitar muitas coisas, mas muitas outras terei de comprar.

— Já está quase tudo pronto. E sinto como se estivesse em outro lugar. Não quero nenhuma referência ou lembrança de Neto aqui, ou da época em que fui casada. — Digo, olhando para o meu quarto. Mudamos as cores da parede, a textura, o local dos móveis e até as janelas. Parece outro quarto.

— Amiga, tem certeza de que quer continuar morando aqui sozinha, num apartamento de três quartos? O que acha de colocar para alugar, por um período apenas, enquanto fica num menor? Sei lá, uns seis meses, ou um ano. Só para tirar as lembranças, trocar a energia do apartamento. Vocês moraram aqui desde o início, se mudaram juntos. Foram três anos. Muita coisa que precisa ser trabalhada em você, e ser trabalhada em termos de energia local...

— Estela, entendo o que você quer dizer. Já tivemos esta conversa. Beto, Tereza e Paty também tentaram. Contudo, tenho certeza de que quero encarar isso agora. Não fugirei ou adiarei esta retomada da minha vida. Tenho que enfrentar. Sei que será difícil, dilacerante, mas vou enfrentar. Sabe a eterna dúvida entre tirar o esparadrapo de vez ou aos poucos? Vou arrancar e viver o luto uma única vez. Sem anestésico.

— Ok. Saiba que estamos aqui para te ajudar no que for preciso. Você tem de atravessar isso sozinha, mas estamos prontos para te amparar, caso você precise.

— Agradeço muito por ter amigos e por não ter me afastado de vocês como Neto queria que fizesse. E agora, também estou tentando resgatar meus amigos do colégio. Eu acho que esta volta às origens vai ser bem interessante. Repensar minhas expectativas da época, lembrar como cheguei até aqui. E também tem aquela curiosidade de ver como meus ex-colegas estão hoje. Bem coisa de filme. Rever os populares da escola não tendo dado tão certo assim, e os nerds virando pessoas de sucesso? Quero viver este tipo de filme agora, comédia... Porque já vivi drama demais. — Rimos, enquanto ela estaciona à porta da casa de Beto. Vejo que meu carro já chegou também.

Eu o emprestei para Tereza, já que ela não tem carro e não posso dirigir ainda.

Encontramos Tereza sentada no playground do prédio. Ela está nos esperando, pois Beto ainda não chegou do trabalho. Subimos e eu vou direto colocar as entradas para esquentar e tomar um banho. As meninas vão colocando uma música e abrindo uma cerveja. Beto chega e entra no banheiro para tomar banho, enquanto estou secando o cabelo. Eu sentirei falta deste contato na semana que vem.

— Duda, vem cá. Você e Beto... — Tereza me pergunta, chamando-me no canto para que ninguém mais nos ouça. — Percebi que ele entrou no banheiro enquanto você tomava banho. Vocês estão se entendendo, finalmente?

— Tereza, minha amiga, nós somos apenas amigos. Até transamos depois das separações, mas estamos numa fase tão sofrida que nem isso tá acontecendo. Estamos dormindo juntos, mas somente na mesma cama. Não temos problemas de ficar nus na frente um do outro. Porém, não estamos ficando e nem queremos. Temos que viver o luto. Estamos nos apoiando muito. A presença dele está sendo essencial na minha vida! Acho que estaria mais perdida se não estivesse aqui estes dias, assim como tenho certeza de que estou sendo uma boa tábua de salvação para ele também. Mas a gente não funciona mais como um casal. Muita coisa aconteceu desde que a gente tentou antes.

— Entendo. É que eu acho vocês tão bons juntos que queria voltar a ver vê-los como um casal.

— Mas nós somos um casal... um casal de amigos! — Dou uma risada e pego um copo de suco.

Ai que vontade de tomar uma cerveja, mas não posso devido aos remédios.

— Espero que seja um casal de "amigos com benefícios", de novo. — Voltamos para a sala.

Depois do jantar, e de algumas cervejas, nos espalhamos no sofá e no chão. Sinto-me na faculdade de novo, ou no seriado *Friends*.

— Que tal fazermos um jogo? — sugere Estela, pegando uma garrafa vazia de cerveja. — É tipo jogo da verdade, mas de uma forma menos adolescente. Nada de perguntar se ainda é virgem, ou se está a fim de "fulaninho"... Quem estiver no gargalo responde, e quem estiver no fundo pergunta. — Ficamos animados e topamos. — Tereza responde e Paty pergunta.

— Teca, se pudesse mudar alguma coisa em você, fisicamente, o que seria?

— Meu nariz! Acho fino demais... Horrível!

Rimos e protestamos, o nariz dela não é horrível. Fazemos várias rodadas e as perguntas vão ficando cada vez mais filosóficas.

— Duda, você está numa fase de mudanças, de quebrar estruturas falidas. Como é que você se vê daqui a dois anos? — Beto pergunta, fazendo-me pensar um pouco.

— Daqui a dois anos... Estarei cicatrizada, mas sem esquecer a dor que estou tendo, para nunca mais me deixar levar por manipuladores. Quero ter meus amigos cada vez mais próximos. Talvez me case de novo, mas num relacionamento verdadeiro. Terei viajado pela Europa e pela África. Pretendo continuar dando minhas aulas, mas quero pensar um pouco na proposta que você me fez sobre o espaço do ateliê...

ebo meu suco como se fosse champanhe, depois de brindar.

— Me candidato para viajar pela Europa com você — diz Paty.

— E eu pela África — fala Tereza.

— Eu penso no ateliê — diz Beto.

— E eu no planejamento físico dele — fala Estela.

— Então temos um projeto de vida para dois anos! Assim terei meus amigos ainda mais perto de mim! — Brindamos.— Mas acho que a viagem para a África vai ter que ficar para quatro anos, pode ser? Não terei como pagar uma viagem para África e montar um espaço no ateliê ao mesmo tempo. — Continuamos a fazer planos mais um pouco, mas elas começam a voltar para casa, porque terão que trabalhar amanhã.

Beto e eu nos arrumamos, mas desta vez fomos direto para o quarto e dormimos de conchinha.

Capítulo 17

Dia 9 de julho de 2016...

No final de semana, volto ao antigo ateliê, com Beto e Estela, para fazer a mudança dos móveis e outras coisas. Minha amiga acompanha a mudança para meu apartamento, enquanto fico com Beto, fazendo planos. Quando estamos lá, recebemos a visita de uma vizinha.

— Boa tarde, posso ajudar? — indaga, entrando no jardim da frente, como se fosse a dona do espaço.

— Não, obrigada, estamos bem. Sou Maria Eduarda e este é Roberto. Você é...

Ofereço a mão para cumprimentá-la, mas ela não retribui o gesto. Fica me olhando e depois olha para Beto.

— O que vocês fazem aqui? Esta é uma propriedade particular — anuncia, de forma ríspida.

— Sim, eu sei — respondo, mas sou interrompida.

— Então, por favor, queiram se retirar, antes que eu chame a polícia. — Ela aponta a porta.

— Desculpe, qual o seu nome? — Beto assume o controle, já que ela nem sequer olha para mim.

— Clarissa. — Sorri, oferecendo a mão para ele.

Os dois se cumprimentam bem formalmente, mas percebo que ela o olha de cima a baixo, com um olhar mais interessado.

— Prazer, Clarissa. A senhora mora aqui?

Percebo que ele está tentando obter maiores informações e que, para isto, começa a jogar com o desejo dela. Ele coloca a mão em seu ombro, tirando ela de perto de mim.

— Sou a vizinha. Aqui funciona o ateliê de um artista, mas ele não está. Sempre que se ausenta eu cuido do espaço. Nem sempre estou presente, estava viajando e só voltei hoje. Acabei de chegar e vi que vocês estavam aqui, por isto vim ver se estavam perdidos.

— Clarissa, fico feliz em saber que a senhora... Senhora ou senhorita? — flerta com ela, fazendo carinho no ombro.

— Senhorita — cochicha, ficando visivelmente vermelha.

— Bom saber... Senhorita Clarissa, nós viemos aqui cuidar da mudança das coisas da minha cliente. O senhor Neto, antigo morador daqui, vendeu a casa para minha cliente. Viemos hoje, para verificar o que pode ser feito em termos de reformas. Muito bom contarmos com a senhorita como vizinha. Iremos conviver bastante. — Prende uma mecha do cabelo dela atrás da orelha.

Ela fica desconcertada, mas tenta manter o olhar em Beto. Eu não sei o porquê, mas não gosto da cena e resolvo interferir.

— Sim, muito bom saber que tenho uma vizinha tão solícita. — Ela olha para mim, de cima a baixo, com cara de desprezo e volta a olhar para Beto com um sorriso no rosto.

— Então o senhor vai vir aqui mais vezes? Aceita um cafezinho? — murmura, tocando no ombro dele. — O senhor malha?

— O café vai ficar para outra ocasião mais propícia. Nem que eu tenha que vir aqui só para isso — Beto acrescenta, encarando-a. — Agora preciso continuar a verificar algumas coisas com minha cliente. Prometo que, da próxima vez, vou dar uma passada na sua casa para tomar um café.

— Então, me ligue. Nem sempre estou aqui, mas quero me preparar para te receber da forma que você merece. Anote meu número, caso precise de ajuda em alguma coisa. O antigo morador era ótimo, mas o senhor supera qualquer um. Digo, acho que seremos bons amigos. Ligue a qualquer hora. Nós dois podemos marcar um café, um jantar, um cinema, o que quiser. Este é meu cartão. Estarei aqui ao lado, caso o senhor mude de ideia quanto ao café.

Ela flerta, dando ênfase à palavra "senhor", para deixar claro que o convite é apenas para Beto. Nossa... Como é oferecida e direta!

— Até mais. Vou esperar sua ligação. — Olha para mim rapidamente e murmura. — Tchau. — Volta para Beto. — Seja bem vindo!

Ela sai andando de forma sinuosa, para seduzir Beto, o que parece dar certo, porque ele a acompanha com o olhar fixo na bunda dela.

— Beto! — Dou um tapa no ombro dele. — Para de secar a bunda da mulher.

— Desculpa, Duda. Mas ela é gostosa. E visivelmente vai rolar.

— Sim, ela é superfácil. Não me diga que você vai ligar para ela? Esta mulher deve dar para qualquer um!

— Então vou comer! — Olho para ele chocada com o que ele disse. — *Baby*, não quero um relacionamento agora, mas vai ser bom transar com alguém. E ela é uma delícia!

— Nossa! Eu nunca pensei que você fosse assim — rosno, quase gritando de tanta raiva.

— Assim como? Um cara que gosta de transar? Se estou com tesão e ela também... Por que não? Ela disse ser solteira, também sou, somos ambos maiores de idade. Qual é o problema? Por que você está tão nervosa com isso?

— Por nada. Vamos continuar aqui? Ou o senhor está com tanto tesão que nem consegue mais pensar com a cabeça de cima? — berro e em seguida vou para dentro da casa, batendo a porta atrás de mim.

Por que estou assim? Beto vem atrás de mim em seguida.

— Maria Eduarda, o que está acontecendo? — Tenta me encarar, mas eu viro. — Olha para mim e vamos conversar como dois amigos adultos? — Eu permaneço de costas para ele. — Duda, olha para mim, por favor. — Fico de costas por mais um tempo, tentando me controlar, mas as lágrimas começam a cair. Beto me vira e me encara. — Você está chorando...

Ele me abraça e eu acabo soluçando. Ficamos assim por um tempinho, até que ele segura meu rosto com as mãos e seca minhas lágrimas com o polegar.

— *Baby*... Você está bem?

— Estou. — Minha voz sai igual à de uma criança mimada. — Vamos deixar para lá.

Tento me soltar dele, mas ele me segura pela cintura.

— Duda. O que está acontecendo? O que foi isto que acabou de acontecer? Por que você está chorando? — Eu abaixo o olhar, mas não respondo. — Vamos conversar? — Eu respondo que não, com a cabeça, mas ele levanta meu rosto. — Você está com ciúmes? É isso? — Olho para meus pés e ele levanta meu rosto. — Duda, me diz, é? — Continuo sem responder. Por que eu estaria com ciúme dele? Ele é só meu amigo. — *Baby*, olha para mim.

Eu o olho nos olhos.

Os olhos dele estão mais escuros do que o normal. Ele me aperta mais de encontro ao seu corpo. Sinto seu perfume amadeirado, o calor do seu corpo e seu hálito quente. Seu braço esquerdo segura forte minha cintura, enquanto sua mão direita faz carinho no meu rosto e cabelo. Minhas pernas enfraquecem, e isso piora quando começo a sentir a sua ereção ficando cada vez maior, empurrando a minha barriga. Eu me aproximo ainda mais dele, afastando minhas pernas, para receber a sua. A mão dele que estava no meu rosto desce e puxa minha perna esquerda, para colocar na sua cintura, enquanto ele me carrega e me encosta na parede atrás de mim.

— É ciúme? — ele diz, roçando a barba rala no meu pescoço, enquanto empurra sua ereção no meio das minhas pernas. Sinto que estou completamente molhada e deixo um gemido sair da minha boca, o que deixa ele mais louco. — Você não quer que eu ligue para ela, é isso? — sussurra, mordendo minha orelha, enquanto sobe a mão pela minha coxa, embaixo da saia. — Não quer que faça isto com mais ninguém, é? — Coloca a mão livre no meu seio, que já está duro. — E se eu disser que prefiro fazer isso com você?

Coloca a outra na minha calcinha, que já está ensopada.

O dedo dele vem beirando o elástico da minha calcinha, enquanto sua boca alcança meu seio. Ele começa a roçar o dedo por fora da calcinha ainda e eu não aguento mais. Abro a calça dele e coloco seu pau para fora. Ele solta um som abafado e morde o meu mamilo. Corro para tirar meu vestido, enquanto ele tira a roupa toda também.

Ajoelho-me na frente dele e coloco seu pau todo na minha boca. Começo a fazer sexo oral, sugando, chupando, colocando todo em mim. Puxa meu cabelo, com uma das mãos, enquanto com a outra brinca com meus seios. Não demora muito para gozar na minha boca. Eu levanto e ele me beija com paixão. Beto me leva para o balcão da cozinha e me senta nele. Beija meu pescoço, seios, barriga... Percebo que sua ereção já voltou rapidamente.

— Quero sentir você dentro de mim, agora! Vem!

Ele hesita um pouco, mas eu o puxo para beijar e, com as pernas, o aproximo mais de mim. Beto tenta controlar a entrada, mas o puxo de vez. Como estou muito molhada, ele consegue entrar e eu grito em êxtase. Aos poucos meu corpo vai se moldando ao dele e a dor inicial se transforma apenas em prazer. Aumenta o ritmo, revezando entre ser carinhoso e ser mais animal, o que me deixa louca! Ele tenta falar alguma coisa, mas não deixo, o beijando, o puxando para mais perto. Sinto cada onda de prazer que vem se aproximando, ficando cada vez mais forte. O corpo dele também se tensiona para gozar. Nós chegamos ao clímax juntos, gritando. Ficamos assim parados e abraçados por um tempo, até que nossa respiração voltasse ao normal.

— Uau! O que foi isto?! — exclama, dando-me um beijo no rosto.

— Não sei, mas foi muito bom! Nossa! — confesso, abraçando-o. — Desculpe. Eu agi como uma criança antes. Não consigo definir o que senti. Mas não creio que tenha sido ciúmes de amor, talvez de amigo, ou projeção... Sei lá! Mas não quero que você transe com ela — falo igual a uma criança, beijando o pescoço dele. Ele me coloca com cuidado no chão, encostada no balcão. Eu olho ele nos olhos e sorrio. — Pode ser? Promete que não vai transar com ela? Por favor! Pela nossa amizade.

— *Baby*, não me peça isto. Te amo, sou teu amigo até a morte. Sou capaz de matar para te salvar. Mas não queira controlar meu tesão, nem minha vida amorosa ou sexual. Nós somos amigos e vou ouvir sua opinião sobre qualquer coisa, mas a decisão final é minha, assim como na sua vida quem manda é você. Posso dizer o que penso, como sempre disse em relação a Neto, mas a decisão final é sua e vou te apoiar, assim como sempre foi e será. Jamais tente escolher por mim. E, mais uma coisa... Não transe comigo como forma de me manipular. Sei que hoje foi um misto de tesão com ciúmes e tentativa de manipulação. Foi delicioso! Porém, a gente tem de transar pelos motivos certos. Nunca para que o outro não o faça com terceiros.

— Desculpa. Não foi só por ciúmes ou manipulação. Eu estava querendo transar com você, sim — confesso, porque, na realidade, acho estranho transar novamente.

Acho que, se não tivesse sido com Beto, eu não conseguiria.

— Eu também! Mas a gente tem de tomar mais cuidado. Hoje transamos sem camisinha. Foi maravilhoso! Sexo sem é mais gostoso, mas nós temos que nos cuidar, não só por questão de gravidez. Eu tinha Cleide e a gente fazia amor sem camisinha. Você estava com Neto e transava sem, também. Para nós estarmos com alguma doença é um pulo. E agora estamos correndo mais riscos ainda. Vamos passar na farmácia e comprar a pílula do dia seguinte, mas também marcaremos exames, ok? — alerta, catando as roupas. — Onde tem um banheiro aqui? Que tal um banho? Eu te ajudo — completa, apontando para meus machucados.

Capítulo 18

Dia 21 de novembro de 2016...

Os dias passam rapidamente. Quando percebo, já faz três meses que voltei para o apartamento. No começo foi terrível, chorei muito, senti-me a pior mulher do mundo, culpei-me porque coloquei Neto na minha vida e por ter dado a ele o poder que dei. Eu me enclausurei, não quis sair de casa, quase não atendia ao celular e não recebi ninguém aqui. Só saia para o mercado e para a terapia. Aliás, se não fosse a terapia, teria desistido de muita coisa.

Meu atestado médico acabou e precisei voltar ao trabalho. O primeiro dia foi um misto de sentimentos. Ao mesmo tempo em que me sentia renascendo, queria continuar no meu casulo. Fico bem feliz na sala de aula, gosto muito do que faço. Esta troca com os alunos me faz sentir viva de novo, mas o sair de casa, o me arrumar, o caminho até lá e a volta — principalmente esta —, ainda me deixam muito mal. Eu chegava, tomava um banho e apagava no sofá. No começo, eu não conseguia dormir no mesmo quarto onde dormia com Neto. Mas, aos poucos, consegui entrar lá.

Meus amigos estão bem preocupados comigo, mas estão me dando o tempo que preciso para conseguir enfrentar esta situação. Eles me visitam várias vezes, dormem aqui, ligam com uma frequência maior do que antes. Hoje, eles me mandaram uma cesta com um monte de coisas que eu gosto e um "vale noite com amigos". Mandei uma mensagem de agradecimento e marquei para eles virem aqui na próxima sexta. No sábado, tenho o encontro com o pessoal do colégio. Estava bem animada no começo, mas agora estou receosa. Não sei se quero mostrar a todos o quanto fracassada estou. Quer dizer, sendo racional, sei que não é verdade, mas é como me sinto agora. Não pretendo ir sozinha. Vou pedir que alguém vá comigo.

Capítulo 19

Dia 26 de novembro de 2016...

A noite de sexta foi ótima. Eu já pude beber, pois os remédios já acabaram. Estou quase completamente recuperada, apesar de ainda estar fazendo fisioterapia no braço. Bebemos até tarde. Tereza e Beto dormiram aqui comigo e vão me acompanhar na festa do colégio hoje.

Tereza voltou para casa pela manhã, pois tem uma paciente para atender. Eu vou pegá-la às 13h, para irmos ao churrasco. Beto fica aqui direto.

Acordo às 11h com o cheiro de café que Beto fez. Ele foi à padaria e comprou pão fresquinho também. Comemos tarde e bastante, para podermos aguentar até a hora do churrasco. Assim que acabamos o café, tomamos banho e nos arrumamos. Depois daquele dia no ateliê, estou evitando ficar nua na frente dele. Ele também não entrou mais no banheiro enquanto estou. As coisas não estão estranhas, mas também não estão iguais. Acho que não somos mais "amigos com benefícios", mas continuamos muito amigos.

Chegamos supercedo no churrasco. O que é ótimo, porque não tenho que cumprimentar um monte de gente de uma só vez, além de escolher estrategicamente a mesa, entre o bar e a churrasqueira, sem pegar fumaça. É bem legal rever algumas pessoas, saber como está todo mundo.

Para meu ego também é importante ver que Osvaldo, o cara por quem eu era louca na escola, e que nunca quis saber de mim, está horroroso. E ficou a festa toda tentando me chamar para sair. As meninas populares continuam chatas, os bonitões estão feios, mas a grande surpresa ficou a cargo do menino mais encapetado da escola: hoje Felipe é um grande empresário, riquíssimo, lindo demais e recém-solteiro. Nossa! Eu sempre o achei bonito, mas agora... Ele está um deus grego!

A festa só acaba bem tarde. Nós fomos quase os primeiros a chegar e somos os últimos a sair. Já é noite. João está tocando violão e percebo que Tereza e ele estão trocando muitos olhares. Fico feliz, ela está sozinha e merece um relacionamento legal. Acho que eles fazem um belo casal. Beto está conversando com uma das meninas mais tímidas da escola, Ivana, e acho que ali também vai sair alguma coisa. E eu estou aguentando o papo chato de Osvaldo, gabando-se de algo que nem sei o que é, só sei que é mentira. Confesso que nem ouço ele direito, estou prestando mais atenção na música e nos olhares entre Tereza e João. Já estou fazendo planos para eles, pois adoro ser casamenteira.

— Maria Eduarda, quer uma cerveja? — Vejo uma garrafa *long neck* na minha frente e aceito. Penso ter sido o Osvaldo, mas percebo que é Felipe que está no seu lugar. — Está viajando na música, na cena de amor, ou está longe daqui?

— Obrigada! — agradeço enquanto pego a cerveja. — Estava viajando na música, na cena de amor e também estava longe daqui.

— Pensando no ex? Soube que você está se separando. — Desvio o olhar. Ele se conserta na cadeira. — Desculpe. Assunto proibido?

— Não é proibido, mas é incômodo. Prefiro não falar sobre isso agora. Só te garanto que não estou pensando no meu ex. — Bebo um grande gole da cerveja. — Nossa, está geladíssima! A primeira assim do dia. Onde ela estava escondida?

— Eu tenho meus segredos. Mas garanto que tem mais de onde saiu essa. Quer outra?

— Calma, Felipe, eu ainda nem terminei. Assim vou sair daqui carregada.

— Não é uma má ideia, mas prefiro que não seja bêbada. Porém, posso te ajudar a sair daqui sendo carregada. O que acha? — Ele levanta e me carrega no colo.

— Me coloca no chão, seu maluco! — Dou tapas no seu ombro e percebo o quão forte ele é. Seus músculos parecem ter sido esculpidos. Ele está me carregando como se eu fosse uma pena. Ele me coloca na cadeira de novo. — Não lembrava que você era tão divertido assim.

— Nós nunca fomos tão próximos assim na escola, infelizmente. Você nunca me deu bola.

— Eita! Que mentira. Você que nunca se aproximou. Só ficava no fundão e não andava com ninguém da nossa sala. Lembra aquele passeio que a turma fez para aquela casa na ilha? Você sumiu! Arranjou uma garota da casa ao lado e não voltou mais.

— Eu sumi? Duda, você não se lembra, não? — Olho para o rosto dele sem entender. — Tentei ficar com você, que fingiu não perceber e voltei para casa com vergonha. Eu inventei aquela história da vizinha só para não sair por baixo. Depois passei a te evitar, só porque não aguentava te ver e saber que você tinha me rejeitado. Foram anos de terapia para superar isto — zomba, mas percebo uma tristeza na voz dele.

— Eu te rejeitei? — questiono, virando para ele.

— Eu te mandei aquela carta, aí você desceu com a carta na mão e deu um beijo no babaca do Pedro. Ainda bem que ele nem veio. Não o suporto até hoje. Vocês namoraram até o final daquele ano, não foi?

— Foi você quem mandou aquela carta linda? — Ele confirma. — Mas... Eu pensei... Jujuba me disse... — Fico sem entender, tentando recuperar o que de fato aconteceu.

— O que a Jujuba disse?

— Vamos lá. Deixa ver se lembro bem daquele dia, pois faz tempo. Então, Jujuba e eu te achávamos um gato, mas você sempre foi o *bad boy* da escola, repetente, fumava... Estava animada para ficar com você naquele final de semana que a escola organizou com a turma na ilha. Jujuba e eu tínhamos combinado isso. Nós duas iríamos dar um ultimato para você ficar comigo ou com ela.

— Você queria ficar comigo? E Jujuba sabia? — Ele vira a cerveja dele toda. — Espera aí, vou pegar mais cerveja. — Levanta e volta com duas *long necks*. — Continua.

— Então, nós duas estávamos a fim de você, mas você nunca chegava na gente. Então combinamos de nos declarar ao mesmo tempo, para você escolher. Até camisinha levei, para perder a virgindade com você, caso você me escolhesse.

— Porra! E o que aconteceu? Eu sempre fui a fim de você! E também era virgem nessa época. Só tirava onda de *bad boy*, mas era um apaixonado romântico.

— Sério? Mas as meninas diziam que já tinham transado com você. — Ele nega com a cabeça. — Enfim... Quando chegamos a casa da ilha, eu fui para o quarto com Jujuba, mas ela saiu, voltando com a carta e dizendo que Pedro mandou para mim. Aquela foi a carta mais linda que já li até hoje. Sabia que ainda guardo? Meu ex-marido morria de ciúmes, eu tinha de esconder para ele não achar.

Felipe me olha, sem acreditar.

— Enfim, li a carta e chorei muito. Eu me apaixonei por aquelas palavras. Jujuba disse que Pedro estava esperando a resposta na piscina. Eu nunca havia me interessado por ele, mas aquelas palavras me fizeram dar uma chance, além do incentivo de Jujuba, que ficou repetindo o quanto ele era gato, o quanto iria ser massa se eu o namorasse. Enfim, fui direto até Pedro e o beijei. A gente namorou por alguns meses e ele sempre garantiu que tinha sido ele quem tinha escrito a carta.

— Mas fui eu, Jujuba sabia, porque eu pedi que ela te entregasse a carta. Não acredito que aquela filha da puta fez isto comigo. E ainda ficou indo lá em casa, para me consolar.

— Sei bem como te consolou. Vocês ficaram juntos um tempo também, que eu me lembro. Foi assim que minha amizade com ela acabou, pois ela dizia que eu ficava dando em cima de você, apesar de eu estar namorando Pedro.

— Não acredito nisso! Onde é que ela está? — Ele se levanta e começa a procurar por ela.

— Ela mal ficou na festa. Acho que a filha dela estava gripada, ou algo do tipo. Toda hora ela precisava sair para acalmar a bebê. Mas, já tem tanto tempo. Você iria fazer o quê? Brigar com ela? Esquece!

— Não dá para esquecer o que não vivi com você — afirma, encarando-me. — Tudo o que sempre fantasiei, que sempre busquei nas outras mulheres. Tudo isto poderia ter efetivamente acontecido se não fosse por ela.

— Nossa! Marquei tanto assim?

— Mais do que você imagina. Até hoje você é referência.

— Mas nós nunca namoramos, nem ficamos... Como posso ser referência? — pergunto, sentindo meu coração pular alguns batimentos.

Ele se aproxima aos poucos, sem tirar os olhos dos meus.

— A gente pode nunca ter feito nada, fisicamente, mas nos meus sonhos, na minha imaginação... — Ele para bem na minha frente, sua boca está a poucos centímetros da minha e posso sentir seu hálito quente, com cheiro de cerveja. Ele não tira os olhos dos meus. — E na minha imaginação você é cada vez melhor. Agora então, que está aqui na minha frente... — Eu abaixo meu rosto. Ele levanta meu queixo, fazendo um carinho. — Você conseguiu estar ainda mais bonita do que eu imaginei.

— Felipe, nunca na vida alguém será melhor do que sua imaginação. Cuidado com a idealização de alguém. Não sou esta mulher que você sonha. Ela não existiu, nem vai existir. Sou uma pessoa normal, cheia de traumas, defeitos... Eu sou real, sou humana. A mulher que você sonha, é uma fantasia, uma junção de suas expectativas e esperanças. Você nunca vai encontrar esta Maria Eduarda.

— Mas gostaria de me encontrar com esta Maria Eduarda que está aqui na minha frente. O que acha de irmos ao cinema amanhã? Depois nós podemos jantar, tomar um vinho e conversar... Eu te pego que horas?

— Quem disse que aceitei? — ironizo, sem desviar o olhar.

Ele levanta o canto da sua boca, fazendo um sorriso bem safado e convencido.

— Que horas eu te pego, Maria Eduarda? Às 17h está bom para você? Assim a gente toma um café antes do filme, depois pega a sessão das 18h. Acabando o filme, eu te levo para um bistrô maravilhoso que tem pertinho da minha casa. A gente conversa, toma um vinho e vê o que acontece. Qual seu endereço?

— Felipe... Você está brincando com fogo. Acho melhor a gente sentar e beber a cerveja.

— Seu endereço?

Aproxima-se ainda mais. Seu braço está ao redor da minha cintura, e sua outra mão está na minha nuca. Eu entreabro a boca, para receber o beijo, quando vejo um pedaço de papel ser colocado entre a gente.

— Aqui está o endereço dela. Às 17h está ótimo! Agora, podemos voltar para a festa? A música até parou para a gente acompanhar este filme aqui. — Beto entrega o meu endereço para Felipe, que o encara de forma curiosa. — Sou Beto, o melhor ex que ela pode ter!

— Vocês foram namorados? — perguntam, em coro, Felipe e Ivana, que está de mãos dadas com Beto.

— Sim, namoramos por dois anos, mas somos melhores amigos desde então. Ela me trocou pelo ex-marido dela. Não se preocupem, não somos ameaças para ninguém, somos apenas bons amigos, quase irmãos. No total somos cinco irmãos, vocês aqui viram somente três — fala me abraçando e puxando Tereza para o abraço familiar. — Mas ainda temos Estela e Patrícia.

— Que são ótimas também — fala João, abraçando timidamente Tereza.

Ela cora ao sentir o braço em sua cintura.

Neste momento o garçom pigarreia, sinalizando que a festa acabou e que só estão aguardando sairmos, para limpar o salão.

— Nossa! Gente, vamos embora? Eles estão querendo fechar. Desculpa, moço! Já estamos de saída — Anuncio, catando minhas coisas e pegando a última cerveja.

— Você não vai dirigir — demanda Felipe, assustado ao ver a chave do carro na minha mão. — Peça um carro por aplicativo.

— Eu sou a motorista da vez! — Tereza pega a chave da minha mão. — A gente já tinha combinado. Fique tranquilo, somos muito responsáveis. Se quiser carona, o carro cabe até sete.

— Opa! Eu quero! Assim fico mais tempo com vocês. — Felipe sorri, pegando minha bolsa com uma das mãos e me abraçando com a outra. — Vamos?

Tereza deixa Beto e Ivana na casa dele, depois deixa Felipe e, por último, me leva ao meu apartamento. O carro vai ficar com ela até amanhã.

Acordo sem ressaca, apesar de ter bebido bastante. Olho o celular e vejo que tenho algumas mensagens. Retorno logo a Érica, pois hoje vou até a ONG para conversar com as mulheres sobre minha experiência e sobre as leis que deveriam nos proteger. Estou bem ansiosa com esta conversa. Arrumo-me e quase não consigo comer. Tereza está vindo deixar o carro e a Beto me chamou para almoçar. Existem outras mensagens que eu deixo para depois, inclusive duas de números desconhecidos.

Depois da conversa na ONG, pego Beto para almoçarmos e o encontro com Estela. Minha bateria acaba, pois não coloquei o celular para carregar quando cheguei do churrasco.

Conversamos sobre as mudanças no antigo ateliê. As obras vão demorar bastante, mas estamos adiantando a divisão espacial e o cronograma. Fico bem animada com nossos planos. Estamos economizando para podermos fazer a reforma. Será maravilhoso. Por enquanto, alugarei o espaço, assim terei a minha parte do dinheiro.

Quando chego a casa, finalmente, coloco o celular para carregar. Nossa! Tem 276 mensagens novas. Dou uma olhada e vejo algumas de bom dia/boa-tarde. Por que as pessoas fazem isto? Eu procuro as dos números desconhecidos.

Em uma delas leio: "*Oi, voltei e não vou sumir de novo*".

Quem poderia ter sido? Talvez seja engano. Respondo perguntando quem é. O outro número me mandou sete mensagens.

"Oi, linda. Bom dia!"

"Ainda dormindo, minha Bela Adormecida?"

"Tudo certo para hoje? Te pego às 17h ou tem alguma outra sugestão?"

"Está tudo bem? Já são 12h. Você ainda está dormindo? Olha que assim vou aí te dar um beijo para você acordar."

"Duda, estou ficando preocupado. Você está bem?"

"Responda assim que pegar as mensagens. Estou quase indo aí ver se você está bem."

"Maria Eduarda, eu devo ir aí com o resgate? Está tudo bem? Dê sinal de vida, por favor."

Pelo visto é Felipe. A foto é de uma águia voando, por isto não o reconheci. Respondo logo, antes que ele fique ainda mais preocupado.

"Oi, Felipe, boa tarde. Desculpe a demora, para responder. Eu me esqueci de colocar o celular no carregador ontem e hoje saí atrasada para um compromisso. Fiquei sem bateria o dia quase todo. Só cheguei agora em casa. Tudo certo para as 17h. Você me pega aqui ou a gente se encontra em algum lugar?"

Ele responde quase que imediatamente.

"Linda, não faz isto de novo, por favor. Fiquei preocupado. Te pego daqui a pouco, então. Estou ansioso para te encontrar. S2"

Ele me mandou um coração? E disse que está preocupado comigo? Que bonitinho... Melhor caprichar um pouco mais, apesar de saber que não vai rolar nada. Ainda não estou pronta para nenhum relacionamento, mesmo que seja apenas sexo casual. Porém, estou super dentro do esquema de refazer laços de amizade. Começo a me produzir, muito mais para mim do que para seduzir alguém. Depois da separação, comecei a pensar que a lógica da gente se arrumar é para fortalecer a nossa autoestima. Uma lingerie não é o que nos deixa sexy, já que a outra pessoa só vai ver se a gente deixar, mas a lingerie certa nos deixa com uma postura diferente, uma energia mais forte, com autoconfiança. E isto pode atrair os olhares e as atenções, sua autoconfiança, o seu sentir-se sexy.

Fico pronta às 16h40 e vou até a janela, vejo um carro azul diferente, parado bem à porta do prédio. Tomo meu café à janela, vendo as pessoas na rua, vendo as nuvens, respirando. A vida segue seu ritmo próprio, independente da nossa ansiedade e vontade. Termino o café, lavo a xícara, escovo os dentes e passo meu batom. Assim que acabo, noto que são exatamente 17h e a campainha toca. Abro a porta e vejo Felipe, trazendo um lindo arranjo de girassóis, minha flor preferida.

— Olá. Obrigada! — Dou dois beijinhos no rosto e faço sinal para ele entrar. — Como você adivinhou que amo girassóis?

— Na época da escola, você dizia que amava girassóis e vivia cantando aquela música do Geraldo Azevedo. — Ele entra e me olha, enquanto coloco as flores no vaso. — Você está ainda mais linda.

— Obrigada! Você também está bem bonito.

— Então, é aqui que você mora. Lindo apartamento, moderno e clássico ao mesmo tempo. Você que escolheu os móveis e a decoração?

— Ainda não está pronto. Mas sim, eu e uma das minhas melhores amigas, que é designer de interiores e arquiteta, estamos redecorando. Ainda está faltando muita coisa.

— Se mudou há pouco tempo?

— Na realidade, eu moro aqui há mais de três anos, mas tive de mudar quase tudo há alguns meses. — Ele me olha, curioso. — Longa história. Aceita um café, uma água?

— Um café sempre cai bem, mas acho melhor irmos, para tomar o café lá.

Oferece o braço e seguimos. Quando chegamos lá embaixo, vejo que o carro azul que vi estacionado mais cedo é o dele. É, parece que temos alguém mais ansioso do que eu. Ele chegou trinta minutos antes do horário marcado.

O cinema foi maravilhoso, quase vazio. Ele escolheu um longa-metragem iraniano, *supercult*, fora dos padrões comerciais. Confesso que, quando vi o filme, achei que seria superchato, mas me surpreendi. Depois vamos para o bistrô que ele sugeriu. A conversa flui naturalmente e eu fico surpresa ao ver que Felipe gosta, de verdade, de filmes iranianos. Ele fala dos outros do mesmo diretor e combinamos de assistir outro na terça-feira.

Surpreendentemente, o encontro é fantástico. Achei que ele iria ficar dando em cima de mim, mas não. Ele é um *gentleman*, supereducado, gentil, divertido. A leveza do encontro me lembra dos nossos tempos de escola, quando a gente era apenas Duda e Lipe. Claro que tivemos momentos mais sérios no jantar, mas sempre tranquilos.

— Então, Duda, quer tomar um licor lá em casa? Ou na sua? — Quando abro a boca para recusar, ele pede para que eu espere e continua a falar: — Não estou com a intenção de transar com você, *ainda*. Estou gostando muito da noite e acho que temos assuntos mais sérios, que não são indicados para a gente conversar num restaurante. Repito, não vou tentar transar com você, apenas quero conversar mais. E sei que amanhã cedo nós dois teremos que trabalhar, não vai demorar, é só o tempo do licor mesmo. — Dou uma risada. — Na sua casa ou na minha?

— Vamos fazer o seguinte, já estamos aqui na sua porta. Eu subo para a gente tomar o licor e depois peço um carro para me levar para casa. Assim você pode beber também.

— Mas eu queria te levar para casa. Então, façamos o seguinte. Vamos para a sua casa, eu tomo o licor lá, deixo meu carro na sua garagem e pego amanhã cedo. Aproveito e te deixo no trabalho. E me comprometo te pegar no final da tarde. O que acha? — Eu ameaço responder, mas ele interrompe de novo. — Ótimo! Sabia que você concordaria — fala, puxando-me pela mão, acompanhando-me até o carro, rindo alto. — Sua carruagem chegou, princesa.

Abre a porta para que eu entre. Ainda não respondi, mas estou com um sorriso enorme no rosto.

— Felipe, espera um pouco. Me deixa falar, por favor! — Ele entra no carro e liga, já saindo, mas fazendo sinal para que eu continue. — Você nem me deixou falar nada. Não é melhor parar o carro?

— Duda, é só por questão de segurança. Não é legal ficarmos dentro de um carro, parado. Mas, qualquer coisa, eu posso voltar para o restaurante, ou te deixo onde você quiser. Não faremos nada que você não concorde. Agora sou todo ouvidos.

— Entendi, desculpe por não ter pensado na questão da segurança.

— Sempre zelarei pela sua segurança.

— Ok, meu guardião. — Dou risada e ele faz uma mesura como se eu fosse uma princesa. — Então, voltando ao licor, eu ia sugerir que fôssemos para sua casa e eu voltaria para a minha chamando um carro. Mas agradeço a sua preocupação e disponibilidade. Só acho que, talvez, seja te explorar demais. Você nem sabe que horas começo e termino de trabalhar. Aliás, você nem sabe onde trabalho.

— Na realidade, sei. Você pode não se lembrar, mas no churrasco você falou com Lorena onde trabalhava. Eu estava ao lado dela, conversando com João, e acabei ouvindo. Quanto ao seu horário de trabalho, você me disse antes do filme que teríamos que terminar cedo, porque você teria que estar às 7h30 dando aula. Só falta saber que horas te pego no trabalho. Eu faço meus horários, qualquer coisa cancelo alguma reunião. Eu me comprometo a te pegar e deixar em casa, mas antes iremos tomar um café, ou suco, ou sorvete... O ideal mesmo seria eu dormir na sua casa, mas acho que está cedo para isso. Quero te conhecer melhor, apesar de te conhecer há anos. — Dou risada. — Portanto, por hoje é só um licor. Ok?

— Podemos deixar o licor para outra hora? Gostei muito da noite, quero repetir, mas acho que se formos, hoje, além do que já fomos, vai estragar. E não bebo na noite anterior a uma aula como a que darei amanhã. Será uma bem difícil, sobre um assunto que mexe muito comigo pessoalmente, e que um dia eu te contarei. E para a aula de amanhã, irei buscar uma convidada.

— Ok, então. Mas nos vemos na terça? Quer que te pegue no trabalho, ou em casa mesmo?

— A gente vai combinando — confirmo ao perceber que chegamos à minha casa.

Quando olho para a portaria, tenho a sensação de que estou sendo observada. Procuro pela rua, mas não acho ninguém.

— Está tudo bem?

Ele percebe que há algo errado ao abrir a porta para mim. Eu demoro mais um pouco para sair do carro. Meus sentidos estão em alerta e não consigo entender por quê.

— Uma sensação estranha, como se estivesse sendo observada. Sabe a calmaria antes do caos? Parece que estou pressentindo alguma coisa ruim. — Ele pega minha mão, dá um beijo e me abraça.

— Eu vou te levar até sua porta. Se você quiser, fico mais um pouco, sem necessidade de licor, só até você se acalmar. — Ele me acompanha, olhando ao redor, procurando por alguma coisa de errado. Subimos juntos até a minha porta.

— Muito obrigada, Felipe! Acho que foi só loucura minha, neurose. Já passou. Agora estou segura. Vou trancar a porta e deixar o celular comigo o tempo todo, caso precise de ajuda.

Dou um abraço nele, mas meus olhos percorrem o corredor do meu andar, como se algo fosse aparecer. A sensação não passou e Felipe percebe.

— Tem certeza de que não quer que eu entre? Posso dormir na sala, sem problemas. — Confirmo com a cabeça. — Aliás, deixe-me ver se está tudo bem aí.

Ele entra e olha o apartamento todo, mas não encontra nada de errado. Ele se despede e me deixa sozinha, com a casa trancada e as luzes acesas. Mando mensagem para meus amigos. Em vinte minutos Beto chega para dormir aqui comigo.

Acordamos supercedo e eu mal consegui dormir.

— Beto, desculpe por ter te incomodado. Mas a sensação foi bem estranha mesmo. Eu me senti como num daqueles filmes em que a mocinha está sendo observada pelo *serial killer*.

— Será que tinha algum ladrão, esperando Felipe entrar no carro para te assaltar? Às vezes eles abordam na portaria, para subir com a vítima. Da próxima vez, entrem com o carro para a sua garagem, assim vocês não correm risco.

— Boa ideia! Amanhã a gente combinou de assistir a outro filme. Mas acho que vou chamar para assistir aqui em casa mesmo. Fiquei com medo. A sensação não foi nada boa.

— E claro que o macho alfa do Felipe vai adorar ficar na sua casa. Fale a verdade, era o que você queria o tempo todo. Uma noite tranquila de filme, com um sexo selvagem de sobremesa — fala, enquanto saímos do prédio, no meu carro.

A sensação volta e procuro ao redor por alguém ou alguma coisa, mas não encontro nada. Deixo Beto em casa e pego Érica para irmos para a faculdade.

Capítulo 20

Dia 28 de novembro de 2016...

Hoje o dia foi estranho, entre emoções fortes ao falar sobre direito da mulher nas aulas da manhã, um almoço tenso no restaurante da esquina, pois achei mais uma vez que estava sendo observada, e provas à tarde. Quando chego em casa, parece que participei do Ironman. Meu corpo está exausto, minha mente não para. Tomo um banho, depois tomo uma sopa e vou dormir, sem nem olhar para meu celular.

Acordo atrasada, parecendo que não dormi nada. Pego uma fruta e saio ainda comendo no carro. Na faculdade, pego um café duplo e vou para a sala. Tenho uma reunião com meu grupo de pesquisa, no horário de almoço, o que me fez comer apenas um sanduíche. A aula seguinte é bem tensa, pois estamos estudando um caso complicado, que está dividindo a opinião da turma. Quando acabo é que, finalmente, posso olhar meu celular.

Fiquei imediatamente tensa, pois Paty havia me ligado trinta vezes. Beto, Tereza e Estela também me ligaram muito. No total,tenho setenta e duas chamadas não atendidas e mais de quatrocentas mensagens. Ligo para Paty, sem nem ler as mensagens.

— Duda, está tudo bem com você? Onde você está? Já viu o que aconteceu? — Paty dispara, sem nem me deixar falar.

— Calma, Paty. O que aconteceu? Eu estou bem, saindo da faculdade e indo para casa. Alguém se acidentou? Morreu? Paty, fala logo.

— Não, estamos todos bem, só preocupados. Estou tentando falar com você desde ontem e você não atende e nem olha as mensagens. Você está dirigindo?

— Estou, sim, acabei de sair da faculdade e estou indo para casa. O que está acontecendo?

— Primeira coisa, não pare em lugar nenhum. Vá direto para casa. Se parar num sinal fechado, deixe os vidros fechados e observe bem o seu redor. Eu estou indo para sua casa. Não atenda celular até chegar lá. E só pare na sua garagem. — Desliga, deixando-me sem respostas e muito preocupada.

Eu a encontro na minha garagem. É visível a tensão no rosto dela. Mal desço do carro e ela já me puxa para o elevador. Paty não fala nada até estarmos no apartamento, devidamente trancadas.

— Pronto, agora que estamos aqui. Se sente e beba esta água.

Eu me sento, assustada, enquanto pega um copo de água.

— Paty, o que está acontecendo. Você está me assustando — falo, sem beber a água.

— Somente ontem fui avisada de que Neto foi solto. Ele já sabe que o ateliê não lhe pertence mais. Deve estar puto da vida. Fiquei com medo de que viesse para cima de você. Está livre desde sábado. Seu ex entrou em contato de alguma forma? Ele não foi para o ateliê, achei que tivesse vindo para cá. Aí você não atendeu, não respondeu... Beto me falou da sua sensação de ontem, eu achei que fosse Neto e todos nós ficamos desesperados.

— Neto está livre? Desde sábado? Mas ele não me procurou. Nem ligou e nem esteve aqui. Pelo menos não que eu tivesse visto. Será que a sensação de estar sendo observada...

— Pode ser que ele esteja te observando. Mas, também pode ser apenas neurose nossa. Por garantia, não vacile sozinha na rua e tranque bem a casa. Você trocou a fechadura, não foi? Estou buscando alguma forma de deter ele de novo. Pedi vistas ao processo e estamos analisando, para ver se achamos uma maneira dele responder o processo ainda preso, mas está difícil, já que é réu primário. Estou tentando localizar Micaela, pois ela retirou a queixa contra ele. Se ela mantiver a queixa, fica mais fácil ele ser preso novamente. Ela mudou de número e de endereço. Passei lá ontem e ninguém atendeu. E o celular só dá caixa. Ela está de férias do trabalho também.

— Ela retirou a queixa? Por quê? Ela parecia tão segura nisso. Foi por conta dela que eu tive coragem para denunciá-lo. — Bebo a água quase toda e percebo que é água com açúcar.

— Não sabemos. Eu achei bem estranho. Fui até a casa da mãe dele. Ou ela é uma boa atriz ou ele realmente não está lá. Ela sabia que ele estava para sair, mas disse que não achou que seria agora. Já denunciei que ele não está no endereço da mãe. A polícia ainda vai lá para confirmar minha denúncia.

Meu celular vibra e eu quase pulo de susto. É uma mensagem de Felipe.

"Boa tarde, linda. Te pego que horas?"

Eu repondo.

"Felipe, eu estou com uma emergência aqui. Falo com você daqui a pouco, ok? Mas talvez tenhamos que adiar o nosso encontro..."

Recebo mais uma mensagem, mas volto minha atenção para Paty, que está à janela.

— Você está vendo Neto?

Corro para a janela, mas não acho ninguém suspeito na rua.

— Não, mas confesso que vim aqui para tentar achá-lo. Quem era na mensagem?

— Felipe, eu tinha combinado de ir ao cinema com ele, mas já pretendia mudar para a gente assistir um filme aqui. Depois desta, não tenho nem cabeça, vou cancelar.

— Duda, é melhor não cancelar. Eu não posso ficar aqui, pois tenho uma audiência daqui a pouco, Tereza tem paciente, Estela tem uma obra e Beto está no trabalho. Talvez ele vir para cá seja mais prudente, assim você não fica sozinha. Apesar de achar que em casa você está segura, é preferível ter a presença de alguém com você. Eu vou me sentir melhor. E acho que vai ser bom para sua cabecinha, também, ter uma distração. Será que ele pode vir agora?

— Será? Eu teria que explicar muita coisa para ele e não sei se estou a fim de me expor.

— Pergunte se ele pode vir. Você explica se estiver à vontade, caso não, vocês apenas assistem ao filme e comem uma pizza. Não era este o plano inicial, de qualquer forma? Um filme?

— Ok. Vou mandar uma mensagem. Ele até respondeu alguma coisa aqui — falo, lendo as mensagens.

"Linda, aconteceu algo? Posso ajudar? Sou seu guardião, lembra?"

Dou uma risadinha e respondo.

"Aconteceu, mas não sei se quero falar agora, principalmente por mensagem. Você poderia vir para cá agora? A gente assiste a um filme aqui, pede uma pizza... O que acha? Se criar coragem eu te explico tudo. Só não garanto que será hoje, mas garanto que este dia vai chegar. Só preciso de você aqui o mais rápido possível. Pode ser? Ou você está ocupado no trabalho?"

"Te falei que mudo meus horários por você. Estou montando no meu cavalo para ir te salvar, minha princesa. Prepara um café bem gostoso. Quer algo da rua?"

"Só você aqui o mais rápido possível. Ah! Muito obrigada! Não sei como te agradecer!"

Dou uma risada.

"Tenho algumas ideias bem interessantes para isto. Já estou entrando no carro, chego já."

Paty está me olhando, ansiosa, já com a bolsa no ombro.

— Já está vindo, Paty. Não se atrase. Eu vou relembrar na portaria que Neto não pode entrar aqui, por motivo nenhum. E ficarei trancada aqui até Felipe chegar. Vou tranquilizar a todos também. Mas acho que, se Neto não me procurou até agora, não irá me procurar. Ele é impulsivo demais para esperar tanto tempo para agir.

— Vou deixar a cópia da medida restritiva na portaria, para eles entenderem que é sério. Neto não pode passar do portão. Amanhã você trabalha? — Confirmo com a cabeça. — Deixe na faculdade também, e fale com Sofia. Ela sabe bem o que aconteceu, mas é bom relembrar. Todos os funcionários precisam estar atentos. A faculdade é um lugar fácil de entrar e sair sem ser percebido. — Paty me dá um abraço forte. — Eu vou fazer de tudo para colocar ele de novo na cadeia. Prometo!

Ela sai, tranco a porta e ligo para o porteiro, avisando sobre Neto. Ando pela casa, procurando um lugar seguro e afundo no chão do quarto de hóspedes, morrendo de medo. Só levanto quando ouço o interfone. Felipe está subindo.

Abro a porta e praticamente o puxo para dentro, trancando-a em seguida. Dou um abraço e começo a chorar. Ele não fala nada, apenas faz carinho, em silêncio. Assim que me acalmo, ele me acompanha até o sofá, limpa o meu rosto das lágrimas e me dá um beijo na testa.

— Você quer um pouco de água? — Confirmo com a cabeça. — Vou à cozinha pegar. Você vai ficar bem aqui?

Anuo com a cabeça. Ele se levanta e ouço o barulho dele abrindo os armários procurando o copo. Dou uma risada baixa.

— Está no armário ao lado da geladeira. E tem café na cafeteira. Pegue para você também. A xícara está ao lado da cafeteira. — Ele volta com um copo de água e duas xícaras de café.

— Então, você escolheu o filme que iremos assistir? Ou é melhor eu escolher?

Percebo que está se controlando para não perguntar o que está acontecendo comigo. Ele está sendo um ótimo amigo.

Neste momento, meu celular vibra e eu dou um pulo, de susto. Olho o celular e vejo que é Tereza, dizendo que pode dormir aqui comigo, mas que só vai poder chegar às 22h. Respondo que vou adorar e agradeço.

— Bem, Felipe... Confesso que não pensei em nenhum filme e que nem estou com cabeça para assistir nada. Mas preciso me distrair com alguma coisa. — Ele concorda com a cabeça. Parece um pouco pensativo, talvez analisando as possibilidades. — Mas se você tiver alguma sugestão de filme...

— Que tal darmos uma volta? Poderíamos ver o pôr do sol, o que acha?

— Não posso sair de casa. Não é seguro.

Ele me olha, preocupado.

— Não tenho o direito de perguntar o que está acontecendo, mas quero te ajudar e não sei o que fazer. Tem alguma coisa que precise saber para não te atrapalhar mais do que te ajudar?

— Felipe... — Respiro, tomando coragem para falar o que precisa ser dito. — Eu vou te falar, mas me prometa duas coisas. — Ele confirma com a cabeça. — Prometa que vai ficar aqui até Tereza chegar, às 22h, independente do que eu te disser.

— Prometido. Prometo até dormir aqui, se você quiser. Tereza pode estar aqui também, mas eu vou me sentir melhor estando por perto.

— A gente vê isso depois. A segunda coisa, prometa que não vai me olhar com olhar de pena, nem vai me julgar.

— Nossa... O que aconteceu? — Eu o encaro, esperando que ele prometa. — Não tenho como prometer isto se não sei o que aconteceu, mas te ouvirei de coração aberto. E olhar de pena?

Nunca faria isso. Juro te ouvir até o final e conversar sobre o que você vai me falar, prometo não tirar conclusões precipitadas e tentar te entender e entender a situação. Pode ser assim? — Concordo com a cabeça.

— Então, vou fazer um resumo breve. Se você quiser, posso entrar na versão mais completa, mas a informação básica já vai ter sido dada. — Eu me acerto no sofá. Ele segura minha mão, para me dar coragem. Não consigo olhar nos olhos dele e sinto que lágrimas estão se formando nos meus olhos. — Eu sofri um relacionamento abusivo. Meu ex-marido, além de me abusar psicológica, emocional e sexualmente, me bateu, me sequestrou e foi preso. Porém, ele foi solto no sábado e estamos achando que ele pode vir se vingar de mim. Fui eu que o coloquei na cadeia. Além disso, retirei este apartamento e o ateliê do nome dele. — Respiro, sentindo as lágrimas caindo como cachoeira no meu rosto.

Felipe fica num longo silêncio. Sua falta de reação me faz procurar seu olhar e parece que está distante no tempo e no espaço. Eu solto minha mão da dele que nem percebe, permanecendo imóvel. Fiz besteira, não deveria ter contado nada. É uma carga muito pesada para lançar para alguém que reencontrei há pouco tempo. Vou até a cozinha, coloco o copo na pia e volto. Ele permanece parado e isto começa a me incomodar.

— Sei que pedi que você ficasse aqui até Tereza chegar, mas se estiver se sentindo tão incomodado assim, pode ir embora. Eu ligo para outra pessoa ou fico sozinha. Já enfrentei Neto antes e posso fazer isto de novo, caso seja necessário. Vou entender se você não me procurar mais. Espero que seja muito feliz. Foi legal te reencontrar.

Vou até ele e estendo a mão, para me despedir. Ele permanece imóvel, como se não estivesse vendo ou ouvindo qualquer coisa.

— Felipe, pode ir, sem problemas. Vou mandar uma mensagem para uma amiga vir até aqui, assim não ficarei sozinha. Mas você não tem a obrigação de cuidar de mim. Desculpe por ter te pedido isso.

Começo a digitar uma mensagem para Érica, quando sinto Felipe retirando o celular da minha mão.

— Não mande mensagem para ninguém, eu prometi que ficaria aqui e vou. Desculpe se dei a impressão de que não queria cuidar de você. Me conte melhor o que aconteceu. Eu quero entender tudo para saber o que fazer exatamente. Depois que você falar, vou tentar te explicar a minha reação. Pode ser? Confie em mim e me conte tudo.

Eu explico, em detalhes, tudo o que aconteceu nos últimos meses. Felipe me interrompe algumas vezes, para fazer perguntas. Mas, no geral, ele permanece quieto, ouvindo, olhando para o nada.

— Você comeu direito hoje? — Felipe pergunta, logo após eu terminar de contar. Fico sem entender nada, mas nego que tenha comido direito. — Ok. Pediremos algo para comer e a gente conversa de barriga cheia. O que acha? Já está quase escurecendo e eu preciso conversar com você, antes que sua amiga chegue. Aliás, diga para ela que nem precisa vir. Ficarei aqui, com certeza. Mesmo que você não queira, não vou te deixar aqui sem seu guardião.

Digita algumas coisas no celular.

— Vou pedir comida de verdade, porque você precisa se nutrir, enquanto você avisa a sua amiga que você ficará bem comigo. E, desta vez, não aceito um não como resposta. Estou cuidando de você hoje. Ela pode vir amanhã ou outro dia. Mas hoje serei eu quem cuidará de você. Temos muito que conversar. — Ele liga para um restaurante, enquanto mando mensagem para Tereza, explicando que Felipe vai ficar aqui.

A comida não demora muito para chegar. Antes disto, ele pediu para tomar um banho e um empregado dele trouxe uma sacola com roupas e objetos pessoais. Eu também tomo um banho, pois estava na rua desde cedo. O jantar foi estranho, calmo, mas com a sensação de que a tormenta estava para chegar.

— Você lembra o que você sonhava ser quando estava na escola? — pergunto, tentando trazer um pouco de leveza ao nosso jantar.

— Lembro. Queria ser paraquedista, ou surfista, ou piloto de Fórmula 1. Hoje morro de medo de surfar, depois que quase morri no Havaí.

— Você quase morreu no Havaí?! Surfando?

— Sim, pouco depois que saí do colégio, fui *mochilar* na Europa, no meu ano sabático. Lá comecei a trabalhar num hostel, onde conheci uma havaiana. Eu me apaixonei por ela e me mudei para o Havaí. Pensei que seria legal realizar meu sonho de ser surfista e comecei a surfar todos os dias, o dia todo. Com o passar do tempo, ganhei mais confiança e resolvi surfar ondas gigantes, mas era irresponsável o suficiente para achar que era bom. Fui sem preparo e sem uma equipe de apoio. Simplesmente me joguei no mar da praia de Jaws, sozinho. Por sorte a equipe de outro surfista estava lá. Na minha primeira tentativa de pegar uma onda gigante eu caí, a prancha bateu na minha cabeça, bem aqui.

Mostra uma cicatriz enorme, no meio do cabelo dele.

— Apaguei na mesma hora e só acordei um mês depois, sem saber direito quem eu era, nem onde estava. Eu não me lembro do acidente, só de chegar na praia e depois lembro de ter acordado no hospital. As pessoas que me salvaram me contaram que eu fui direto para o mar, sem preparo nenhum, sozinho, sem falar nada com ninguém e sem ouvir os avisos para sair. Eles foram meus anjos. Depois disto, até entro no mar, mas odeio passeios de lancha, não vou nem para a ilha de *ferry*. Surfar? Nem em vídeo game! Deus que me defenda! — Solta uma gargalhada.

— Felipe, você é mais maluco do que eu pensava. Primeiro, nem sabia que você tinha *mochilado*. Morri de inveja agora. Sempre foi meu sonho conhecer a Europa toda. E ainda vou realizar! Depois vou querer saber dos detalhes... Segundo, você morou no Havaí, depois de conhecer uma havaiana num hostel? Aí vira surfista, do nada, e resolve pegar uma onda gigante. Totalmente maluco!

— Eu confesso que vivi! Aprontei tudo o que devia aprontar, fiz um monte de besteira! Mas também fiz um monte de coisas interessantes. Hoje estou quieto no meu canto, procurando criar raízes. Mais interessado em curtir isso que a gente está tendo agora, do que encarar uma onda gigante. Entende? A fase da adrenalina pela adrenalina já passou. E eu experimentei tudo o que tinha que viver. Fui preso em Marrocos, conheci e jantei com mafiosos na Itália, morei num ateliê em Paris, num pub em Londres, numa plantação de tulipas em Amsterdã, num acampamento de nômades no Quirguistão. Nossa... Acho que só sosseguei um pouco quando morei na Alemanha, isto porque foi quando me casei, de verdade.

— Você foi casado? Como eu nunca soube disto?

— Longa e triste história. Um dia te conto, quem sabe... — Ele olha para o nada, lembrando. Percebo uma tristeza no seu olhar, mas que ele logo tenta afastar, com uma história mais alegre. — Teve uma vez, em Marrocos, que eu estava no bar de um hotel, trabalhando de garçom, e uma das dançarinas que se apresentava lá tomou uma droga muito estranha e errou tudo no show. Nossa, ela estava bem mal...

Ele vai contando, rindo, mas eu fico pensando no que ele está tentando esconder. O que esta parte da vida dele tem de tão triste e como posso ajudá-lo a superar, da mesma forma que ele está me ajudando agora.

Passamos a noite toda conversando e rindo. Ele consegue me fazer relaxar, apesar de continuar preocupada, com Neto solto por aí... Eu nem sei a hora que eu apago. Acordo, de madrugada, na cama, de camisola, com Felipe dormindo no chão, ao lado. Vou beber uma água, mas ao chegar à cozinha, tenho a sensação de que há alguém na área de serviço, observando-me.

Pego uma faca, com todo cuidado, fazendo o mínimo de barulho possível, sem acender a luz. Caminho, como se estivesse apenas indo colocar um copo na pia, acendo a luz da área e grito, esfaqueando o ar. Felipe chega rapidamente e me imobiliza em questão de segundos. Ele está com uma arma na mão, procura pela casa toda e não acha ninguém. As janelas continuam fechadas, as portas trancadas.

— Desculpe. Eu estou muito nervosa e acabei imaginando coisas. Para mim, aquela samambaia era o tronco de uma pessoa, abaixada... — falo, tomando um chá que Felipe me deu. — Por que você tem uma arma?

— Eu tenho porte de arma, não se preocupe quanto a isso. Normalmente, eu não saio com ela. Quando você me contou sobre o seu ex, achei que seria melhor que minha arma tivesse aqui esta noite. Eu não suporto andar armado, mas na minha posição, preciso, além de sair sempre com segurança.

— Você tem segurança? Mas eu nunca vi... Você o dispensou quando saiu comigo?

— Eu nunca fico sem segurança. O grande lance de se ter segurança é que ninguém deve perceber que você tem um.

— Você trabalha com o que exatamente? Achei que você fosse empresário do setor de cultura.

— Mais ou menos. Digamos que eu trabalhe com setor de segurança e vigilância para a área de cultura. — Olho para ele com dúvida — É bem complicado de se explicar, principalmente esta hora da madrugada. Vamos voltar a dormir. Você está segura comigo. Nunca te acontecerá nada de mal. Amanhã nós iremos conversar sobre seu esquema de segurança, ok? Mas por enquanto, descanse esta cabecinha linda no meu ombro e durma! Eu estou aqui velando seu sono, sendo seu guardião.

Ele me dá um beijo na testa e faz cafuné, até eu dormir de novo. Dormimos assim, abraçados. Acordo com o despertador e sinto o calor do seu peito. Ele não me soltou em momento nenhum do sono. Quando tento me mexer, para sair da cama, ele só sussurra para que eu fique mais um pouco, enquanto ele prepara um café da manhã para a gente.

Eu fico de bobeira na cama por mais uns cinco minutos, mas me levanto para tomar banho e ir para o trabalho. Chego na sala e vejo que Felipe já colocou a mesa, com o que ele conseguiu achar, fez café, colocou uns biscoitos, torradas, geleia, frutas e queijo. Comemos rapidinho e eu lavo a louça, enquanto ele toma um banho. Saímos ao mesmo tempo, mas ele vai para o trabalho dele e eu para o meu. Cada um no seu carro.

Quando chego à faculdade, percebo que tenho algumas mensagens. Respondo logo aos meus amigos, contando como foi a noite e explicando que estou bem e em segurança. Vejo que recebi outra mensagem daquele número desconhecido.

— *Dormiu bem? Espero que esteja com saudades. Em breve vamos nos reencontrar.*

— *Quem é você? Acho que está mandando a mensagem para a pessoa errada.*

— *Será? Acho que é para você mesmo.*

Fico me perguntando quem seria esta pessoa. Dou as aulas da manhã sem problemas. Almoço com Sofia e fazemos planos para o final do semestre. Eu volto a trabalhar, quando recebo um buquê de flores. No cartão apenas dizia: "Obrigado por permitir meu retorno a sua vida!" Não tinha assinatura, mas vi logo que era de Felipe. Mando uma resposta por mensagem, pois estou entrando em aula.

— *Quem te agradece por tudo sou eu. Nem sei se mereço sua volta a minha vida.*

Meu celular vibra de novo, mas eu não pego a resposta, pois estou em aula. Exatamente no meu horário de saída, vejo Tereza à porta da sala. Ela está aqui para me acompanhar até em casa. Não sei o que seria de mim sem meus amigos.

Capítulo 21

Dia 7 de dezembro de 2016...

A semana passa numa velocidade incrível. Neto não aparece e nem entra em contato. Micaela sumiu do mapa, não conseguimos encontrá-la em nenhum lugar. Sem respostas no celular e ninguém atende na casa dela. Neto não aparece na casa da mãe dele também. Felipe instala algumas câmeras no meu apartamento. Se alguém entrar lá, um aviso vem direto para meu celular, para o de Felipe e para a central de vigilância. Um alerta é emitido e imediatamente as câmeras começam a gravar tudo.

Quando chego, desligo o sistema, apenas depois de verificar se não tem ninguém mesmo na casa. Meus amigos já pararam de fazer revezamento de quem dorme na minha casa, mas a presença de Felipe está mais frequente. Ele vai lá todos os dias, seja para tomar café da manhã comigo, seja para jantar, seja para passar a minha tarde de folga lá. Estou gostando de ter ele por perto. Me sinto mais segura.

Estou tendo aulas de defesa pessoal também, além de *Muay Thai*. Felipe insistiu nisso. Só não estou fazendo aulas de tiro porque achei que era demais, mas se dependesse dele, estaria no clube do tiro também. Aceitei o segurança por dez dias apenas, depois de muita insistência de Felipe e dos meus amigos, mas confesso que nem percebo se ele está me seguindo ou não, ele é muito discreto. Só o vi uma vez, quando um dos meus alunos resolveu fingir que estava roubando minha bolsa na cafeteria. Ele se aproximou e segurou o braço dele nas costas, discretamente, o conduzindo até a saída. Se não tivessem me chamado, meu aluno estaria com problemas.

Durante todo este período, Felipe não falou sobre nós ficarmos, nem me chamou para um encontro. Creio que entramos na zona de amigos, o que é ótimo, pois gosto muito de estar com ele, de conversar com ele. Com ele me sinto leve, de um jeito bem próximo ao que me sinto com meus amigos. Beto e Ivana estão saindo, e ele continua reclamando da estagiária que colocaram no lugar de Cleide. Tereza e João namoram oficialmente. Eles não se desgrudam, dormem todos os dias juntos, ou na casa dela, ou na casa dele. Acho que vai dar casamento. Estela e Paty continuam muito bem casadas e felizes com seus maridos. Tudo em paz no paraíso. Mas sempre me pergunto: existe paraíso? Ou é apenas um período entre infernos?

Ontem foi o último dia com o segurança. Apesar de nunca perceber a presença dele, não me acostumei à ideia de tê-lo por perto, por isto encerrei o período antes do combinado. Eu me sinto mais segura, mas sei que era só psicológico. Não tem porque eu ficar tensa. Ninguém está me seguindo, observando-me. Ninguém vai me fazer mal.

Quando acaba a aula, dou uma passadinha rápida no shopping, para comprar uma roupa. O aniversário de Estela será na sexta e todo ano a gente vai para o mesmo bar. Foi lá onde conheci o Neto e esta será a primeira vez que volto lá depois que me separei. Quero estar me sentindo linda e confiante.

Eu compro um vestido vermelho bem sensual. Parece que foi feito para mim. Pago muito caro, mas vale cada centavo. Aproveito que estou no shopping, faço meu programa preferido, ler numa cafeteria, tomando um café delicioso e comendo um pedaço de torta. Fico por lá durante umas duas horas até que volto para casa. Eu recebo uma cesta de queijos e vinhos, uma caixa de chocolate e um ursinho de pelúcia. Todos sem cartão. Fico curiosa, mas imagino que tenha sido Felipe, então mando uma mensagem.

"Oi, Lipe, tudo bem? Você vem aqui hoje?"

"Oi, linda. Estive aí pela manhã. Agora estou entrando num jantar de negócios. Lembra que te chamei para vir comigo? Mas mandei uma surpresinha para você. Espero que você goste. É para você não se sentir sozinha com minha ausência."

"Foi você? Adorei os presentes! O ursinho é lindo! Vou chamá-lo de Lipe! E vou guardar as outras coisas para quando você puder dividir comigo."

"Nunca vi mulher resistir a chocolate. Pode comer tudinho, eu deixo apesar de adorar te ver devorando uma caixa de bombons. Quanto ao nome do ursinho, só vale se você dormir agarrada com ele. Mais tarde falo com você, eles chegaram. S2"

Como os bombons imediatamente. Guardo os queijos na geladeira e o vinho na adega. E sigo para meu quarto, agarrada ao ursinho Lipe. Durmo tranquila.

Finalmente é o aniversário de Estela. Chegamos a sua casa às 6h da manhã, para prepararmos um café especial. Como temos a cópia da chave, entramos direto, como combinado com o marido dela, e preparamos a decoração, colocamos a mesa e fazemos o café. Ela acorda comentando sobre o cheiro delicioso que está sentindo e vem até a sala. Desta vez conseguimos fazer surpresa! Não podemos demorar muito, por conta dos nossos trabalhos, mas combinamos de almoçar juntos, e ainda temos a festa à noite.

Acabo a aula e vou correndo para casa, para me arrumar. Tomo um banho demorado, janto e começo a preparar meu cabelo. Faço um coque alto, bem justo. A maquiagem é sempre minha dificuldade, pois não sou muito de me maquiar, mas passo um delineador bem marcado, sem sombra, capricho no rímel, para que meus olhos chamem atenção. Na boca, fico na dúvida entre um batom vermelhão, ou um *gloss* apenas. Acabo optando pelo vermelhão. Coloco uma lingerie super sexy, com cinta-liga, e visto meu vestido. Pego meu sapato de salto agulha e coloco. Olho-me no espelho e estou me sentindo superpoderosa, sensual, confiante. Coloco o perfume, pego minha bolsa, meu celular e chamo um carro pelo aplicativo. Desço imediatamente.

— Dona Duda, a senhora está ainda mais linda. — Recebo o elogio de Marcos, o porteiro.

— Obrigada! — Dou uma voltinha. Marcos está neste prédio há uns vinte anos, pelo que fala, conhece todos aqui e me trata como se fosse filha. — Aquele carro ali é um prisma? Nunca sei reconhecer.

Ele confirma e vou para a rua.

Assim que fecho o portão do prédio, a sensação de estar sendo observada volta. Eu olho para os lados, esperando ser atacada a qualquer momento, mas procuro e não encontro nada e ninguém. Ainda fico em alerta, procurando, por mais um tempinho, até que o motorista chama minha atenção e entro no carro. Meu coração está disparado. Chego ao bar e encontro Beto.

— *Baby*, você vai ser presa a qualquer momento! Veio para matar quem? Porque eu já morri só com os estilhaços. — Ele me dá um beijo e um abraço forte. — Se ficar sozinha a noite toda, podemos lembrar que somos "amigos com benefícios", o que acha?

— Não pretendo matar ninguém hoje. Mas também não pretendo ficar sozinha. Vamos ver o que a noite nos reserva. — Jogo charme.

Pouco depois quase todos chegam, mas falta Felipe. Ficamos à mesa mais próxima ao palco, mas longe da caixa de som. Eu bebo alguns drinks e me levanto para dançar com Tereza e João, pois está tocando uma música que adoro!

A música me remete a uma época muito boa da minha vida, quando me sentia uma mulher livre, sensual, leve, despreocupada e com um futuro pela frente. Deixo meu corpo se encher desta sensação de novo, fecho meus olhos e danço, soltando o meu desejo de ser assim de novo. Acho que nunca dancei assim antes, como se não tivesse ninguém me olhando, julgando-me. Faço todos os movimentos sensuais que sempre quis, e que podei a vida toda, deixo que meu corpo se sinta sinuoso, atento ao menor toque, sem medo de ser repreendida.

Quando acaba a música, abro meus olhos e vejo que Felipe está olhando vidrado para mim. Ainda na energia da música que havia dançado, vou cumprimentá-lo.

— Você está incrivelmente linda, sensual, gostosa para porra! Vamos dançar, por favor! — pede já me levando para a pista.

Ele coloca sua mão no meio das minhas costas e começa a massagear. A outra mão ele pousa na minha cintura, um pouco mais abaixo do que se é aceitável e me puxa para perto. Posso sentir seu tesão, pois está pulsando na minha barriga, de tão perto que nossos corpos estão.

Coloco meus braços em volta do seu pescoço e sinto seu cheiro. Nossa, ele cheira muito bem. Uma mistura de perfume importado, uísque e testosterona. Colo ainda mais meu quadril no dele, ouvindo seu suspiro alto.

— Que bom que você chegou, achei que você não viria — digo, ficando na ponta dos pés, para sussurrar ao seu ouvido, roçando meus lábios de leve na sua orelha. — E isto aqui não teria nenhuma graça sem você.

— Você está brincando com fogo. — A mão dele desce um pouco mais para a minha bunda e ele a aperta. Sinto sua barba por fazer roçando meu pescoço e ele dá um beijo no lóbulo da minha orelha, deixando-me louca. — E eu ainda nem cheguei direito. Temos a noite inteira pela frente e você já me deixou assim. — Ele me puxa para mais perto, depois desce um pouco a mão e toca por cima da lingerie. — Cinta-liga?! Tem certeza de que você quer ficar aqui? O que acha da gente sair?

Beija meu pescoço, minha orelha e minha boca.

— Vamos ficar um pouco aqui. É aniversário de Estela. Mas acho que você vai ganhar um presente hoje — sugiro, descendo minha mão até o cinto dele, colocando meus dedos dentro da calça.

— Melhor a gente parar agora, senão vou tirar sua roupa e te chupar aqui mesmo.

Leva a mão que está nas costas até quase meu seio. E eu mordo meu lábio, de prazer. Já estou completamente molhada.

— Ok, mas vou precisar ir ao banheiro, não consigo ficar assim. Estou ensopada.

— Tenho uma ideia melhor, vem comigo.

Ele me leva para fora do bar, onde o carro dele está estacionado e faz sinal para um cara que está fumando na rua. Paramos à porta de uma casa, que está na escuridão completa, e começamos a nos beijar. De início vem com calma, tentando sentir a minha reação. Mas, em seguida, o beijo se transforma num beijo apaixonado, urgente, possessivo. Sinto sua mão me puxando para mais perto, levantando meu vestido. Sua outra mão agarra meu seio esquerdo, que está duro. Levanta o vestido apenas o suficiente para poder seguir o limite da minha calcinha. Felipe para de me beijar e eu protesto imediatamente.

— Shhhh, quietinha, ninguém pode nos ouvir. Se controle, Duda. Só quero ver o quanto você está pronta para mim. — Instiga, enquanto seu dedo começa a roçar no tecido da calcinha.

Eu não consigo controlar a respiração e jogo a cabeça para trás.

— Felipe, por favor, eu não aguento... Para... — Ele para imediatamente, olhando-me. — Não! Não é para parar de verdade... Continua.

Ele coloca o dedo por baixo da calcinha, e enfia em mim.

— Huuummm... Está molhadíssima! — Ele tira o dedo e lambe. — E que delícia! Duda, vamos embora. Ele baixa meu vestido e me puxa.

— Não posso ainda. Adoraria sair com você, mas o aniversário está apenas começando. Que tal dormir lá em casa hoje?

— Que tal você dormir na minha casa hoje? — Ele me dá um beijo e enfia dois dedos em mim. — Nossa, vai ser difícil aguentar muito tempo aqui na festa, lembrando deste sabor. Preciso que você seja minha logo! — diz, enfiando os dedos, mais rápido, mais fundo.

— Felipe, para, por favor! Estou quase gozando no meio da rua. E eu não vou conseguir gozar baixo... — rosno, cravando a unha nas suas costas.

Ele solta um gemido de prazer.

— Ok. — Tira os dedos e chupa. — Vamos. Mas não vou aguentar muito tempo, ok? Preciso te ter.

Percebo que a rua está deserta. O homem que estava fumando, está agora na esquina, de costas para a gente.

Voltamos para o bar e vejo uma risadinha no rosto de Beto, que percebeu o que acabou de acontecer. Felipe vai até o bar pegar duas bebidas e Beto vem até mim.

— *Baby*, o que foi aquilo na pista? Eu quase me masturbei vendo você dançar. O bar todo parou para te ver. Depois você e Felipe dançando, parecia que vocês estavam transando. Aí você some e volta toda amarrotada. Deu uma rapidinha?

— Para com isto! Eu jamais faria isto no meio da rua. — Beto levanta a sobrancelha, dando um sorriso irônico. — Ok, nós já fizemos, mas isso tem tempo. Felipe e eu somos amigos, mas hoje vai rolar um sexo delicioso. Estou cheia de tesão. E ele tem sido tão presente na minha vida, cuidando de mim.

— Epa! Nós também estamos cuidando de você! Você retribui transando? Quando vai ser comigo?

Damos muita risada e nos abraçamos. Ficamos assim, abraçados, vendo nossas amigas dançando, lembrando dos outros aniversários.

— Estou atrapalhando algo? — Felipe chega, entregando-me a bebida e me puxando para perto dele. Ou seria para longe de Beto? O rosto dele está sem expressão nenhuma, mas sinto uma hostilidade em relação ao meu amigo. — Tudo bem, Roberto? Eu não vi Ivana, ela está dançando?

— Ivana não foi convidada. Estou seguindo carreira solo.

— O que aconteceu? Vocês estavam tão bem — comento, percebendo que deveria ter notado a ausência dela. Aliás, faz tempo que não converso com Beto sobre ele. Ultimamente tudo tem sido tão centrado em mim. Preciso ser uma amiga melhor. Eu me aproximo mais do meu amigo, mas sinto a mão de Felipe na minha perna. — Você está bem? Quer conversar?

— Não preciso conversar. Está tudo ótimo, pelo menos comigo. Estava curtindo sair, mas percebi que ela estava querendo mais e muito rápido. — Beto abre uma cerveja que está no balde da mesa. — Só para você ter uma ideia, semana passada ela me deu a chave do apartamento dela, caso ela perdesse a cópia dela. Bem, na quarta ela cobrou porque nunca usei a chave, nem levei minhas coisas para lá.

Eu dou uma risada, percebendo que isso não é um grande problema. Beto está arranjando uma desculpa. Ele percebe e continua a falar.

— Ela também cobrou porque não dei uma cópia da chave do meu apartamento. E me comunicou que hoje nós iríamos jantar com os pais dela, que vieram especialmente para o nosso jantar de noivado.

Eu quase cuspo a minha bebida. Felipe solta uma gargalhada.

— Calma que ainda não acabou. Quando perguntei que noivado, ela se ajoelhou na minha frente, me entregou uma caixinha com duas alianças e um sapatinho de bebê. Eu quase me engasguei, achando que ela estava grávida, me perguntando se era possível, se a gente tenha vacilado. A louca disse que queria se casar comigo logo. Resumo da ópera: ela não está grávida, mas contou que parou de tomar a pílula, pois quer engravidar. E falou que marcou o casamento para daqui a três meses, na igreja da cidade onde os pais moram.

— Porra! Ivana está maluca? — indago olhando para Felipe, que fica quieto, sem reação. Volto meu olhar para Beto, que vira a garrafa de cerveja. — Ela te conhece faz quanto tempo? Um mês? E já marcou casamento, jantar de noivado e parou de tomar pílula?

— Isso porque aconteceram outras coisas que eu relevei, mas ela estava até tentando controlar o tempo que passava com vocês. Ivana alegava que queria ajudar, por isso queria ir junto, ou dizia que estava doente, para que eu ficasse com ela. Tão diferente de João. Os dois parecem estar juntos por amor, mas Tereza aparece sozinha, João também. Eles não são siameses.

— Mas aí tem uma diferença. Não defendo Ivana, mas consigo entender a insegurança dela. Você é o único homem do grupo. E você e Duda namoraram. É difícil para ela pensar em vocês dois dormindo sozinhos na casa de Duda. Nem todo mundo entende a amizade de vocês. — Pondera sem nos olhar diretamente.

— Só não entende quem não consegue achar que homem e mulher podem ser amigos. Precisa ter uma autoestima muito baixa, e, principalmente, não confiar no parceiro. Chega até ser uma ofensa para mim e Duda. É achar que a gente trairia a ela, de forma simples e escrota. Além de ser egoísta e não entender que, agora, Duda está precisando de apoio. Nossa amizade existe há muitos anos, não seria um relacionamento que estava começando que iria mudar isto.

Esclarece, encarando Felipe. Sinto mais hostilidade entre eles e tento amenizar as coisas, colocando a mão na perna de Lipe, mas concordando com Beto. Uma forma de apoiar os dois.

— Pois é. Nossa amizade está sempre em primeiro lugar. Sobreviveu aos ataques de Neto, aos ciúmes de Cleide, ao casamento de Paty, ao de Estela, aos namoros de Tereza e vai sobreviver ao que vier. Portanto, quem quiser partilhar da vida com a gente, deve entender que somos muito amigos, que nos amamos e que faríamos tudo um pelo outro. Ivana deu uma de louca. Vou ligar para ela na semana que vem, para ver como está. Talvez marcar um café, para dar uns toques para ela.

— *Baby*, deixa aquela maluca lá na vida dela. Pode chamar para tomar um café, um vinho, uma pizza, o que quiser, só não tente conversar sobre mim ou dar conselhos de como resolver as coisas comigo. Terminou o que nem começou. Eu quero distância de gente maluca. — Completa, se levantando para carregar Estela até a pista de dança, já que estava passando pela mesa. O marido dela se acaba de rir e vem sentar-se à mesa com a gente.

A noite está maravilhosa, mas, pouco depois da meia-noite, Felipe paga nossa conta e me leva com ele. Eu me despeço dos meus amigos, marcando um almoço no domingo lá em casa. Ao chegar perto do carro, vejo o mesmo cara que estava fumando quando saímos antes. Ele está falando ao celular quando passamos por ele.

— Tudo preparado então? Do jeito que ele pediu? Nada pode sair do planejado. — Ouço a voz do homem misterioso, tentando entender o que ele está falando.

Ele está na rua este tempo todo? Sozinho? Felipe não parece perceber a presença dele e abre a porta do carro para mim. Vamos direto para a casa dele. Esta será primeira vez que irei lá, confesso que estou um pouco ansiosa. Não só por saber que estou indo transar com ele, mas porque a casa revela tanto sobre a personalidade do dono, e Lipe, apesar de estar sempre tão presente, é bem misterioso. Eu nem sei direito com o que trabalha. Não fala muito sobre a família e eu não conheci nenhum dos seus amigos.

Chegamos. Olho ao redor e vejo uma rua bem silenciosa, residencial. É um condomínio fechado, sem muros, todas as casas são visíveis. A dele, no entanto, tem privacidade. Talvez sejam as plantas ao redor, que impedem a visão completa da casa, ou o vidro escolhido. As paredes são de vidro, mas não é possível ver nada lá dentro. Talvez porque esteja toda apagada, não sei.

A casa é linda, tem um jardim enorme na frente, com muitas flores, uma churrasqueira gourmet. De um dos lados da casa existe uma tenda, com espreguiçadeiras, uma mesa com cadeiras, provavelmente para uma pequena recepção, ou café da manhã na área externa. No outro lado existe um pequeno lago, com peixes, mais espreguiçadeiras e flores. Atrás tem uma piscina e um forno de pedra para pizza, creio. Não consigo ver direito.

— Vamos entrar. Amanhã te apresento a casa. Você passará bastante tempo por aqui a partir de agora — sugere, abraçando-me e beijando minha nuca. Sinto seu corpo me abraçando por trás e seu pau já duro roça na minha bunda. Aproveito e provoco um pouco, rebolando, fazendo ele quase perder o balanço. — Duda, vamos entrar, porque não quero dar show para vizinho nenhum.

Quando entramos, mal consigo ver a sala, já sinto suas mãos explorando meu corpo, por cima do vestido. Felipe fecha a porta com os pés e as luzes se acendem imediatamente com a nossa entrada. Eu puxo seus cabelos enquanto viro meu rosto para beijá-lo, mas mantendo minha bunda roçando nele. Ele segura meu seio direito com uma das mãos, enquanto a outra desce para minha perna, seguindo o seu caminho até o meio das minhas pernas. Eu gemo, sentindo as ondas de prazer se formando. A sensação é maravilhosa.

Ele me vira, levantando meu vestido e me coloca na sua cintura, com uma perna de cada lado do seu corpo. Não sei como ele conseguiu fazer isto de forma tão coreografada, mas aproveito que estou de frente para ele e começo a mexer, subindo e descendo no seu colo. Ele me leva um pouco, até que sinto uma parede atrás de mim. Ficamos assim um pouco, até eu quase gozar, mas ele para e me olha.

— Nossa! Quer dizer que você não tem problemas para gozar? Que delícia! Isto está ficando cada vez melhor.

Ele se afasta, sem parar de me olhar, e se senta numa espécie de divã. Pega um controle remoto e coloca uma música, *Glory Box*, da Portishead. Nossa! Não poderia ter música mais perfeita para este momento. Fecho os olhos e deixo o ritmo e a letra tomarem conta, aos poucos, vou começando a permitir que meu corpo se mova, ainda de olhos fechados.

Faço movimentos sinuosos, com meu quadril, minha cabeça vai para trás e eu mordo meu lábio inferior. Quando abro meus olhos, Felipe está me olhando atentamente, bebendo um copo de uísque, sem piscar. Até então não tirei nenhuma peça de roupa, apenas deixei meu corpo se mover de acordo com o som e meu desejo, que está pulsando em todos os meus poros. Percebo que a iluminação está diferente, uma penumbra, com uma luz contra o meu corpo, deixando apenas a minha silhueta disponível para ele.

A casa toda está cheirando a uma essência exótica, sensual. Eu me sinto conectada com todos os estímulos que ele me deu e começo a puxar meu vestido. Mas não entrego tudo de vez, às vezes revelo parte da minha coxa, mas depois puxo para baixo a roupa, depois mostro parte do meu seio, mas cubro em seguida. Percebo que ele está tentando se controlar, porém, já está quase pulando do divã. Vou caminhando até ele, sensualmente, sem tirar meus olhos dos seus. Quando chego bem perto dele, coloco minha boca a poucos milímetros da dele e posso sentir seu hálito quente, quando ele abre a boca, esperando pelo meu beijo, mas viro de costas e ofereço o zíper do vestido, para ele abaixar.

O contato dos seus dedos quentes na minha pele nua me faz tremer de prazer e eu solto um gemido alto, enquanto meu corpo todo vibra por antecipação. Viro para ele, ainda segurando o vestido, e retiro um dos ombros, depois o outro, mas seguro o vestido na altura dos meus seios. Molho meus lábios, enquanto o encaro. Eu me aproximo e lambo seu pescoço. Felipe tenta me puxar para me sentar no seu colo. Nego, dando uma risada sensual.

Deixo o vestido cair e fico parada, para ele ter uma boa visão do meu corpo, com a lingerie e a cinta-liga. Percebo que isto o deixa ainda mais excitado, percorro meu corpo com minha mão, enquanto agacho. Eu me levanto e coloco meu pé no seu joelho, dando a ele uma visão privilegiada. Danço um pouco nesta posição, enquanto encaminho minha mão para retirar a cinta-liga.

— Deixe a cinta e os sapatos — pede num sussurro rouco, cheio de desejo.

Seus olhos estão percorrendo meu corpo, enquanto bebe o resto da sua bebida.

Eu tiro o pé do seu joelho, viro de costas, sem me afastar muito, e toco meus pés, dando a ele outra visão privilegiada. Ele não aguenta e pega minha bunda. Deixo por alguns segundos, antes de me afastar e fazer um não com a cabeça. Percebo que a música está tocando sem parar, repetindo, o que facilita muito as coisas. Ainda sem me virar, retiro meu sutiã, seguro meus seios e viro. Eu me aproximo e retiro as mãos, deixando meus seios ao alcance da sua boca. Imediatamente Felipe morde o bico do meu seio direito, enquanto massageia o esquerdo. Eu o deixo fazer isto por um tempinho, porém me viro de costas de novo.

Relembro as aulas de dança do ventre e faço alguns movimentos, enquanto ameaço tirar minha calcinha. Depois de alguns segundos, retiro a última peça, mas me mantenho de costas. Ando até a parede e começo a me esfregar lá. Eu percebo a existência de um balde de gelo, com um champanhe aberto. Pego a garrafa, dando um gole direto no gargalo e virando para ele, com a garrafa na mão. Caminho até perto dele e bebo outro gole, deixando um pouco do líquido derramar. Eu me aproximo e deixo ele lamber o que derramei no meu corpo. Depois jogo um pouco de champanhe nos meus seios e me aproximo novamente dele, para que ele lamba.

— Por mais que isto esteja incrível, eu não aguento mais — avisa, enquanto me puxa para seu colo, retirando a garrafa da minha mão e bebendo um pouco.

Desta vez não fujo, coloco uma perna de cada lado do seu corpo, enquanto vou abrindo a sua calça. Seu pau quase pula para fora da cueca boxer que ele está usando. Eu monto nele, sem deixar ele me penetrar, faço mais alguns movimentos sinuosos.

— Preciso te comer agora! Não vou aguentar muito.

— Mas eu nem te chupei ainda.

Sinto seu corpo todo vibrar, antecipando um orgasmo. Então, carrega-me com um dos braços, enquanto tira a calça com a outra mão livre. Sinto seu pau começar a forçar a minha entrada. Que sensação deliciosa. Ficamos assim, brincando, por pouquíssimo tempo. Eu começo a mexer, para permitir que ele entre, mas ele me levanta e me coloca de lado, enquanto pega um pacote de camisinhas. Nossa, ele deixou oito aqui na sala. Felipe coloca a camisinha e eu agradeço mentalmente. Ele tem mais controle do que eu, que já ia transar sem proteção alguma.

Mal coloca a camisinha e já me puxa para cima dele de novo, para continuarmos de onde paramos. Confesso que não demora muito para senti-lo todo dentro de mim. E também não demora muito para que eu atinja o orgasmo. Ele me faz gozar umas quatro vezes antes de se permitir. Ficamos abraçados, suados, no divã, até que nossas respirações voltassem ao normal. Ele fica fazendo carinho nas minhas costas, beijando meus cabelos. Quando eu acho que tínhamos acabado, ele me levanta e me leva até a cozinha.

— Quer comer algo? Temos uns queijos, além de termos opções de jantar, ou de pães com pastinhas. O que você prefere? — pergunta, enquanto pega uma uva e coloca na minha boca. — Você precisa se alimentar, porque a noite está apenas começando. Esperei demais por esta noite e eu não pretendo que ela acabe tão cedo — completa, beijando-me, enquanto massageia a minha bunda.

Escolho comer torradas com pastinhas, enquanto ele come uns queijos. A conversa flui normalmente, mas toda hora a gente se beija e se toca. Acabamos transando ali mesmo na cozinha, entre as pastas e os queijos. Depois disto precisamos tomar um banho.

Felipe me leva para seu quarto, onde vamos tomar um banho de banheira. Damos mais uma durante o banho e descansamos. Acordo de madrugada e quando olho para o lado, vejo que ele está dormindo, mas que está ficando excitado de novo. Provavelmente por conta do contato dos nossos corpos nus, abraçados.

Resolvo, então, acordá-lo. Mas o faço de uma forma mais gostosa. Quando Felipe percebe, eu o estou chupando.

— Meu Deus! Deste jeito não vou mais te deixar sair desta casa. Que boca deliciosa é esta? — sussurra, enquanto as ondas de prazer estão se formando no seu corpo. — Para um pouco, que quero te chupar também.

Eu não paro. Aumento ainda mais o ritmo, colocando o pau dele todo, até minha garganta, sugando, chupando, mordendo de leve, esperando o gozo. Fico assim até que se rende e goza na minha boca, gritando de prazer. Eu bebo todo seu gozo e ele me puxa.

— Porra! O que foi que aconteceu? Nunca fui tão bem chupado assim, e olha que tive algumas experiências boas nisso. — Ele olha em meus olhos e fico sem graça, desviando o olhar. Ele levanta meu rosto. — Por que te perdi de vista? Quanto tempo a gente perdeu separados. Mulher, o sexo com você é melhor do que fantasiei estes anos todos! Você superou, e muito, as minhas expectativas. *Todas*! E não estou falando só de cama. — Ele me beija.

Ficamos abraçados um tempinho, começo a cochilar, quando percebo que ele se encaminha para fazer sexo oral em mim, deixando-me acesa novamente.

— Lipe... — sussurro enquanto deixo o tesão voltar para meu corpo.

Olho pela janela e percebo que o dia está amanhecendo. E isto aumenta ainda mais a sensação que estou tendo. Que vista linda. Agora, além do cheiro da essência exótica, da sensação do toque dele, tenho uma vista fabulosa.

— Não para, vem... — Puxo-o para me beijar. Ele volta para meu rosto, mas sua mão continua o serviço que a boca dele estava fazendo. — Mete de vez! Vem, estou pronta.

— Quero te fazer gozar na minha boca também, te dar prazer.

Começo a sentir uma sensação ruim. Preciso que ele pare de me chupar.

— Eu prefiro que você meta o dedo ou seu pau. Isto me dá mais prazer do que ser chupada. Ou então me deixa te chupar de novo. Adoro ver você gozando para mim. — Felipe me olha com um olhar curioso, mas respeita minha vontade. — Brinca um pouquinho mais, antes de colocar a camisinha. — Não para agora...

Roço minha vagina no seu pau, brincando de deixar entrar um pouco e tirando.

— Duda, esta brincadeira é perigosa. Não sei o quanto consigo resistir. Minha vontade é te comer assim mesmo, mas a gente não pode. Para com isto! — suplica, mas seu corpo diz outra coisa.

Aproveitando que ele está se rendendo, movo meu quadril de encontro ao dele, fazendo com que o pau entre todo, e uso a técnica do pompoarismo para prendê-lo dentro de mim. Ele geme alto de prazer. Ainda com ele todo dentro, fico pulsando, como se estivesse dando pequenas mordidinhas com minha vagina.

Felipe vai à loucura e sinto o orgasmo se aproximando. Aumento o ritmo, passando minhas unhas nas suas costas. Ele está entregue e eu adoro isto! Nossa, como fico excitada em dar prazer. Quando sinto que o orgasmo está chegando, saio de cima e coloco meu rosto, para que ele goze na minha cara. E que gozo! Acho que foi o mais forte dele hoje. Lipe fica um bom tempo para conseguir recuperar o fôlego e o controle. Ele me puxa para cima, novamente, e me encara. Está sério, como se fosse me dizer algo bem importante.

— Maria Eduarda, você quer se casar comigo?

Eu fico séria. Ele não pode estar falando de verdade. A gente voltou a se ver a poucas semanas. Não tem nem doze horas que demos o primeiro beijo. A gente nem está namorando. Hoje foi um sexo casual. Mas os olhos dele estão me encarando, ansiosos, esperando por uma resposta. Sinto meu coração pulando, quase soltando pela boca.

Que merda que eu fiz? Ele é um grande amigo, por que estraguei tudo transando com ele? O que faço agora?

Ele continua olhando para mim e vejo uma tristeza começando a aparecer no seu olhar. Ele está me examinando, buscando uma resposta, assim como eu estou examinando ele, tentando entender o que está acontecendo. Como consigo sair desta situação?

Abaixo minha cabeça, para fugir do seu olhar, mas ele sustenta meu rosto, encarando-o. Os poucos centímetros que separam nossos rostos não são suficientes para que eu consiga raciocinar direito. Sinto seu hálito quente, o calor do seu corpo colado ao meu, o suor da nossa transa, o cheiro de sexo recém feito. Eu seria capaz de acordar todos os dias com ele? Seria feliz? Faço uma lista de prós e contras, na minha cabeça.

Pontos positivos:

- ✓ Ele é gato, gostoso e me deixa molhada só de olhar para ele.
- ✓ Ele é um excelente amigo.
- ✓ Temos gostos muito parecidos.
- ✓ Ele é misterioso e me instiga a conhecê-lo melhor.
- ✓ Ele não me julgou quando falei de Neto e de toda confusão. Ao contrário, ficou ao meu lado e está me ajudando.
- ✓ O sexo com ele está acima da média, e olha que foi a primeira vez. A tendência é melhorar com o tempo.
- ✓ Ele tem boa condição financeira, o que significa que não vai tentar dar nenhum golpe em mim, como Neto tentou.
- ✓ Eu o conheço desde a adolescência. Vivemos juntos os piores anos das nossas vidas. Depois vivemos várias experiências separados e agora estamos nos reencontrando, quando já estamos com nossas vidas consolidadas.

Pontos negativos:

- ✓ Acabei de me separar, saí de uma relação bem complicada.
- ✓ Ele é meu amigo.
- ✓ Eu não acho que seja o momento ideal para um relacionamento.
- ✓ A gente nem namora, como assim casar?
- ✓ Eu não sei se ele é um psicopata.

- ✓ Eu mal conheço este Felipe que está aqui e ele mal me conhece.
- ✓ A chance de isso tudo dar merda é alta.
- ✓ Eu ainda estou muito ligada ao Neto e ao meu casamento com ele, ainda não cicatrizei as feridas, então iria projetar nele muitas lembranças do meu ex.
- ✓ Eu quero viver um pouco, viajar pela Europa e África.

Enquanto estou fazendo esta lista, Felipe não para de me encarar. Quando consigo focar nele novamente, percebo uma tristeza em seu olhar. E eu ainda nem decidi o que farei. Abaixo meu olhar e respiro fundo. Preciso dar uma resposta. E logo. Respiro de novo, tomando coragem para começar a falar e o olho de novo.

— Maria Eduarda... — Ele me olha, sério, ansioso. Depois me dá um beijo doce e me olha. Desta vez ele está sorrindo, um dos sorrisos mais largos que já vi dele. Porém, vejo que seus olhos não acompanham o sorriso. Ele está sorrindo apenas com a boca, e não com o rosto e o corpo, como normalmente faz. — Calma, garota, estou brincando. Não estou te pedindo em casamento. — Me dá outro beijo, desta vez mais rápido. — Está com fome?

Ele pega o celular e digita alguma coisa. Levanta-se e me puxa para tomarmos banho. O momento passa como se não tivesse existido e nós não voltamos a falar sobre isto. Porém, eu fico encucada.

Quando descemos, vejo uma mesa de café da manhã posta, com tudo quentinho e cheiroso, mas não vejo uma pessoa na casa, além da gente. Passamos a manhã toda entre fazer sexo, comer e conversar.

— Eu tenho uma reunião agora à tarde. Não deve demorar mais do que uma hora. Mas realmente preciso ir. Pensei em você ficar aqui assistindo a um filme enquanto não volto. Depois a gente janta fora, o que acha? — sugere, durante o almoço. — Caso você precise de algo, você pode solicitar a Maria ou ao Wellington. Eles sempre estão a postos.

— Tem mais alguém aqui, além da gente? — Fico vermelha, lembrando as vezes que fizemos sexo, ou andamos nus pela casa.

— Calma, eles só entram em casa se autorizados e moram na casa que fica aqui atrás.

— Uau! Então mãos mágicas limpam, cozinham e preparam as coisas para você e você nem as vê? — Dou risada.

— Não... Normalmente eles convivem aqui e somos até bem amigos. Mas não quando tenho companhia. Eu aviso que estou querendo privacidade e eles não entram até serem autorizados.

— E você costuma trazer muitas... "companhias" aqui?

— Sim, bastante. Mas não do jeito que você está pensando. Costumo ter algumas reuniões de trabalho aqui, além de fazer alguns eventos com familiares e amigos mais próximos. Nunca trouxe mulher aqui.

— Ah, tá! Eu sou a única que você trouxe para cá? Faz-me rir... — Dou risada. — Eu sou especial, a escolhida, o alecrim dourado — ironizo. Ando até ele e me sento no seu colo, dando um beijo. — Enfim, acho melhor ir para casa. Preciso tomar um banho no meu chuveiro, colocar uma roupa minha limpa, preparar algumas coisas para esta semana no trabalho, além do que, amanhã meus amigos vão lá, lembra?

— Ah, é mesmo, para o almoço que não fui convidado — ironiza, beijando meu pescoço.

— Como assim não foi convidado? Eu chamei todo mundo estando com você.

— Mas você não me chamou diretamente. Sou como vampiro, só entro onde me chamam.

— Percebi — brinco, ainda sentada no colo dele — brincadeiras à parte, é óbvio que você está convidado. Chamei todos que me ajudaram neste processo complicado da soltura de Neto. E você esteve ao meu lado todos os dias. — Dou um beijo e me levanto. — Por isso, acho melhor eu ir para a minha casa e arrumar as coisas.

— Nos vemos ainda hoje? Posso ir para sua casa depois da reunião para te ajudar, o que acha? Não sou bom em cozinhar, mas sei lavar a louça, varrer a casa... Ou levo alguém que faça isto, enquanto nós fazemos coisas mais interessantes. — Ele levanta e me abraça.

— Obrigada, Lipe, mas eu gosto de cuidar destas coisas. Além do mais, tenho que confirmar o material da semana para minhas aulas. O semestre está acabando, não posso deixar nada acumular.

Pego meu celular e vejo uma notificação de movimentação na minha casa. Meu coração gela na hora e Felipe percebe que algo de errado está acontecendo.

— O que foi? Tá tudo bem? — Eu mostro a ele o meu celular. Ele olha e imediatamente pega o celular dele para se certificar. Nós dois estávamos tão entregues ao nosso momento, que não vimos que ontem, por volta das 1h da madrugada, o sistema percebeu algo. — Como assim uma movimentação, mas que o sistema não pegou nada com as câmeras?

Ele corre para o computador, enquanto faz ligações. Eu me encolho no sofá, com medo de estar começando a viver tudo de novo.

Felipe fala com a equipe de segurança, mas ninguém encontra nada de errado. Eles vasculham as imagens, está tudo normal, sem movimentação nenhuma no apartamento. A equipe está monitorando desde que receberam o alerta.

— Duda, fique tranquila. Não foi nada, talvez alguma barata, ou rato ou um morcego. Mas as câmeras agora mostram o apartamento completamente vazio, veja. — Ele muda de uma câmera para outra no meu apartamento, parece tudo tranquilo. — Mas, se você quiser, posso mandar alguém lá para olhar tudo.

— Não precisa. Eu só fiquei preocupada. Neto não faria nenhuma besteira, sabendo que pode ir para a cadeia de novo — argumento, mas ainda me mantenho sentada, encolhida no sofá. Felipe se senta ao meu lado e me abraça. — Obrigada por tudo, por me proteger, por me entender, por acolher meu medo e me ajudar. Você tem sido um excelente amigo, me dando todo o suporte que preciso.

Sinto que ele afrouxa o abraço.

— Que bom que tenho sido um excelente "amigo". — Levanta o meu rosto, para me olhar. — É só isso mesmo que eu sou? Um amigo?

— Acho que este não é o melhor momento para conversarmos sobre isso. Estou bem tensa com o alerta que recebi. Foi a primeira vez que isto aconteceu. Que bom que não foi nada, mas meu coração está disparado e eu ainda estou com medo.

— Tudo bem. Vem cá... — hama, puxando-me mais para perto dele, fazendo um cafuné. — Vou tentar desmarcar a minha reunião, mesmo que isto signifique perder este cliente, mas vou ficar na sua casa com você. Prometo que fico quietinho, sem interferir em nada. Se você quiser, até fico no quarto de hóspedes. Pelo menos você não está sozinha. Ou então, posso pedir que um dos meus seguranças fique lá com você, até eu acabar a minha reunião. O que acha?

— Não precisa, de verdade. Você já fez muito por mim. Vá para esta reunião, feche com o cliente e faça muito dinheiro! Não precisa mandar nenhum segurança comigo. O sistema de câmeras funciona muito bem, tanto que até pegou uma barata.

— Eu me dou conta. — Meu Deus! Tem uma barata em minha casa! Eu odeio barata!

Recolho minhas pernas imediatamente, como se ela estivesse na casa de Felipe.

— Calma! Posso mandar a Guarda Nacional dar conta dela agora mesmo. Quer? — zomba. — É sério mesmo que você tem medo de barata? — Eu confirmo com a cabeça. — Marcaremos para uma empresa de dedetização cuidar disto? Vou pedir que minha secretária cuide disto para você, ok? Quanto à barata que esteve lá, ela já deve ter ido embora, pois o sistema não capturou mais nenhum movimento. — Consigo respirar aliviada. — Agora, vamos trocar de roupa? Eu te deixo em casa e sigo para a minha reunião. Se você mudar de ideia, volto para sua casa assim que acabar. Durante a reunião não poderei atender o celular, mas deixe um recado, que eu retorno assim que acabar.

Capítulo 22

Dia 10 de dezembro de 2016...

Felipe me ajuda a levantar e me trocar. Sinto-me uma criança sendo cuidada pelos pais quando estou com ele. Ele me deixa na minha garagem e vai para a reunião. Aproveito que não estou mais com ele para pensar no que foram estas últimas horas. Ainda no elevador, pego o celular para mandar um áudio, para agradecer mais uma vez.

Estou começando a gravar, quando abro a porta do meu apartamento.

— Felipe, mais uma vez obrigada por tudo o que você está fazendo por mim — digo, enquanto destranco a porta. — Você tem sido mais do que um amigo. — Fecho a porta atrás de mim, para colocar a minha senha de segurança. — Você se tornou uma pessoa essencial. — Percebo que a caixinha da senha está danificada e congelo imediatamente. — Que porra é esta?! — falo alto, virando para a sala, quando percebo um grande arranjo de flores no balcão da cozinha. — Flores aqui dentro? Como? — Continuo virando até ver um homem parado ao meu lado, segurando uma arma, apontada para a minha cabeça. — Neto?! Como você entrou? E que arma é esta?

Ameaço gritar, mas ele engatilha o revólver e eu congelo.

— Minha pombinha, sentiu saudades? Onde você esteve até agora? Passei a noite toda aqui te esperando. — Ele faz um carinho no meu rosto, com uma das mãos. Eu dou um passo para trás, mas ele agarra meus cabelos. — Calma, minha pombinha assustada. Não vou te fazer nenhum mal, porém você precisa se comportar. — Ele me beija e eu quase vomito. — Quero um beijo de verdade. Agora!

Eu me dou conta de que estava gravando uma mensagem para Felipe e tento enviar, sem que Neto perceba. Tento virar o rosto para a minha mão, enquanto retribuo o beijo. Preciso ver onde está o ícone para enviar a mensagem, sem que Neto veja nada.

— O que é isto na sua mão, pombinha teimosa? — Tira o celular da minha mão, sem que eu veja se a mensagem foi enviada ou não, e joga o celular pela janela. — De novo? Não aprendeu que deve me obedecer? Desta vez você não terá ajuda do nosso vizinho. Ele está viajando.

Eu começo a rezar para que o sistema de câmeras emita um alerta para a empresa e para o celular de Felipe.

— Além de que consegui quebrar o seu sistema. Estou aqui desde a madrugada e ninguém descobriu. Foi mais complicado do que imaginei, mas consegui entrar no sistema e colocar uma imagem parada nas câmeras. Quem olhar para elas nem vai perceber que tem gente em casa. — Ele me agarra, colocando a mão na minha bunda. — Você sabe que data é hoje? Nós estamos comemorando quatro anos que nos conhecemos. Foi no aniversário de Estela. Eu vi você ontem, indo para a festa. Deliciosa, se arrumou para mim, não foi?

Ele anda pela casa com a arma na mão. Pega o arranjo de flores e traz até mim. Percebo que a mesa está posta para comermos.

— Você recebeu a minha cesta de queijos e vinho. Fico feliz que tenha guardado para comemorarmos juntos. — Enche minha taça. Percebo que ele deixa a arma em cima da mesa. Ele serve o vinho e traz até mim, deixando a arma na mesa. — Beba um pouco.

Eu finjo que bebo um gole, mas tenho muito medo do que pode estar aqui dentro. Ele percebe e toma um pouco da minha taça, para mostrar que não tem nada. Mesmo assim eu disfarço e não bebo nada.

— Onde você passou a noite, minha pombinha? Na casa de uma das suas amigas? Espero que não tenha sido na casa daquele Beto, nem daquele outro cara que está sempre vindo aqui. Quem é ele? — Se senta ao meu lado, puxando minha cabeça para descansar no peito dele. — Eu te fiz uma pergunta, responda!

Puxa meu cabelo, para que eu o olhe nos olhos.

— Um colega da época de colégio.

— Quero nome, sobrenome e o que ele faz o tempo todo aqui na sua casa. — Puxa ainda mais o meu cabelo. Sinto alguns fios sendo arrancados do meu couro cabeludo. — Fala agora, pombinha!

— Ele é só um cara que instalou o sistema de segurança, nada de mais.

— Mentira! — Me dá um tapa na cara. — Ele te trouxe agora para casa, eu vi pela janela. Você passou a noite com ele? — Eu não respondo. Ele puxa meu cabelo, para que o olhe nos olhos — Passou?

Chorando, olho para baixo. Neto puxa ainda mais meu cabelo

— Fala! Conta a verdade. Ele te forçou, não é minha pombinha? Você jamais iria me trair. Você está sentindo minha falta. Eu fiquei muito tempo longe de você e você acabou sendo forçada a aceitar a ajuda de outras pessoas.

Faz um carinho no meu rosto, secando minhas lágrimas.

— Sei que você me ama, que só eu posso te fazer feliz. Não é? Você é *minha*! Só *minha*! — Ele se levanta e começa a andar de um lado para o outro na casa, como se fosse um bicho acuado. — Eu tive de ficar afastado enquanto estava na cadeia. Entenda que não foi porque quis. Eu fiquei impedido mesmo. E sei que você não teve a intenção de me colocar lá. Foram seus amigos que fizeram isso, mas eles vão pagar. Cada um no seu tempo. Micaela já pagou. Não preciso me preocupar com ela.

— O quê? Do que você está falando? — pergunto, temendo a resposta dele.

— Ela não vai mais nos incomodar, não se preocupe. A próxima é sua amiguinha advogada, a Paty. Mas cada coisa no seu tempo. — Ele para e sorri para mim. — Você ficou muito sozinha esses dias, não foi pombinha? Desculpe. Mas garanto que, desde que eu saí da cadeia e cuidei de Micaela, eu estou te acompanhando. Não te perdi de vista em momento nenhum. Fui com você ao seu trabalho, para as aulas de defesa pessoal, de *Muay Thai*, aliás, você fica sexy demais lutando. Fui ao cinema, aos restaurantes, ao café... Ou simplesmente parei na rua, te vendo pela janela. Estava só procurando uma oportunidade de voltar para cá. Achei a data perfeita, concorda?

Eu não respondo. Abaixo a cabeça e continuo a chorar.

— Neto, você ficou me seguindo este tempo todo? O que está acontecendo? Você precisa de ajuda. Senta aqui, me deixa te ajudar. Posso ligar para o meu terapeuta, vocês conversam...

— Eu não estou maluco! — Ele se irrita e joga o vaso de flores no chão, espalhando vidro e água pela sala. Ao ver minha reação, ele tenta se acalmar. — Calma, minha pombinha, não vou te machucar. Sei que você me ama. Mas a nossa história só depende de nós dois. Não vamos mais deixar ninguém se meter no meio, ok? Aquelas mulheres me seduziram e eu fui um fraco. Mas sei que você me ama e me perdoa. Estou aqui para te perdoar também, por não ter sido suficiente para mim. Estou disposto a tentar de novo. Aceito seu pedido de desculpas.

Ele vem até mim e me beija, rasgando minha roupa para transarmos. Eu aproveito o momento de distração dele e uso os golpes que aprendi na aula de defesa pessoal, soltando-me dele e correndo para pegar a arma.

Eu a aponto para ele, que para imediatamente.

— Nossa! Você aprendeu coisas novas. Isto na cama deve ser maravilhoso. Aposto que você investiu nisto pensando em mim, em me agradar.

Ele me encara e morde os lábios.

Meu Deus, ele está louco!

— Como você fica sexy com esta arma na mão. Estou completamente duro, te esperando. Vem! — Ele avança um passo, eu recuo outro, mas mantenho a arma apontada para ele. — Você quer brincar de ser dominante hoje, é isto? Eu posso experimentar ser seu submisso. Como você quer que eu te chame, minha pombinha? — Continua a andar devagar em minha direção, eu continuo recuando. — Dominatrix? Minha senhora? Minha dona?

Ele avança mais um passo devagar, mas depois ele avança muito rápido, surpreendendo-me. Eu acabo tropeçando na cadeira e me desequilibro, soltando a arma. Neto dá um pulo e nós dois pegamos o revólver ao mesmo tempo. Lutamos um pouco, mas ele consegue tirar a arma da minha mão.

— Acho melhor te chamar de pombinha mesmo. Você não tem talento para dominar. Mas foi sexy te ver com a arma na mão. Agora senta.

Eu obedeço, tentando pensar em novas possibilidades. Ele agora está mais alerta, vai ser mais difícil. Acho que vou ter que jogar um pouco com a loucura dele.

— Por que você sumiu este tempo todo? Senti sua falta... — minto, tentando manter serenidade na voz, mas ela sai mais aguda do que o normal. — Achei que você iria me procurar logo que saísse da cadeia.

Faço um biquinho, tentando parecer chateada. Meu coração está aos pulos.

— Minha pombinha, não faz esta cara... Eu te mandei mensagem assim que comprei um celular. Você até fingiu que não sabia quem era, lembra?

Meu Deus, claro! As mensagens estranhas que estava recebendo.

— Era você, amor? Por que não se identificou? Por que não me procurou? Fiquei tão sozinha sem você.

Ele se aproxima um pouco do sofá, mas sem largar a arma.

— Eu tentei, mas você nunca ficava sozinha. E os porteiros daqui e da faculdade não facilitaram.

Como assim ele tentou entrar aqui e na faculdade e ninguém me avisou? Eu deveria saber.

— Mas ninguém me avisou. Você poderia ter me ligado, marcado comigo. Estava com tanta saudade. Aliás, como você conseguiu entrar aqui hoje?

— O porteiro novo dorme na portaria. Eu só esperei ele cochilar, para poder entrar.

— E a chave? A fechadura foi mudada. E as câmeras?

Estava conseguindo distraí-lo. Só falta mais um pouco para ele se sentar ao meu lado.

— Isto me deu um pouco de trabalho, principalmente porque sabia que deveria ter um sistema de segurança aqui. Vi quando a empresa que instalou as câmeras chegou com seu novo amiguinho. Foi só pesquisar na internet e ver que tipo de empresa era. Como sou muito inteligente, liguei para lá e pedi que fossem fazer um orçamento de instalação de câmeras na minha casa. Os idiotas me explicaram como funcionava o sistema e aí... Bem... Foi fácil. Eu só precisava ter a chave para abrir sua porta. Você precisa parar com a mania de esconder a chave reserva no corredor. Qualquer um pode pegar.

Eu me xingo por dentro. Como fui tão estúpida?

— Que bom que você é esperto! Conseguiu quebrar a barreira que meus amigos ergueram para nos separar. Eu estava me sentindo tão sozinha sem você. Me abraça, meu amor!

Abro meus braços, fazendo cara de menina abandonada. Espero que ele venha com a arma na mão.

Ele se aproxima, coloca a arma na mesinha ao lado do sofá e me abraça. Observo bem a posição da arma, enquanto me faz carinho. Eu finjo que vou montar nele, para transarmos, mas ele me segura.

— Ainda não, pombinha. Não tão fácil assim. Você ainda precisa me conquistar. — Ele se levanta, pega a arma e aponta para mim. — Estou com fome, quero comer. Prepare algo, pois estes queijos não vão me sustentar. E nem tente fazer nada de errado, pois estou armado. Lembre-se disso, pombinha, eu te amo e não pretendo te machucar. Mas você é minha, só minha, e vai fazer o que eu quiser, na hora que eu mandar. Agora, cozinhe para mim.

Eu vou para a cozinha, sem conseguir raciocinar direito. Penso nas facas, nas garrafas. Será que consigo interfonar sem ele perceber? Olho para o interfone e vejo que ele foi arrancado da parede. Quando abro a porta da geladeira, ouço o som da campainha da porta da frente. Imediatamente, mas sem fazer barulho, Neto me agarra e sussurra ao meu ouvido:

— Não faz nenhum barulho. Quieta, senão te mato e me mato depois.

Aponta a arma para minha cabeça.

— Dona Maria Eduarda, a senhora está aí? — É a voz do porteiro. — Tem uma encomenda aqui. — Toca de novo. — Dona Maria Eduarda? Estranho tinha certeza de que a senhora estava em casa. Será que saiu e não vi?

Toca mais uma vez. Silêncio. Ouço barulho dos passos dele se afastando. Ouço o elevador chegando, ele entrando e descendo.

Merda! Mais uma chance desperdiçada. Neto volta a sentar no banco da cozinha, enquanto vou cozinhar.

— Neto, amor, coloque uma música para a gente — falo, tentando fazer com que o som do apartamento possa chegar até a portaria ou a algum vizinho.

— Agora não, pombinha. Deixa o porteiro esquecer que você não está em casa. Cozinhe!

Faço um penne aos quatro queijos, que é a coisa mais fácil e rápida de se fazer. Neto se senta à mesa, com a arma em punho. Ele come com a mão esquerda, para não soltar a arma em momento nenhum. Eu não consigo comer nada.

— Coma! Eu não quero que minha pombinha fique doente. E você precisa de muita energia, para garantir meu perdão. Vai ter que trabalhar muito para que eu esqueça tudo o que você aprontou. Vai ter que me fazer gozar muito, pombinha. — Eu sinto calafrios só de imaginar. — Mandei comer!

Tento comer, mas parece que tem uma bola na minha garganta.

— Amor, posso ligar o som? Vai ficar um clima ótimo para nosso almoço de reconciliação. Posso colocar a nossa música, o que acha? — indago, levantando-me bem devagar. Ligo o som alto e danço um pouco. Sento-me novamente. — Eu estou sem fome porque já almocei. Mas se você quiser, posso preparar uma bebidinha para a gente.

— Fica sentada e coma. Eu não vou almoçar sozinho. Não me interessa que você esteja de barriga cheia. Preferia nem saber. Agora coma!

Eu começo a comer e sinto ânsia de vomito, mas finjo que está tudo bem.

Neto está comendo, sorrindo. Parece até feliz. Quem visse de longe pensaria que somos um casal que se ama. Ele nem parece estar louco, mas quando ele me olha, vejo um olhar disperso, nervoso, apesar do sorriso no rosto. Eu dou um largo sorriso em retorno, mas minha cabeça está a mil. Como vou fazer para me livrar dele?

De repente, ouço um forte barulho vindo atrás de mim. Neto levanta a arma e aponta, engatilhando. Eu me viro e vejo Felipe com outros dois caras. Todos armados.

Ouço tiros.

Jogo-me no chão.

Ouço gritos.

Sinto gosto de sangue.

Sinto vidros quebrados caírem cima de mim. Ou seriam embaixo?

Ouço mais tiros.

Mais gritos.

Uma dor no peito.

Vejo Neto no chão.

Vejo Felipe no chão.

Vejo poça de sangue em Neto.

Vejo poça de sangue em Felipe.

Vejo poça de sangue em mim.

Vejo a escuridão.

Agradecimentos

Agradeço aos meus alunos de Técnicas Básica do Teatro, por terem me incentivado a escrever essa trilogia.

Aos meus amigos, e eterna rede de apoio: Tica Raposo, Paola Andrade, Elísio Melo e Beto Laplane, pelas trocas na vida. Ueina Gardner por vários e-mails e áudios, falando sobre as personagens, a narrativa, a vida. À Patrícia Rammos, por ser uma beta maravilhosa e pela amizade!

Erich Guimarães, por me fazer rir tantas vezes, durante o processo tenso de escrita e pesquisa, além de me alertar para outros olhares. Hilton Souza e Lia Maria, meus guias em termos psicológicos para a construção das personagens.

Por último, mas eternamente em primeiro lugar, agradeço a minha filha. Sem ela, nada disso faria sentido.

Luciana Lago

www.lereditorial.com

@lereditorial